LA RELIGIEUSE

ISBN : 2-87714-189-6

DIDEROT

La Religieuse

DIDEROT
1713-1784

Denis Diderot naît le 5 octobre 1713, à Langres, dans l'Est de la France. Son père, bourgeois aisé, est coutelier. Cet homme pieux voudrait que son fils soit prêtre. Mais l'enfant, par ailleurs très curieux de nature, n'a pas la vocation, et obtient, à 19 ans, après de brillantes études de philosophie et de théologie à Paris, le diplôme de maître ès-arts.

Pendant dix ans, il fréquente les cafés littéraires, parmi lesquels le café Procope, où il côtoie Buffon, Voltaire, D'Alembert..., et survit en étant précepteur, en écrivant des sermons pour prédicateurs en manque d'éloquence, et en « empruntant » de l'argent à des prêtres en leur faisant croire qu'il va entrer au séminaire...

En 1741, il épouse secrètement Antoinette Champion, une lingère, ce qui le brouille avec son père. Pour faire vivre deux ménages — il entretient aussi une maîtresse —, il traduit des ouvrages d'anglais. C'est ainsi qu'on lui propose, en 1447, d'adapter l'*Encyclopédie* de l'Anglais Chambers. Il demande l'aide de D'Alembert, un mathématicien spirituel prisé dans les salons, de Buffon, de Montesquieu, de Jean-Jacques Rousseau, de Necker... Lui-même, se souvenant qu'il est fils d'artisan, se charge de la rédaction des « arts et métiers ». La plus grande aventure intellectuelle du XVIII⁰ siècle — le premier dictionnaire moderne — est lancée. Le premier tome paraît en 1751. Le second l'année suivante, et l'*Encyclopédie* est, pour la première fois, mais non la dernière, condamnée par les autorités. Cette « guerre » entre philosophes et pouvoir va durer vingt ans.

Diderot a déjà, pour avoir attaqué les bases traditionnelles de la religion, été inquiété : Ses *Pensées philosophiques* (1746) ont été condamnées par le Parlement et brûlées devant le Palais de Justice, pour impiété ; sa *Lettre sur les aveugles à l'usage de ceux qui voient* (où il met en doute l'existence de Dieu) a été le prétexte, en 1749, à une condamnation à trois mois de prison. La police le surveillait depuis la parution, l'année précédente, des *Bijoux indiscrets*, un roman grivois qui mêle allusions à la vie à la Cour et considérations sur l'art et la morale.

Entre deux articles pour l'*Encyclopédie*, Diderot écrit pour le théâtre : *Le Fils naturel* (1757, joué en 1771), *Le Père de famille* (1758), des romans : *La Religieuse*, et un éclatant dialogue, *Le Neveu de Rameau* (1762). Ce philosophe bon vivant, qui bénéficie de la protection des politiques éclairés (Malesherbes, Sartine, directeurs de la Librairie royale) reçoit ses amis, Voltaire, Grimm, les peintres Greuze et Chardin... et la noblesse européenne dans les salons des autres, son acariâtre épouse lui faisant des scènes constantes.

Il a rencontré, en 1756 Sophie Volland, avec laquelle il entretiendra une *Correspondance* pittoresque et pleine de vie. L'impératrice Catherine II de Russie, « despote éclairé » et admiratrice du philosophe, lui achète en 1765 sa bibliothèque, tout en lui en laissant l'usage : manière élégante de le pensionner. Après avoir écrit *Jacques le Fataliste*, et marié sa fille, il se rend pour un séjour d'un an à la Cour de Saint-Petersbourg en 1773, où son impertinence et sa faculté à se lancer dans d'étincelantes digressions enchantent la souveraine.

En écrivant ses *Salons*, comptes rendus des expositions de peinture et de sculpture faites au Louvre, il invente la critique d'art. Il travaille à ses *Essais sur les études en Russie, sur les règnes de Claude et de Néron*... Voltaire, Rousseau meurent. Puis son ami D'Alembert, en 1783. Début 1784, il est victime d'une fluxion de poitrine, puis d'une crise d'apoplexie qu'il diagnostique lui-même, après avoir appris la mort de Sophie Volland. Son état semble lentement s'améliorer jusqu'au matin du 31 juillet 1784, où ce gourmet qui a toujours avoué son goût pour la gastronomie s'éteint en dégustant une compote de cerises.

L'ampleur de son œuvre ne cessera de surprendre : ce génie de la littérature française a été philosophe, conteur, homme de théâtre, critique, épistolier..., et doué pour tous les genres, tant par l'originalité de ses idées que par la profondeur de sa culture et de ses intuitions.

LA RELIGIEUSE

La réponse de M. le marquis de Croismare, s'il m'en fait une, me fournira les premières lignes de ce récit. Avant que de lui écrire, j'ai voulu le connaître. C'est un homme du monde, il s'est illustré au service ; il est âgé, il a été marié ; il a une fille et deux fils qu'il aime et dont il est chéri. Il a de la naissance, des lumières, de l'esprit, de la gaieté, du goût pour les beaux-arts, et surtout de l'originalité. On m'a fait l'éloge de sa sensibilité, de son honneur et de sa probité ; et j'ai jugé par le vif intérêt qu'il a pris à mon affaire, et par tout ce qu'on m'en a dit, que je ne m'étais point compromise en m'adressant à lui ; mais il n'est pas à présumer qu'il se détermine à changer mon sort sans savoir qui je suis ; et c'est ce motif qui me résout à vaincre mon amour-propre et ma répugnance, en entreprenant ces mémoires où je peins une partie de mes malheurs, sans talent et sans art, avec la naïveté d'un enfant de mon âge et la franchise de mon caractère. Comme mon protecteur pourrait exiger ou que peut-être la fantaisie me prendrait de les achever, dans un temps où des faits éloignés auraient cessé d'être présents à ma mémoire, j'ai pensé que l'abrégé qui les termine et la profonde impression qui m'en restera tant que je vivrai, suffiraient pour me les rappeler avec exactitude.

Mon père était avocat ; il avait épousé ma mère

13

dans un âge assez avancé. Il en eut trois filles. Il avait plus de fortune qu'il n'en fallait pour les établir solidement. Mais pour cela, il fallait au moins que sa tendresse fût également partagée, et il s'en manque bien que j'en puisse faire cet éloge. Certainement je valais mieux que mes sœurs, pour les agréments de l'esprit et de la figure, le caractère et les talents ; et il semblait que mes parents en fussent affligés. Ce que la nature et l'application m'avaient accordé d'avantages sur elles devenant pour moi une source de chagrins ; afin d'être aimée, chérie, fêtée, excusée toujours comme elles l'étaient ; dès mes plus jeunes ans, j'ai désiré de leur ressembler. S'il arrivait qu'on dît à ma mère : « Vous avez des enfants charmants », jamais cela ne s'entendait de moi. J'étais quelquefois bien vengée de cette injustice ; mais les louanges que j'avais reçues me coûtaient si cher quand nous étions seuls, que j'aurais autant aimé de l'indifférence ou même des injures. Plus les étrangers m'avaient marqué de prédilection, plus on avait d'humeur lorsqu'ils étaient sortis. Ô combien j'ai pleuré de fois de n'être pas née laide, bête, sotte, orgueilleuse, en un mot avec tous les travers qui leur réussissaient auprès de nos parents. Souvent je me suis demandé d'où venait cette bizarrerie, dans un père, une mère, d'ailleurs honnêtes, justes et pieux ; vous l'avouerai-je, monsieur ? quelques discours échappés à mon père dans sa colère, car il était violent ; quelques circonstances rassemblées à différents intervalles, des mots de voisins, des propos de valets, m'en ont fait soupçonner une raison qui les excuserait un peu. Peut-être mon père avait-il quelque incertitude sur ma naissance. Peut-être rappelais-je à ma mère une faute qu'elle avait commise, et l'ingratitude d'un homme qu'elle avait trop écouté ; que sais-je ? Mais quand ces soupçons seraient mal fondés, que risquerais-je à vous les confier ? Vous brûlerez cet écrit, et je vous promets de brûler vos réponses. Comme nous étions venues au monde à peu de distance les unes des autres, nous devînmes grandes toutes les trois ensemble. Il se présenta des partis. Ma sœur aînée fut recherchée par un jeune homme charmant. Il était très bien de figure et il avait beaucoup plus de sens que son âge n'en promettait. Je m'aperçus qu'il me distinguait et qu'elle ne serait incessamment que le prétexte de ses assiduités. Je pressentis tout ce que ces attentions pouvaient m'attirer de chagrins, et j'en avertis ma mère. C'est peut-être la seule chose que j'aie faite en ma vie qui lui ait été agréable, et voici comment j'en fus récompensée. Quatre jours après, ou du moins à peu de jours, on me dit qu'on avait arrêté ma place dans un couvent, et dès le lendemain j'y fus conduite. J'étais si mal à la maison, que cet événement ne m'affligea point, et j'allai à Sainte-Marie, c'est mon premier couvent, avec beaucoup de gaieté. Cependant l'amant de ma sœur ne me voyant plus, m'oublia et devint son époux. Il s'appelle M.K... Il est notaire, et demeure à Corbeil, où il fait un assez mauvais ménage. Ma seconde sœur fut accordée à un M. Bauchon, marchand de soieries à Paris, rue Quincampoix, et vit assez bien avec lui.

Mes deux sœurs établies, je crus qu'on penserait à moi, et que je ne tarderai pas à sortir du couvent. J'avais alors seize ans et demi. On avait fait des dots considérables à mes sœurs ; je me promettais un sort égal au leur, et ma tête s'était remplie de projets séduisants, lorsqu'on me fit demander au parloir. C'était le père Séraphin, directeur de ma mère. Il avait été aussi le mien ; ainsi il n'eut pas d'embarras à m'expliquer le motif de sa visite. Il s'agissait de m'engager à prendre l'habit. Je me

récriai sur cette étrange proposition, et je lui décla-
rai nettement que je ne me sentais aucun goût pour
l'état religieux. « Tant pis, me dit-il, car vos parents
se sont dépouillés pour vos sœurs, et je ne vois plus
ce qu'ils pourraient pour vous dans la situation
étroite où ils se sont réduits. Réfléchissez-y, mademoiselle. Il faut ou entrer pour toujours dans cette
maison, ou s'en aller dans quelque couvent de province où l'on vous recevra pour une modique pension, et d'où vous ne sortirez qu'à la mort de vos
parents qui peut se faire attendre longtemps... » Je
me plaignis avec amertume, et je versai un torrent
de larmes. La supérieure était prévenue, elle
m'attendait au retour du parloir. J'étais dans un
désordre qui ne se peut expliquer. Elle me dit : « Et
qu'avez-vous, ma chère enfant ? (Elle savait mieux
que moi ce que j'avais.) Comme vous voilà ! Mais
on n'a jamais vu un désespoir pareil au vôtre. Vous
me faites trembler. Est-ce que vous avez perdu
monsieur votre père ou madame votre mère ? » Je
pensai lui répondre, en me jetant entre ses bras :
« Eh ! plût à Dieu !... » je me contentai de m'écrier :
« Hélas ! je n'ai ni père ni mère ; je suis une malheureuse qu'on déteste et qu'on veut enterrer ici
toute vive. » Elle laissa passer le torrent. Elle attendit le moment de la tranquillité. Je lui expliquai
plus clairement ce qu'on venait de m'annoncer.
Elle parut avoir pitié de moi. Elle me plaignit. Elle
m'encouragea à ne point embrasser un état pour
lequel je n'avais aucun goût. Elle me promit de
prier, de remontrer, de solliciter. Oh ! monsieur,
combien ces supérieures de couvent sont artifi-
cieuses ! vous n'en avez point d'idée. Elle écrivit en
effet. Elle n'ignorait pas les réponses qu'on lui
ferait. Elle me les communiqua et ce n'est qu'après
bien du temps que j'ai appris à douter de sa bonne
foi. Cependant le terme qu'on avait mis à ma réso-

lution arriva. Elle vint m'en instruire avec la tristesse la mieux étudiée. D'abord elle demeura sans parler, ensuite elle me jeta quelques mots de commisération, d'après lesquels je compris le reste. Ce fut encore une scène de désespoir ; je n'en aurai guère d'autres à vous peindre. Savoir se contenir est leur grand art. Ensuite elle me dit, en vérité, je crois que ce fut en pleurant : « Eh bien ! mon enfant, vous allez donc nous quitter ; chère enfant, nous ne nous reverrons plus !... » et d'autres propos que je n'entendis pas. J'étais renversée sur une chaise ; ou je gardais le silence, ou je sanglotais ; ou j'étais immobile, ou je me levais, et j'allais tantôt m'appuyer contre les murs, tantôt exhaler ma douleur sur son sein. Voilà ce qui s'était passé lorsqu'elle ajouta : « Mais que ne faites-vous une chose ? écoutez ! et n'allez pas dire au moins que je vous en ai donné le conseil ; je compte sur une discrétion inviolable de votre part ; car pour toute chose au monde, je ne voudrais pas qu'on eût un reproche à me faire. Qu'est-ce qu'on demande de vous ? Que vous preniez le voile. Eh bien ! que ne le prenez-vous ? A quoi cela vous engage-t-il ? A rien, à demeurer encore deux ans avec nous. On ne sait ni qui meurt ni qui vit ; deux ans, c'est du temps... il peut arriver bien des choses en deux ans... » Elle joignit à ces propos insidieux tant de caresses, tant de protestations d'amitié, tant de faussetés douces. Je savais où j'étais, je ne savais pas où l'on me mènerait ; et je me laissai persuader. Elle écrivit donc à mon père. Sa lettre était très bien, oh ! pour cela on ne peut mieux. Ma peine, ma douleur, mes réclamations n'y étaient point dissimulées. Je vous assure qu'une fille plus fine que moi y aurait été trompée. Cependant on finissait par donner mon consentement. Avec quelle célérité tout fut préparé ! Le jour fut pris ; mes habits faits ; le moment de la cérémonie arrivé, sans que j'aperçoive aujourd'hui le moindre intervalle entre ces choses. J'oubliais de vous dire que je vis mon père et ma mère, que je n'épargnai rien pour les toucher, et que je les trouvai inflexibles. Ce fut un M. l'abbé Blin, docteur de Sorbonne, qui m'exhorta, et M. l'évêque d'Alep qui me donna l'habit. Cette cérémonie n'est pas gaie par elle-même ; ce jour-là elle fut des plus tristes. Quoique les religieuses s'empressassent autour de moi pour me soutenir, vingt fois je sentis mes genoux se dérober, et je me vis prête à tomber sur les marches de l'autel. Je n'entendais rien. Je ne voyais rien. J'étais stupide. On me menait, et j'allais. On m'interrogeait, et l'on répondait pour moi. Cependant cette cruelle cérémonie prit fin ; tout le monde se retira et je restai au milieu du troupeau auquel on venait de m'associer. Mes compagnes m'ont entourée, elles m'embrassent et se disent : « Mais voyez donc, ma sœur ; comme elle est belle ! comme ce voile relève la blancheur de son teint ! comme ce bandeau lui sied ! comme il lui arrondit le visage ! comme il étend ses joues ! comme cet habit fait valoir sa taille et ses bras !... » Je les écoutais à peine, j'étais désolée. Cependant, il faut que j'en convienne, quand je fus seule, dans ma cellule, je me ressouvins de leurs flatteries, je ne pus m'empêcher de les vérifier à mon petit miroir ; et il me sembla qu'elles n'étaient pas tout à fait déplacées. Il y a des honneurs attachés à ce jour. On les exagéra pour moi, mais j'y fus peu sensible, et l'on affecta de croire le contraire et de me le dire, quoiqu'il fût très clair qu'il n'en était rien. Le soir, au sortir de la prière, la supérieure se rendit dans ma cellule : « En vérité, me dit-elle, après m'avoir un peu considérée, je ne sais pourquoi vous avez tant de répugnance pour cet habit. Il vous fait à merveille, et vous êtes charmante. Sœur Suzanne est une très belle religieuse ; on vous en aimera davantage. Çà, voyons un peu, marchez... Vous ne vous tenez pas assez droite ; il ne faut pas être courbée comme cela... » Elle me composa la tête, les pieds, les mains, la taille, les bras ; ce fut presque une leçon de Marcel sur les grâces monastiques, car chaque état a les siennes. Ensuite elle s'assit, et me dit : « C'est bien ; mais à présent parlons un peu sérieusement. Voilà donc deux ans de gagnés. Vos parents peuvent changer de résolution, vous-même vous voudrez peut-être rester ici, quand ils voudront vous en tirer. Cela ne serait point du tout impossible. — Madame, ne le croyez pas. — Vous avez été longtemps parmi nous, mais vous ne connaissez pas encore notre vie. Elle a ses peines sans doute ; mais elle a aussi ses douceurs... » Vous vous doutez bien de tout ce qu'elle put ajouter du monde et du cloître, cela est écrit partout, et partout de la même manière ; car, grâces à Dieu, on m'a fait lire le nombreux fatras de ce que les religieux ont débité de leur état qu'ils connaissent bien et qu'ils détestent, contre le monde qu'ils aiment, qu'ils déchirent et qu'ils ne connaissent pas.

Je ne vous ferai pas le détail de mon noviciat. Si l'on observait toute son austérité, on n'y résisterait pas. Mais c'est le temps le plus doux de la vie monastique. Une mère des novices est la sœur la plus indulgente qu'on a pu trouver. Son étude est de vous dérober toutes les épines de l'état ; c'est un cours de séduction la plus subtile et la mieux apprêtée. C'est elle qui épaissit les ténèbres qui vous environnent, qui vous berce, qui vous endort, qui vous en impose, qui vous fascine ; la nôtre s'attacha à moi particulièrement ; je ne pense pas qu'il y ait aucune âme, jeune et sans expérience, à l'épreuve de cet art funeste. Le monde a ses précipices, mais je n'imagine pas qu'on y arrive par une pente aussi facile. Si j'avais éternué deux fois de suite, j'étais dispensée de l'office, du travail, de la prière. Je me couchais de meilleure heure, je me levais plus tard. La règle cessait pour moi. Imaginez, monsieur, qu'il y avait des jours où je soupirais après l'instant de me sacrifier. Il ne se passe pas une histoire fâcheuse dans le monde qu'on ne vous en parle. On arrange les vraies ; on en fait de fausses ; et puis ce sont des louanges sans fin et des actions de grâces à Dieu qui nous met à couvert de ces humiliantes aventures. Cependant il approchait ce temps que j'avais quelquefois hâté par mes désirs. Alors je devins rêveuse. Je sentis mes répugnances se réveiller et s'accroître. Je les allais confier à la supérieure ou à notre mère des novices. Ces femmes se vengent bien de l'ennui que vous leur portez ; car il ne faut pas croire qu'elles s'amusent du rôle hypocrite qu'elles jouent, et des sottises qu'elles sont forcées de vous répéter. Cela devient à la fin si usé et si maussade pour elles ; mais elles s'y déterminent, et cela pour un millier d'écus qu'il en revient à leur maison. Voilà l'objet important pour lequel elles mentent toute leur vie, et préparent à de jeunes innocentes un désespoir de quarante, de cinquante années, et peut-être un malheur éternel ; car il est sûr, monsieur, que sur cent religieuses qui meurent avant cinquante ans, il y en a cent tout juste de damnées, sans compter celles qui deviennent folles, stupides ou furieuses en attendant.

Il arriva un jour qu'il s'en échappa une de ces dernières de la cellule où on la tenait renfermée. Je la vis. Voilà l'époque de mon bonheur ou de mon malheur, selon, monsieur, la manière dont vous en userez avec moi. Je n'ai jamais rien vu de si hideux. Elle était échevelée et presque sans vêtement. Elle traînait des chaînes de fer, ses yeux étaient égarés ; elle s'arrachait les cheveux ; elle se frappait la poitrine avec les poings ; elle courait. Elle hurlait ; elle se chargeait elle-même et les autres, des plus terribles imprécations. Elle cherchait une fenêtre pour se précipiter. La frayeur me saisit. Je tremblai de tous mes membres. Je vis mon sort dans celui de cette infortunée, et sur-le-champ il fut décidé dans mon cœur que je mourrais mille fois plutôt que de m'y exposer. On pressentit l'effet que cet événement pourrait faire sur mon esprit. On crut devoir le prévenir. On me dit de cette religieuse je ne sais combien de mensonges ridicules qui se contredisaient, qu'elle avait déjà l'esprit dérangé quand on l'avait reçue ; qu'elle avait eu un grand effroi, dans un temps critique ; qu'elle était devenue sujette à des visions ; qu'elle se croyait en commerce avec les anges ; qu'elle avait fait des lectures pernicieuses qui lui avaient gâté l'esprit ; qu'elle avait entendu des novateurs d'une morale outrée qui l'avaient si fort épouvantée des jugements de Dieu, que sa tête ébranlée en avait été renversée ; qu'elle ne voyait plus que des démons, l'enfer et des gouffres de feu ; qu'elles étaient bien malheureuses ; qu'il était inouï qu'il y eût jamais eu un pareil sujet dans la maison, que sais-je quoi encore ? Cela ne prit point auprès de moi. A tout moment ma religieuse folle me revenait à l'esprit, et je me renouvelais le serment de ne faire aucun vœu.

Le voici pourtant arrivé ce moment où il s'agissait de montrer si je savais me tenir parole. Un matin, après l'office, je vis entrer la supérieure chez moi. Elle tenait une lettre. Son visage était celui de la tristesse et de l'abattement ; les bras lui tombaient ; il semblait que sa main n'eût pas la force de soulever cette lettre. Elle me regardait ; des larmes semblaient rouler dans ses yeux ; elle se taisait et

moi aussi ; elle attendait que je parlasse la première ; j'en fus tentée, mais je me retins. Elle me
demanda comment je me portais ; que l'office avait
été bien long aujourd'hui ; que j'avais un peu
toussé ; que je lui paraissais indisposée. A tout cela
je répondis : « Non, ma chère mère. » Elle tenait
toujours sa lettre d'une main pendante. Au milieu
de ces questions, elle la posa sur ses genoux, et sa
main la cachait en partie. Enfin, après avoir tourné
autour de quelques questions sur mon père, sur ma
mère, voyant que je ne lui demandais point ce que
c'était que ce papier, elle me dit : « Voilà une
lettre... »

A ce mot, je sentis mon cœur se troubler ; et
j'ajoutai d'une voix entrecoupée et avec des lèvres
tremblantes : « Elle est de ma mère ?

— Vous l'avez dit. Tenez. Lisez... »

Je me remis un peu. Je pris la lettre. Je la lus
d'abord avec assez de fermeté ; mais à mesure que
j'avançais, la frayeur, l'indignation, la colère, le
dépit, différentes passions se succédant en moi,
j'avais différentes voix ; je prenais différents
visages, et je faisais différents mouvements. Quelquefois, je tenais à peine ce papier, ou je le tenais
comme si j'eusse voulu le déchirer, ou je le serrais
violemment comme si j'avais été tentée de le fros-
ser et de le jeter loin de moi. « Eh bien ! mon
enfant, que répondrons-nous à cela ?

— Madame, vous le savez.

— Mais non, je ne le sais pas. Les temps sont
malheureux. Votre famille a souffert des pertes. Les
affaires de vos sœurs sont dérangées. Elles ont
l'une et l'autre beaucoup d'enfants. On s'est épuisé
pour elles en les mariant. On se ruine pour les
soutenir. Il est impossible qu'on vous fasse un certain sort. Vous avez pris l'habit. On s'est constitué
en dépenses. Par cette démarche vous avez donné

22

des espérances. Le bruit de votre profession prochaine s'est répandu dans le monde. Au reste, comptez toujours sur tous mes secours. Je n'ai jamais attiré personne en religion. C'est un état où Dieu nous appelle ; et il est très dangereux de mêler sa voix à la sienne. Je n'entreprendrai point de parler à votre cœur, si la grâce ne lui dit rien. Jusqu'à présent je n'ai point à me reprocher le malheur d'une autre. Voudrais-je commencer par vous, mon enfant, qui m'êtes si chère ? Je n'ai point oublié que c'est à ma persuasion que vous avez fait les premières démarches, et je ne souffrirai point qu'on en abuse pour vous engager au-delà de votre volonté. Voyons donc ensemble. Concertons-nous. Voulez-vous faire profession ?

— Non madame.

— Vous ne vous sentez aucun goût pour l'état religieux ?

— Non madame.

— Vous n'obéirez point à vos parents ?

— Non madame.

— Que voulez-vous donc devenir ?

— Tout, excepté religieuse. Je ne le veux pas être. Je ne le serai pas.

— Eh bien ! vous ne le serez pas. Mais arrangeons une réponse à votre mère... »

Nous convînmes de quelques idées. Elle écrivit, et me montra sa lettre qui me parut encore très bien. Cependant on me dépêcha le directeur de la maison. On m'envoya le docteur qui m'avait prêchée à ma prise d'habit. On me recommanda à la mère des novices. Je vis M. l'évêque d'Alep. J'eus des lances à rompre avec des femmes pieuses qui se mêlèrent de mon affaire sans que je les connusse. C'étaient des conférences continuelles avec des moines et des prêtres. Mon père vint. Mes sœurs m'écrivirent. Ma mère parut la dernière. Je résistai à tout. Cependant le jour fut pris pour ma profession. On ne négligea rien pour obtenir mon consentement, mais quand on vit qu'il était inutile de le solliciter, on prit le parti de s'en passer.

De ce moment je fus renfermée dans ma cellule. On m'imposa le silence. Je fus séparée de tout le monde, abandonnée à moi-même, et je vis claire-ment qu'on était résolu à disposer de moi, sans moi. Je ne voulais point m'engager ; c'était un point résolu, et toutes les terreurs vraies ou fausses qu'on me jetait sans cesse, ne m'ébranlaient pas. Cepen-dant j'étais dans un état déplorable. Je ne savais point ce qu'il pouvait durer ; et s'il venait à cesser, je savais encore moins ce qui pouvait m'arriver. Au milieu de ces incertitudes, je pris un parti dont vous jugerez, monsieur, comme il vous plaira. Je ne voyais plus personne, ni la supérieure, ni la mère des novices, ni mes compagnes. Je fis avertir la première, et je feignis de me rapprocher de la volonté de mes parents. Mais mon dessein était de finir cette persécution avec éclat et de protester publiquement contre la violence qu'on méditait. Je dis donc qu'on était maître de mon sort ; qu'on en pouvait disposer comme on voudrait ; qu'on exi-geait que je fisse profession, et que je la ferais. Voilà la joie répandue dans toute la maison ; les caresses revenues ; avec toutes les flatteries et toute la séduction. « Dieu avait parlé à mon cœur. Per-sonne n'était plus faite pour l'état de perfection que moi. Il était impossible que cela ne fût pas. On s'y était toujours attendu. On ne remplit pas ses devoirs avec tant d'édification et de constance, quand on n'y est pas vraiment destinée. La mère des novices n'avait jamais vu dans aucune de ses élèves de vocation mieux caractérisée. Elle était toute surprise du travers que j'avais pris, mais elle avait toujours bien dit à notre mère supérieure qu'il fallait tenir bon et que cela passerait. Que les meilleures religieuses avaient eu de ces moments-là. Que c'étaient des suggestions du mauvais esprit qui redoublait ses efforts lorsqu'il était sur le point de perdre sa proie. Que j'allais lui échapper. Qu'il n'y aurait plus que des roses pour moi. Que les obligations de la vie religieuse me paraîtraient d'autant plus supportables que je me les étais plus fortement exagérées. Que cet appesantissement subit du joug était une grâce du Ciel, qui se servait de ce moyen pour l'alléger. » Il me paraissait assez singulier que la même chose vînt de Dieu ou du diable, selon qu'il leur plaisait de l'envisager. Il y a beaucoup de circonstances pareilles dans la religion. Et ceux qui m'ont consolée m'ont souvent dit de mes pensées, les uns que c'étaient autant d'instigations de Satan, et les autres, autant d'inspirations de Dieu. Le même mal vient, ou de Dieu qui nous éprouve, ou du mauvais esprit qui nous tente.

Je me conduisis avec discrétion. Je crus pouvoir me répondre de moi. Je vis mon père. Il me parla froidement. Je vis ma mère. Elle m'embrassa. Je reçus des lettres de congratulation de mes sœurs et de beaucoup d'autres. Je sus que ce serait un M. Sornin, vicaire de Saint-Roch, qui ferait le sermon, et M. Thierry, chancelier de l'Université, qui recevrait mes vœux. Tout alla bien jusqu'à la veille du grand jour. Excepté qu'ayant appris que la cérémonie serait clandestine, qu'il y aurait très peu de monde, et que la porte de l'église ne serait ouverte qu'aux parents, j'appelai par la tourière toutes les personnes de notre voisinage ; mes amis, mes amies ; j'eus la permission d'écrire à quelques-unes de mes connaissances. Tout ce concours auquel on ne s'attendait guère se présenta, il fallut le laisser entrer, et l'assemblée fut telle à peu près qu'il le fallait pour mon projet. Oh, monsieur, quelle nuit que celle qui précéda ! Je ne me couchai point. J'étais assise sur mon lit. J'appelais Dieu à mon secours. J'élevais mes mains au Ciel, je le prenais à témoin de la violence qu'on me faisait. Je me représentais mon rôle au pied des autels ; une jeune fille protestant à haute voix contre une action à laquelle elle paraît avoir consenti. Le scandale des assistants ; le désespoir des religieuses ; la fureur de mes parents. « O Dieu ! que vais-je devenir ? » En prononçant ces mots, il me prit une défaillance générale. Je tombai évanouie sur mon traversin. Un frisson dans lequel mes genoux se battaient et mes dents se frappaient avec bruit ; succéda à cette défaillance, à ce frisson une chaleur terrible ; mon esprit se troubla. Je ne me souviens ni de m'être déshabillée, ni d'être sortie de ma cellule, cependant on me trouva nue en chemise, étendue par terre à la porte de la supérieure, sans mouvement et presque sans vie. J'ai appris ces choses depuis. On m'avait rapportée dans ma cellule, et le matin mon lit fut environné de la supérieure, de la mère des novices et de celles qu'on appelle les assistantes. J'étais fort abattue. On me fit quelques questions. On vit par mes réponses que je n'avais aucune connaissance de ce qui s'était passé, et l'on ne m'en parla pas. On me demanda comment je me portais ; si je persistais dans ma sainte résolution, et si je me sentais capable de supporter la fatigue du jour. Je répondis qu'oui, et contre leur attente rien ne fut dérangé.

On avait tout disposé dès la veille. On sonna les cloches, pour apprendre à tout le monde qu'on allait faire une malheureuse. Le cœur me battit encore. On vint me parer. Ce jour est un jour de toilette. A présent que je me rappelle toutes ces cérémonies, il me semble qu'elles auraient quelque chose de solennel et de bien touchant pour une jeune innocente que son penchant n'entraînerait point ailleurs. On me conduisit à l'église. On célébra la sainte messe. Le bon vicaire, qui me soupçonnait une résignation que je n'avais point, me fit un long sermon où il n'y avait pas un mot qui ne fût à contresens. C'était quelque chose de bien ridicule que tout ce qu'il me disait de mon bonheur, de la grâce, de mon courage, de mon zèle, de ma ferveur et de tous les beaux sentiments qu'il me supposait. Ce contraste et de son éloge et de la démarche que j'allais faire me troubla. J'eus des moments d'incertitude, mais qui durèrent peu. Je n'en sentis que mieux que je manquais de tout ce qu'il fallait avoir pour être une bonne religieuse. Cependant le moment terrible arriva. Lorsqu'il fallut entrer dans le lieu où je devais prononcer le vœu de mon engagement, je ne me trouvai plus de jambes. Deux de mes compagnes me prirent sous les bras. J'avais la tête renversée sur une d'elles, et je me traînais. Je ne sais ce qui se passait dans l'âme des assistants ; mais ils voyaient une jeune victime mourante qu'on portait à l'autel, et il s'échappait de toutes parts des soupirs et des sanglots, au milieu desquels je suis bien sûre que ceux de mon père et de ma mère ne se firent point entendre. Tout le monde était debout. Il y avait de jeunes personnes montées sur des chaises et attachées aux barreaux de la grille, et il se faisait un profond silence, lorsque celui qui présidait à ma profession me dit : « Marie-Suzanne Simonin, promettez-vous de dire la vérité ?

— Je le promets.

— Est-ce de votre plein gré et de votre libre volonté que vous êtes ici ? »

Je répondis, « non », mais celles qui m'accompagnaient répondirent pour moi, « oui ».

« Marie-Suzanne Simonin, promettez-vous à Dieu chasteté, pauvreté et obéissance ? »

J'hésitai un moment. Le prêtre attendit. Et je répondis :

« Non, monsieur. »

Il recommença :

« Marie-Suzanne Simonin, promettez-vous à Dieu chasteté, pauvreté et obéissance ? »

Je lui répondis d'une voix plus ferme :

« Non, monsieur, non. »

Il s'arrêta et me dit : « Mon enfant ; remettez-vous, et écoutez-moi.

— Monsieur, lui dis-je, vous me demandez si je promets à Dieu chasteté, pauvreté et obéissance ; je vous ai bien entendu et je vous réponds que non... »

Et me tournant ensuite vers les assistants, entre lesquels il s'était levé un assez grand murmure, je fis signe que je voulais parler. Le murmure cessa et je dis :

« Messieurs, et vous surtout mon père et ma mère, je vous prends tous à témoin... »

A ces mots une des sœurs laissa tomber le voile de la grille ; et je vis qu'il était inutile de continuer. Les religieuses m'entourèrent, m'accablèrent de reproches. Je les écoutai sans mot dire. On me conduisit dans ma cellule où l'on m'enferma sous la clef.

Là, seule, livrée à mes réflexions, je commençai à rassurer mon âme. Je revins sur ma démarche, et je ne m'en repentis point. Je vis qu'après l'éclat que j'avais fait, il était impossible que je restasse ici longtemps et que peut-être on n'oserait pas me remettre en couvent. Je ne savais ce qu'on ferait de moi, mais je ne voyais rien de pis que d'être religieuse malgré soi. Je demeurai assez longtemps sans entendre parler de qui que ce fût. Celles qui m'apportaient à manger entraient, mettaient mon dîner à terre et s'en allaient en silence. Au bout d'un mois, on me donna des habits de séculière. Je quittai ceux de la maison. La supérieure vint et me dit de la suivre. Je la suivis jusqu'à la porte conventuelle, là je montai dans une voiture où je trouvai ma mère seule qui m'attendait. Je m'assis sur le devant et le carrosse partit. Nous restâmes l'une vis-à-vis de l'autre quelque temps sans mot dire. J'avais les yeux baissés. Je n'osais la regarder. Je ne sais ce qui se passa dans mon âme ; mais tout à coup je me jetai à ses pieds, et je penchai ma tête sur ses genoux ; je ne lui parlais pas ; mais je sanglotais et j'étouffais. Elle me repoussa durement. Je ne me relevai pas. Le sang me vint au nez. Je saisis une de ses mains malgré qu'elle en eût, et l'arrosant de mes larmes et de mon sang qui coulait, appuyant ma bouche sur cette main, je la baisais et je lui disais : « Vous êtes toujours ma mère ; je suis toujours votre enfant... » Elle me répondit (en me poussant encore plus rudement et en arrachant sa main d'entre les miennes) : « Relevez-vous, malheureuse, relevez-vous. » Je lui obéis. Je me rassis, et je tirai ma coiffe sur mon visage. Elle avait mis tant d'autorité et de fermeté dans le son de sa voix, que je crus devoir me dérober à ses yeux. Mes larmes et le sang qui coulait de mon nez se mêlaient ensemble, descendaient le long de mes bras, et j'en étais toute couverte sans que je m'en aperçusse. A quelques mots qu'elle dit, je conçus que sa robe et son linge en avaient été tachés, et que cela lui déplaisait. Nous arrivâmes à la maison, où l'on me conduisit tout de suite à une petite chambre qu'on m'avait préparée. Je me jetai encore à ses genoux sur l'escalier ; je la retins par son vêtement ; mais tout ce que j'en obtins, ce fut de se retourner de mon côté et de me regarder avec un mouvement d'indignation de la tête, de la bouche et des yeux, que vous concevez mieux que je ne puis vous le rendre.

J'entrai dans ma nouvelle prison, où je passai six mois, sollicitant tous les jours inutilement la grâce de lui parler, de voir mon père ou de leur écrire. On m'apportait à manger. On me servait. Une domestique m'accompagnait à la messe les jours de fête et me renfermait. Je lisais. Je travaillais. Je pleurais. Je chantais quelquefois, et c'est ainsi que mes journées se passaient. Un sentiment secret me soutenait, c'est que j'étais libre, et que mon sort, quelque dur qu'il fût, pouvait changer. Mais il était décidé que je serais religieuse, et je le fus.

Tant d'inhumanité, tant d'opiniâtreté de la part de mes parents, ont achevé de me confirmer ce que je soupçonnais de ma naissance. Je n'ai jamais pu trouver d'autres moyens de les excuser. Ma mère craignait apparemment que je ne revinsse un jour sur le partage des biens ; que je ne redemandasse ma légitime ; et que je n'associasse un enfant naturel à des enfants légitimes. Mais ce qui n'était qu'une conjecture va se tourner en certitude.

Tandis que j'étais enfermée à la maison, je faisais peu d'exercices extérieurs de religion. Cependant on m'envoyait à confesse la veille des grandes fêtes. Je vous ai dit que j'avais le même directeur que ma mère. Je lui parlai. Je lui exposai toute la dureté de la conduite qu'on avait tenue avec moi depuis environ trois ans. Il la savait. Je me plaignis de ma mère surtout avec amertume et ressentiment. Ce prêtre était entré tard dans l'état religieux. Il avait de l'humanité. Il m'écouta tranquillement et me dit :

« Mon enfant, plaignez votre mère ; plaignez-la plus encore que vous ne la blâmez. Elle a l'âme bonne. Soyez sûre que c'est malgré elle qu'elle en use ainsi.

— Malgré elle, monsieur ! Et qu'est-ce qui peut l'y contraindre ! Ne m'a-t-elle pas mise au monde ?

Et quelle différence y a-t-il entre mes sœurs et moi ?

— Beaucoup.

— Beaucoup ? je n'entends rien à votre réponse... »

J'allais entrer dans la comparaison de mes sœurs et de moi ; lorsqu'il m'arrêta et me dit :

« Allez, allez, l'inhumanité n'est pas le vice de vos parents ; tâchez de prendre votre sort en patience, et de vous en faire du moins un mérite devant Dieu. Je verrai votre mère, et soyez sûre que j'emploierai pour vous servir tout ce que je puis avoir d'ascendant sur son esprit... »

Ce *beaucoup*, qu'il m'avait répondu, fut un trait de lumière pour moi. Je ne doutai plus de la vérité de ce que j'avais pensé sur ma naissance.

Le samedi suivant, vers les cinq heures et demie du soir, à la chute du jour, la servante qui m'était attachée monta, et me dit : « Madame votre mère ordonne que vous vous habilliez. » Une heure après : « Madame veut que vous descendiez avec moi. » Je trouvai à la porte un carrosse, où nous montâmes la domestique et moi, et j'appris que nous allions aux Feuillants, chez le père Séraphin. Il nous attendait. Il était seul. La domestique s'éloigna et moi j'entrai dans le parloir. Je m'assis inquiète et curieuse de ce qu'il avait à me dire. Voici comme il me parla :

« Mademoiselle, l'énigme de la conduite sévère de vos parents va s'expliquer pour vous. J'en ai obtenu la permission de madame votre mère. Vous êtes sage. Vous avez de l'esprit, de la fermeté. Vous êtes dans un âge où l'on pourrait vous confier un secret, même qui ne vous concernerait point. Il y a longtemps que j'ai exhorté pour la première fois madame votre mère à vous révéler celui que vous allez apprendre. Elle n'a jamais pu s'y résoudre. Il est dur pour une mère d'avouer une faute grave à son enfant. Vous connaissez son caractère, il ne va guère avec la sorte d'humiliation d'un certain aveu. Elle a cru pouvoir sans cette ressource vous amener à ses desseins. Elle s'est trompée. Elle en est fâchée. Elle revient aujourd'hui à mon conseil, et c'est elle qui m'a chargé de vous annoncer que vous n'étiez pas la fille de M. Simonin. »

Je lui répondis sur-le-champ : « Je m'en étais doutée.

— Voyez à présent, mademoiselle ; considérez, pesez ; jugez si madame votre mère peut, sans le consentement, même avec le consentement de monsieur votre père, vous unir à des enfants dont vous n'êtes point la sœur ; si elle peut avouer à monsieur votre père un fait sur lequel il n'a déjà que trop de soupçons.

— Mais, monsieur, qui est mon père ?

— Mademoiselle, c'est ce qu'on ne m'a pas confié. Il n'est que trop certain, mademoiselle, ajouta-t-il, qu'on a prodigieusement avantagé vos sœurs, et qu'on a pris toutes les précautions imaginables, par les contrats de mariage, par le dénaturé des biens, par les stipulations, par les fidéicommis et autres moyens, de réduire à rien votre légitime dans le cas que vous puissiez un jour vous adresser aux lois pour la redemander. Si vous perdez vos parents, vous trouverez peu de chose. Vous refusez un couvent, peut-être regretterez-vous de n'y pas être.

— Cela ne se peut, monsieur ; je ne demande rien.

— Vous ne savez pas ce que c'est que la peine, le travail, l'indigence.

— Je connais du moins le prix de la liberté et le poids d'un état auquel on n'est point appelée.

— Je vous ai dit ce que j'avais à vous dire ; c'est à vous, mademoiselle, à faire vos réflexions... »

Ensuite il se leva.

« Mais, monsieur, encore une question.

— Tant qu'il vous plaira.

— Mes sœurs savent-elles ce que vous m'avez appris ?

— Non mademoiselle.

— Comment ont-elles donc pu se résoudre à dépouiller leur sœur, car c'est ce qu'elles me croient.

— Ah ! mademoiselle, l'intérêt, l'intérêt ! elles n'auraient point obtenu les partis considérables qu'elles ont trouvés. Chacun songe à soi dans ce monde ; et je ne vous conseille pas de compter sur elles si vous venez à perdre vos parents ; soyez sûre qu'on vous disputera jusqu'à une obole la petite portion que vous aurez à partager avec elles. Elles ont beaucoup d'enfants. Ce prétexte sera trop honnête pour vous réduire à la mendicité. Et puis elles ne peuvent plus rien. Ce sont les maris qui font tout. Si elles avaient quelques sentiments de commisération, les secours qu'elles vous donneraient à l'insu de leurs maris deviendraient une source de divisions domestiques. Je ne vois que de ces choses-là, ou des enfants abandonnés même légitimes, ou des enfants secourus aux dépens de la paix domestique. Et puis, mademoiselle, le pain qu'on reçoit est bien dur. Si vous m'en croyez, vous vous réconcilierez avec vos parents. Vous ferez ce que votre mère doit attendre de vous. Vous entrerez en religion. On vous fera une petite pension avec laquelle vous passerez des jours, sinon heureux, du moins supportables. Au reste, je ne vous célerai pas que l'abandon apparent de votre mère, son opiniâtreté à vous enfermer, et quelques autres circonstances qui ne me reviennent plus, mais que j'ai sues dans le temps, ont produit exactement sur votre père le même effet que sur vous. Votre naissance lui était suspecte. Elle ne le lui est plus. Et sans être dans la confidence, il ne doute point que vous ne lui apparteniez comme enfant, que par la loi qui les attribue à celui qui porte le titre d'époux. Allez, mademoiselle. Vous êtes bonne et sage. Pensez à ce que vous venez d'apprendre. »

Je me levai ; je me mis à pleurer. Je vis qu'il était lui-même attendri. Il leva doucement les yeux au ciel, et me reconduisit. Je repris la domestique qui m'avait accompagnée, nous remontâmes en voiture, et nous rentrâmes à la maison.

Il était tard. Je rêvai une partie de la nuit à ce qu'on venait de me révéler. J'y rêvai encore le lendemain. Je n'avais point de père. Le scrupule m'avait ôté ma mère. Des précautions prises pour que je ne pusse prétendre aux droits de ma naissance légale. Une captivité domestique fort dure. Nulle espérance. Nulle ressource. Peut-être que si l'on se fût expliqué plus tôt avec moi, après l'établissement de mes sœurs, on m'eût gardée à la maison qui ne laissait pas que d'être fréquentée, il se serait trouvé quelqu'un à qui mon caractère, mon esprit, ma figure et mes talents auraient paru une dot suffisante. La chose n'était pas encore impossible, mais l'éclat que j'avais fait en couvent la rendait plus difficile. On ne conçoit guère comment une fille de dix-sept à dix-huit ans a pu se porter à cette extrémité sans une fermeté peu commune. Les hommes louent beaucoup cette qualité, mais il me semble qu'ils s'en passent volontiers dans celles dont ils se proposent de faire leurs épouses. C'était pourtant une ressource à tenter avant que de songer à un autre parti. Je pris celui de m'en ouvrir à ma mère, et je lui fis demander un entretien qui me fut accordé.

C'était dans l'hiver. Elle était assise dans un fauteuil, devant le feu ; elle avait le visage sévère, le regard fixe et les traits immobiles. Je m'approchai d'elle. Je me jetai à ses pieds, et je lui demandai pardon de tous les torts que j'avais.

« C'est, me répondit-elle, par ce que vous m'allez dire que vous le mériterez. Levez-vous. Votre père est absent. Vous avez tout le temps de vous expliquer. Vous avez vu le père Séraphin. Vous savez enfin qui vous êtes et ce que vous pouvez attendre de moi, si votre projet n'est pas de me punir toute ma vie d'une faute que je n'ai déjà que trop expiée. Eh bien ! mademoiselle, que me voulez-vous ? Qu'avez-vous résolu ?

— Maman, lui répondis-je, je sais que je n'ai rien et que je ne dois prétendre à rien. Je suis bien éloignée d'ajouter à vos peines, de quelque nature qu'elles soient ; peut-être m'auriez-vous trouvée plus soumise à vos volontés, si vous m'eussiez instruite plus tôt de quelques circonstances qu'il était difficile que je soupçonnasse. Mais enfin je sais. Je me connais, et il ne me reste qu'à me conduire en conséquence de mon état. Je ne suis plus surprise des distinctions qu'on a mises entre mes sœurs et moi. J'en reconnais la justice. J'y souscris. Mais je suis toujours votre enfant, vous m'avez portée dans votre sein, et j'espère que vous ne l'oublierez pas.

— Malheur à moi, ajouta-t-elle vivement, si je ne vous avouais pas autant qu'il est en mon pouvoir !

— Eh bien ! maman, lui dis-je ; rendez-moi vos bontés ; rendez-moi votre présence ; rendez-moi la tendresse de celui qui se croit mon père.

— Peu s'en faut, ajouta-t-elle, qu'il ne soit aussi certain de votre naissance que vous et moi. Je ne vous vois jamais à côté de lui sans entendre ses reproches. Il me les adresse par la dureté dont il en use avec vous. N'espérez point de lui les sentiments d'un père tendre. Et puis, vous l'avouerai-je, vous me rappelez une trahison, une ingratitude si odieuse de la part d'un autre que je n'en puis supporter l'idée. Cet homme se montre sans cesse entre vous et moi. Il me repousse, et la haine que je lui dois se répand sur vous.

— Quoi ! lui dis-je, ne puis-je espérer que vous me traitiez vous et M. Simonin comme une étrangère, une inconnue que vous auriez recueillie par humanité ?

— Nous ne le pouvons ni l'un ni l'autre... Ma fille, n'empoisonnez pas ma vie plus longtemps. Si vous n'aviez point de sœurs, je sais ce que j'aurais à faire ; mais vous en avez deux, et elles ont l'une et l'autre une famille nombreuse. Il y a longtemps que la passion qui me soutenait s'est éteinte. La conscience a repris ses droits.

— Mais celui à qui je dois la vie...

— Il n'est plus. Il est mort sans se ressouvenir de vous, et c'est le moindre de ses forfaits... »

En cet endroit son visage s'altéra, ses yeux s'allumèrent ; l'indignation s'empara de son visage. Elle voulait parler, mais elle n'articulait plus ; le tremblement de ses lèvres l'en empêchait. Elle était assise. Elle pencha sa tête sur ses mains pour me dérober les mouvements violents qui se passaient en elle. Elle demeura quelque temps dans cet état, puis elle se leva, fit quelques tours dans la chambre sans mot dire ; elle contraignait ses larmes, qui coulaient avec peine, et elle disait :

« Le monstre ! il n'a pas dépendu de lui qu'il ne vous ait étouffée dans mon sein, par toutes les peines qu'il m'a causées. Mais Dieu nous a conservées l'une et l'autre, pour que la mère expiât sa faute par l'enfant... Ma fille, vous n'avez rien, et vous n'aurez jamais rien. Le peu que je puis faire pour vous je le dérobe à vos sœurs. Voilà les suites d'une faiblesse. Cependant j'espère n'avoir rien à me reprocher en mourant ; j'aurai gagné votre dot par mon économie. Je n'abuse point de la facilité de mon époux, mais je mets tous les jours à part ce que j'obtiens de temps en temps de sa libéralité. J'ai vendu ce que j'avais de bijoux, et j'ai obtenu de lui de disposer à mon gré du prix qui m'en est revenu. J'aimais le jeu, je ne joue plus. J'aimais les spectacles, je m'en suis privée. J'aimais la compagnie, je vis retirée. J'aimais le faste, j'y ai renoncé. Si vous entrez en religion, comme c'est ma volonté et celle de M. Simonin, votre dot sera le fruit de ce que je prends sur moi tous les jours.

— Mais, maman, lui dis-je, il vient encore ici quelques gens de bien ; peut-être s'en trouvera-t-il un qui, satisfait de ma personne, n'exigera pas même les épargnes que vous avez destinées à mon établissement.

— Il n'y faut plus penser. Votre éclat vous a perdue.

— Le mal est-il sans ressource ?

— Sans ressource.

— Mais si je ne trouve point un époux, est-il nécessaire que je m'enferme dans un couvent ?

— A moins que vous ne veuilliez perpétuer ma douleur et mes remords, jusqu'à ce que j'aie les yeux fermés. Il faut que j'y vienne. Vos sœurs, dans ce moment terrible, seront autour de mon lit ; voyez si je pourrai vous voir au milieu d'elles. Quel serait l'effet de votre présence dans ces derniers moments ! Ma fille, car vous l'êtes, malgré moi ; vos sœurs ont obtenu des lois un nom que vous tenez du crime, n'affligez pas une mère qui expire ; lais- sez-la descendre paisiblement au tombeau, qu'elle puisse se dire à elle-même, lorsqu'elle sera sur le point de paraître devant le grand juge, qu'elle a réparé sa faute autant qu'il était en elle. Qu'elle puisse se flatter qu'après sa mort vous ne porterez point le trouble dans la maison et que vous ne revendiquerez pas des droits que vous n'avez point.

— Maman, lui dis-je, soyez tranquille là-dessus. Faites venir un homme de loi. Qu'il dresse un acte de renonciation et je souscrirai à tout ce qu'il vous plaira.

— Cela ne se peut ; un enfant ne se déshérite pas lui-même ; c'est le châtiment d'un père et d'une mère justement irrités. S'il plaisait à Dieu de m'appeler demain, demain il faudrait que j'en vinsse à cette extrémité, et que je m'ouvrisse à mon mari, afin de prendre de concert les mêmes mesures. Ne m'exposez point à une indiscrétion qui me rendrait odieuse à ses yeux, et qui entraînerait des suites qui vous déshonoreraient. Si vous me survivez, vous resterez sans nom, sans fortune, et sans état... malheureuse ! dites-moi ce que vous deviendrez... quelles idées voulez-vous que j'emporte en mourant ? Il faudra donc que je dise à votre père... Que lui dirai-je ? Que vous n'êtes pas son enfant... Ma fille, s'il ne fallait que se jeter à vos pieds, pour obtenir de vous... mais vous ne sentez rien, vous avez l'âme inflexible de votre père... »

En ce moment, M. Simonin entra. Il vit le désordre de sa femme. Il l'aimait. Il était violent ; il s'arrêta tout court, et tournant des regards terribles sur moi, il me dit :

« Sortez... »

S'il eût été mon père je ne lui aurais pas obéi. Mais il ne l'était pas.

Il ajouta, en parlant au domestique qui m'éclairait :

« Dites-lui qu'elle ne reparaisse plus. »

Je me renfermai dans ma petite prison. Je rêvai à ce que ma mère m'avait dit. Je me jetai à genoux. Je priai Dieu qu'il m'inspirât. Je priai longtemps. Je demeurai le visage collé contre terre : on n'invoque presque jamais la voix du Ciel, que quand on ne sait à quoi se résoudre, et il est rare qu'alors elle ne nous conseille pas d'obéir. Ce fut le parti que je pris. On veut que je sois religieuse, peut-être est-ce aussi la volonté de Dieu ; eh bien ! je le serai. Puisqu'il faut que je sois malheureuse, qu'importe où je le sois ? Je recommandai à celle qui me servait de m'avertir quand mon père serait sorti. Dès le lendemain je sollicitai un entretien avec ma mère ; elle me fit répondre qu'elle avait promis le contraire à M. Simonin, mais que je pouvais lui écrire avec un crayon qu'on me donna. J'écrivis donc sur un bout de papier. Ce fatal papier s'est retrouvé, et l'on ne s'en est que trop bien servi contre moi.

« Maman, je suis fâchée de toutes les peines que je vous ai causées ; je vous en demande pardon. Mon dessein est de les finir. Ordonnez de moi tout ce qu'il vous plaira. Si c'est votre volonté que j'entre en religion, je souhaite que ce soit aussi celle de Dieu. »

La servante prit cet écrit et le porta à ma mère. Elle remonta un moment après, et elle me dit avec transport :

« Mademoiselle, puisqu'il ne fallait qu'un mot pour faire le bonheur de votre père, de votre mère et le vôtre, pourquoi l'avoir différé si longtemps ? Monsieur et Madame ont un visage que je ne leur ai jamais vu depuis que je suis ici. Ils se querellaient sans cesse à votre sujet. Dieu merci, je ne verrai plus cela. »

Tandis qu'elle me parlait, je pensais que je venais de signer mon arrêt de mort ; et ce pressentiment monsieur, se vérifiera, si vous m'abandonnez.

Quelques jours se passèrent, sans que j'entendisse parler de rien ; mais un matin, sur les neuf heures, ma porte s'ouvrit brusquement. C'était M. Simonin qui entrait en robe de chambre et en bonnet de nuit. Depuis que je savais qu'il n'était pas mon père, sa présence ne me causait que de l'effroi. Je me levai. Je lui fis la révérence. Il me sembla que j'avais deux cœurs. Je ne pouvais penser à ma mère sans m'attendrir, sans avoir envie de pleurer. Il n'en était pas ainsi de M. Simonin. Il est sûr qu'un père inspire une sorte de sentiments qu'on n'a pour personne au monde que lui. On ne sait pas cela, sans s'être trouvée, comme moi, vis-à-vis d'un homme qui a porté longtemps et qui vient de perdre cet auguste caractère. Les autres l'ignoreront toujours. Si je passais de sa présence à celle de ma mère, il me semblait que j'étais une autre. Il me dit :

« Suzanne, reconnaissez-vous ce billet ?

— Oui monsieur.

— L'avez-vous écrit librement ?

— Je ne saurais dire qu'oui.

— Êtes-vous du moins résolue à exécuter ce qu'il promet ?

— Je le suis.

— N'avez-vous de prédilection pour aucun couvent ?

— Non, ils me sont indifférents.

— Il suffit. » Il me quitta et descendit.

Voilà ce que je répondis, mais malheureusement cela ne fut point écrit. Pendant une quinzaine d'une entière ignorance de ce qui se passait, il me parut qu'on s'était adressé à différentes maisons religieuses et que le scandale de ma première démarche avait empêché qu'on ne me reçût postulante. On fut moins difficile à Longchamp, et cela sans doute parce qu'on insinua que j'étais musicienne et que j'avais de la voix. On m'exagéra bien les difficultés qu'on avait eues, et la grâce qu'on me faisait de m'accepter dans cette maison. On m'engagea même à écrire à la supérieure. Je ne sentais pas les suites de ce témoignage écrit qu'on exigeait ; on craignait apparemment qu'un jour je ne revinsse contre mes vœux. On voulait avoir une attestation de ma propre main qu'ils avaient été libres. Sans ce motif, comment cette lettre, qui devait rester entre les mains de la supérieure, aurait-elle passé dans la suite entre les mains de mes beaux-frères ? Mais fermons vite les yeux là-dessus, ils me montrent M. Simonin comme je ne veux pas le voir. Il n'est plus.

Je fus conduite à Longchamp. Ce fut ma mère qui m'accompagna. Je ne demandai point à dire adieu à M. Simonin. J'avoue que la pensée ne m'en vint qu'en chemin. On m'attendait. J'étais annoncée, et par mon histoire et par mes talents. On ne me dit rien de l'une, mais on fut très pressé de voir si l'acquisition qu'on faisait en valait la peine. Lorsqu'on se fut entretenu de beaucoup de choses indifférentes, car après ce qui m'était arrivé, vous pensez bien qu'on ne parla ni de Dieu, ni de vocation, ni des dangers du monde, ni de la douceur de la vie religieuse, et qu'on ne hasarda pas un mot des pieuses fadaises dont on remplit ces premiers moments, la supérieure dit : « Mademoiselle, vous savez la musique, vous chantez ; nous avons un clavecin, si vous vouliez, nous irions dans notre parloir. » J'avais l'âme serrée ; mais ce n'était pas le moment de marquer de la répugnance. Ma mère passa, je la suivis, la supérieure ferma la marche avec quelques religieuses que la curiosité avait attirées. C'était le soir ; on apporta des bougies. Je m'assis, je me mis au clavecin. Je préludai longtemps, cherchant un morceau de musique dans ma tête, que j'en ai pleine, et n'en trouvai point. Cependant la supérieure me pressa, et je chantai sans y entendre finesse, par habitude, parce que le mor-

ceau m'était familier : *Tristes apprêts, pâles flam-*
beaux, jour plus affreux que les ténèbres... Je ne sais
ce que cela produisit, mais on ne m'écouta pas
longtemps. On m'interrompit par des éloges que je
fus bien surprise d'avoir mérités si promptement et
à si peu de frais. Ma mère me remit entre les mains
de la supérieure, me donna sa main à baiser et s'en
retourna.

Me voilà donc dans une autre maison religieuse,
et postulante et avec toutes les apparences de pos-
tuler de mon plein gré. Mais vous, monsieur, qui
connaissez jusqu'à ce moment tout ce qui s'est
passé, qu'en pensez-vous ? La plupart de ces choses
ne furent point alléguées, lorsque je voulus revenir
contre mes vœux. Les unes parce que c'étaient des
vérités destituées de preuves, les autres parce
qu'elles m'auraient rendue odieuse, sans me servir.
On n'aurait vu en moi qu'un enfant dénaturé qui
flétrissait la mémoire de ses parents pour obtenir
sa liberté. On avait la preuve de ce qui était contre
moi ; ce qui était pour ne pouvait ni s'alléguer ni se
prouver. Je ne voulus pas même qu'on insinuât aux
juges le soupçon de ma naissance. Quelques personnes, étrangères aux lois, me conseillèrent de
mettre en cause le directeur de ma mère et le mien ;
cela ne se pouvait, et quand la chose aurait été
possible, je ne l'aurais pas soufferte. Mais à propos,
de peur que je ne l'oublie et que l'envie de me servir
ne vous empêche d'en faire la réflexion sauf votre
meilleur avis, je crois qu'il faut taire que je sais la
musique et que je touche du clavecin ; il n'en faudrait pas davantage pour me déceler. L'ostentation
de ces talents ne va point avec l'obscurité et la
sécurité que je cherche. Celles de mon état ne
savent point ces choses, et il faut que je les ignore.
Si je suis contrainte de m'expatrier, j'en ferai ma

ressource. M'expatrier ! mais dites-moi pourquoi cette idée m'épouvante ? C'est que je ne sais où aller. C'est que je suis jeune et sans expérience. C'est que je crains la misère, les hommes et le vice. C'est que j'ai toujours vécu renfermée, et que si j'étais hors de Paris, je me croirais perdue dans le monde. Tout cela n'est peut-être pas vrai, mais c'est ce que je sens. Monsieur, que je ne sache pas où aller ni que devenir, cela dépend de vous.

Les supérieures à Longchamp, ainsi que dans la plupart des maisons religieuses, changent de trois ans en trois ans. C'était une madame de Moni qui entrait en charge, lorsque je fus conduite dans la maison. Je ne puis vous en dire trop de bien ; c'est pourtant sa bonté qui m'a perdue. C'était une femme de sens ; qui connaissait le cœur humain ; elle avait de l'indulgence, quoique personne n'en eût moins besoin. Nous étions toutes ses enfants. Elle ne voyait jamais que les fautes qu'elle ne pouvait s'empêcher d'apercevoir, ou dont l'importance ne lui permettait pas de fermer les yeux. J'en parle sans intérêt. J'ai fait mon devoir avec exactitude, et elle me rendrait la justice que je n'en commis aucune dont elle eût à me punir ou qu'elle eût à me pardonner. Si elle avait de la prédilection elle lui était inspirée par le mérite ; après cela, je ne sais s'il convient de vous dire qu'elle m'aima tendrement et que je ne fus pas des dernières entre ses favorites ; je sais que c'est un grand éloge que je me donne, plus grand que vous ne pouvez l'imaginer, ne l'ayant point connue. Le nom de favorites est celui que les autres donnent par envie aux bien-aimées de la supérieure. Si j'avais quelque défaut à reprocher à madame de Moni, c'est que son goût pour la vertu, la piété, la franchise, la douceur, les talents, l'honnêteté l'entraînait ouvertement et qu'elle n'ignorait pas que celles qui n'y pouvaient prétendre, n'en étaient que plus humiliées. Elle avait aussi le don, qui est peut-être plus commun en couvent que dans le monde, de discerner promptement les esprits. Il était rare qu'une religieuse qui ne lui plaisait pas d'abord lui plût jamais ; elle ne tarda pas à me prendre en gré et j'eus tout d'abord la dernière confiance en elle. Malheur à celles dont elle ne l'attirait pas sans effort ! il fallait qu'elles fussent mauvaises, sans ressource, et qu'elles se l'avouassent. Elle m'entretint de mon aventure à Sainte-Marie ; je la lui racontai sans déguisement comme à vous. Je lui dis tout ce que je viens de vous écrire ; et ce qui regardait ma naissance, et ce qui tenait à mes peines, rien ne fut oublié. Elle me plaignit, me consola, me fit espérer un avenir plus doux.

Cependant, le temps du postulat se passa ; celui de prendre l'habit arriva et je le pris. Je fis mon noviciat sans dégoût. Je passe rapidement sur ces deux années, parce qu'elles n'eurent rien de triste pour moi que le sentiment secret que je m'avançais pas à pas vers l'entrée d'un état pour lequel je n'étais point faite ; quelquefois il se renouvelait avec force, mais aussitôt je recourais à ma bonne supérieure qui m'embrassait, qui développait mon âme, qui m'exposait fortement ses raisons et qui finissait toujours par me dire : « Et les autres états n'ont-ils pas aussi leurs épines ? On ne sent que les siennes. Allons, mon enfant, mettons-nous à genoux et prions. »

Alors elle se prosternait, elle priait haut, mais avec tant d'onction, d'éloquence, de douceur, d'élévation et de force, qu'on eût dit que l'esprit de Dieu l'inspirait. Ses pensées, ses expressions, ses images pénétraient jusqu'au fond du cœur. D'abord on l'écoutait ; peu à peu on était entraîné, on s'unissait à elle, l'âme tressaillait, et l'on partageait ses transports. Son dessein n'était pas de séduire, mais certainement c'est ce qu'elle faisait. On sortait de chez elle avec un cœur ardent ; la joie et l'extase étaient peintes sur le visage, on versait des larmes si douces ! c'était une impression qu'elle prenait elle-même, qu'elle gardait longtemps et qu'on conservait. Ce n'est pas à ma seule expérience que je m'en rapporte, c'est à celle de toutes les religieuses. Quelques-unes m'ont dit qu'elles sentaient naître en elles le besoin d'être consolées comme celui d'un très grand plaisir, et je crois qu'il ne m'a manqué qu'un peu plus d'habitude, pour en venir là. J'éprouvai cependant, à l'approche de ma profession, une mélancolie si profonde qu'elle mit ma bonne supérieure à de terribles épreuves. Son talent l'abandonna. Elle me l'avoua elle-même. « Je ne sais, me dit-elle, ce qui se passe en moi. Il me semble quand vous venez que Dieu se retire et que son esprit se taise. C'est inutilement que je m'excite, que je cherche des idées, que je veux exalter mon âme, je me trouve une femme ordinaire et bornée. Je crains de parler. — Ah ! chère mère, lui dis-je, quel pressentiment ! Si c'était Dieu qui vous rendît muette ! »

Un jour que je me sentais plus incertaine et plus abattue que jamais, j'allai dans sa cellule. Ma Présence l'interdit d'abord. Elle lut apparemment dans mes yeux, dans toute ma personne, que le sentiment profond que je portais en moi était au-dessus de ses forces ; et elle ne voulait pas lutter sans la certitude d'être victorieuse. Cependant elle m'entreprit, elle s'échauffa peu à peu ; à mesure que ma douleur tombait, son enthousiasme croissait ; elle se jeta subitement à genoux. Je l'imitai. Je crus que j'allais partager son transport, je le souhaitais ; elle prononça quelques mots, puis tout à coup elle se tut. J'attendis inutilement : elle ne parla plus. Elle se releva ; elle fondait en larmes ; elle me prit par la main, et me serrant entre ses bras : « Ah ! chère enfant, me dit-elle, quel effet cruel vous avez opéré sur moi ! Voilà qui est fait. L'esprit s'est retiré, je le sens. Allez, et que Dieu vous parle lui-même, puisqu'il ne lui plaît pas de se faire entendre par ma bouche... »

En effet, je ne sais ce qui s'était passé en elle. Si je lui avais inspiré une méfiance de ses forces qui ne s'est plus dissipée, si je l'avais rendue timide ; ou si j'avais vraiment rompu son commerce avec le Ciel ; mais le talent de consoler ne lui revint plus. La veille de ma profession, j'allai la voir. Elle était d'une mélancolie égale à la mienne. Je me mis à pleurer ; elle aussi ; je me jetai à ses pieds ; elle me bénit ; me releva ; m'embrassa, et me renvoya en me disant : « Je suis lassée de vivre ; je souhaite de mourir. J'ai demandé à Dieu de ne point voir ce jour, mais ce n'est pas sa volonté. Allez, je parlerai à votre mère ; je passerai la nuit en prière, priez aussi ; mais couchez-vous. Je vous l'ordonne.

— Permettez, lui répondis-je, que je m'unisse à vous.

— Je vous le permets depuis neuf heures et demie jusqu'à onze ; pas davantage. A neuf heures et demie, je commencerai à prier et vous aussi mais à onze heures vous me laisserez prier seule et vous vous reposerez. Allez. Chère enfant, je veillerai devant Dieu le reste de la nuit. »

Elle voulut prier ; mais elle ne le put pas. Je dormais, et cependant cette sainte femme allait dans les corridors, frappait à chaque porte ; éveillait les religieuses et les faisait descendre sans bruit dans l'église. Toutes s'y rendirent, et lorsqu'elles y furent, elle les invita à s'adresser au Ciel pour moi. Cette prière se fit d'abord en silence, ensuite elle éteignit les lumières, toutes récitèrent ensemble le

Miserere, excepté la supérieure qui prosternée au pied des autels se macérait (cruellement en disant : « O Dieu ! si c'est par quelque faute que j'ai commise que vous vous êtes retiré de moi, accordez-m'en le pardon. Je ne demande pas que vous me rendiez le don que vous m'avez ôté ; mais que vous vous adressiez vous-même à cette innocente qui dort, tandis que je vous invoque ici pour elle. Mon Dieu, parlez-lui. Parlez à ses parents, et pardonnez-moi. »

Le lendemain elle entra de bonne heure dans ma cellule. Je ne l'entendis point. Je n'étais pas encore éveillée. Elle s'assit à côté de mon lit. Elle avait posé légèrement une de ses mains sur mon front ; elle me regardait ; l'inquiétude, le trouble et la douleur se succédaient sur son visage, et c'est ainsi qu'elle me parut quand j'ouvris les yeux. Elle ne me parla point de ce qui s'était passé pendant la nuit. Elle me demanda seulement si je m'étais couchée de bonne heure. Je lui répondis :

« A l'heure que vous m'avez ordonnée.

— Si j'avais reposé.

— Profondément.

— Je m'y attendais. Comment je me trouvais.

— Fort bien. Et vous, chère mère ?

— Hélas ! me dit-elle ; je n'ai vu aucune personne entrer en religion sans inquiétude, mais je n'ai éprouvé sur aucune autant de trouble que sur vous. Je voudrais bien que vous fussiez heureuse.

— Si vous m'aimez toujours, je le serai.

— Ah ! s'il ne tenait qu'à cela ! N'avez-vous pensé à rien pendant la nuit ?

— Non.

— Vous n'avez fait aucun rêve ?

— Aucun.

— Qu'est-ce qui se passe à présent dans votre âme ?

— Je suis stupide. J'obéis à mon sort sans répugnance et sans goût. Je sens que la nécessité m'entraîne et je me laisse aller. Ah ! ma chère mère, je ne sens rien de cette douce joie, de ce tressaillement, de cette mélancolie, de cette douce inquiétude que j'ai quelquefois remarquée dans celles qui se trouvaient au moment où je suis. Je suis imbécile. Je ne saurais même pleurer. On le veut, il le faut, est la seule idée qui me vienne... Mais vous ne me dites rien.

— Je ne suis pas venue pour vous entretenir mais pour vous voir et pour vous écouter ; j'attends votre mère. Tâchez de ne pas m'émouvoir ; laissez les sentiments s'accumuler dans mon âme. Quand elle en sera pleine, je vous quitterai. Il faut que je me taise. Je me connais... Je n'ai qu'un jet, mais il est violent ; et ce n'est pas avec vous qu'il doit s'exhaler. Reposez-vous encore un moment ; que je vous voie. Dites-moi seulement quelque mots ; et laissez-moi prendre ici ce que je viens y chercher. J'irai et Dieu fera le reste... »

Je me tus. Je me penchai sur mon oreiller. Je lui tendis une de mes mains qu'elle prit. Elle paraissait méditer et méditer profondément. Elle avait les yeux fermés avec effort. Quelquefois elle les ouvrait, les portait en haut, et les ramenait sur moi. Elle agitait. Son âme se remplissait de tumulte, se composait et se ragitait ensuite. En vérité cette femme était née pour être prophétesse. Elle en avait le visage et le caractère. Elle avait été belle ; mais l'âge en affaissant ses traits et y pratiquant de grands plis, avait encore ajouté de la dignité à sa physionomie. Elle avait les yeux petits, mais ils semblaient ou regarder en elle-même, ou traverser les objets voisins et démêler au-delà à une grande distance ; toujours dans le passé ou dans l'avenir. Elle me serrait quelquefois la main avec force. Elle me demanda brusquement quelle heure il était.

« Il est bientôt six heures.

— Adieu, je m'en vais. On va venir vous habiller. Je n'y veux pas être, cela me distrairait. Je n'ai plus qu'un souci ; c'est de garder de la modération dans les premiers moments. »

Elle était à peine sortie que la mère des novices et mes compagnes entrèrent. On m'ôta les habits de religion, et l'on me revêtit des habits du monde. C'est un usage que vous connaissez. Je n'entendis rien de ce qu'on disait autour de moi. J'étais presque réduite à l'état d'automate. Je ne m'aperçus de rien. J'avais seulement par intervalles, comme de petits mouvements convulsifs. On me disait ce qu'il fallait faire ; on était souvent obligé de me le répéter, car je n'entendais pas de la première fois, et je le faisais. Ce n'était pas que je pensasse à autre chose. C'est que j'étais absorbée ; j'avais la tête lasse, comme quand on s'est excédé de réflexion. Cependant la supérieure s'entretenait avec ma mère. Je n'ai jamais su ce qui s'était passé dans cette entrevue qui dura longtemps ; on m'a dit seulement que, quand elles se séparèrent, ma mère était si troublée, qu'elle ne pouvait retrouver la porte par laquelle elle était entrée, et que la supérieure était sortie les mains fermées et appuyées contre son front.

Cependant les cloches sonnèrent. Je descendis. L'assemblée était peu nombreuse. Je fus prêchée bien ou mal, je n'entendis rien. On disposa de moi pendant toute cette matinée qui a été nulle dans ma vie, car je n'en ai jamais connu la durée. Je ne sais ni ce que j'ai fait, ni ce que j'ai dit. On m'a sans doute interrogée et j'ai sans doute répondu. J'ai prononcé des vœux mais je n'en ai nulle mémoire ; et je me suis trouvée religieuse aussi innocemment que je fus faite chrétienne : je n'ai pas plus compris à toute la cérémonie de ma profession qu'à celle de mon baptême, avec cette différence que l'une confère la grâce et que l'autre la suppose... Eh bien ! monsieur, quoique je n'aie pas réclamé à Longchamp, comme j'avais fait à Sainte-Marie, me croyez-vous plus engagée ? J'en appelle à votre jugement. J'en appelle au jugement de Dieu. J'étais dans un état d'abattement si profond, que quelques jours après, lorsqu'on m'annonça que j'étais de chœur, je ne sus ce qu'on voulait dire. Je demandai s'il était bien vrai que j'eusse fait profession. Je voulus voir la signature de mes vœux ; il fallut joindre à ces preuves le témoignage de toute la communauté, celui de quelques étrangers qu'on avait appelés à la cérémonie. M'adressant plusieurs fois à la supérieure, je lui disais : « Cela est donc bien vrai ?... » et je m'attendais toujours qu'elle m'allait répondre : « Non, mon enfant. On vous trompe... » Son assurance réitérée ne me convainquait pas, ne pouvant concevoir que dans l'intervalle d'un jour entier, aussi tumultueux, aussi varié, si plein de circonstances singulières et frappantes, je ne m'en rappelasse aucune, pas même le visage ni de celles qui m'avaient servie, ni de celui du prêtre qui m'avait prêchée, ni de celui qui avait reçu mes vœux. Le changement de l'habit religieux en habit du monde est la seule chose dont je me ressouvienne, depuis cet instant j'ai été ce qu'on appelle physiquement aliénée. Il a fallu des mois entiers pour me tirer de cet état, et c'est à la longueur de cette espèce de convalescence que j'attribue l'oubli profond de ce qui s'est passé : c'est comme ceux qui ont souffert une longue maladie, qui ont parlé avec jugement, qui ont reçu les sacrements et qui rendus à la santé, n'en ont aucune mémoire. J'en ai vu plusieurs exemples dans la maison, et je me suis dit à moi-même, voilà apparemment ce qui m'est arrivé le jour que j'ai fait profession. Mais il reste à savoir si ces actions sont de l'homme, et s'il y est, quoiqu'il paraisse y être.

Je fis dans la même année trois pertes intéressantes, celle de mon père, ou plutôt de celui qui passait pour tel. Il était âgé. Il avait beaucoup travaillé. Il s'éteignit. Celle de ma supérieure ; et celle de ma mère.

Cette digne religieuse sentit de loin son heure approcher. Elle se condamna au silence. Elle fit porter sa bière dans sa chambre. Elle avait perdu le sommeil, et elle passait les jours et les nuits à méditer et à écrire. Elle a laissé quinze méditations qui me semblent à moi de la plus grande beauté. J'en ai une copie ; si quelque jour vous étiez curieux de voir les idées que cet instant suggère, je vous les communiquerais ; elles sont intitulées : *Les derniers instants de la Sœur de Moni.*

A l'approche de sa mort, elle se fit habiller ; elle était étendue sur son lit ; on lui administra les derniers sacrements, elle tenait un christ entre ses bras. C'était la nuit ; la lueur des flambeaux éclairait cette scène lugubre. Nous l'entourions, nous fondions en larmes, sa cellule retentissait de cris. Lorsque tout à coup ses yeux brillèrent ; elle se releva brusquement, elle parla. Sa voix était presque aussi forte que dans l'état de santé ; le don qu'elle avait perdu, lui revint ; elle nous reprocha des larmes qui semblaient lui envier un bonheur éternel. « Mes enfants, votre douleur vous en impose. C'est là, c'est là, disait-elle en montrant le ciel, que je vous servirai ; mes yeux s'abaisseront sans cesse sur cette maison ; j'intercéderai pour vous ; et je serai exaucée. Approchez toutes que je vous embrasse ; venez recevoir ma bénédiction et mes derniers adieux. » C'est en prononçant ces dernières paroles que trépassa cette femme rare qui a laissé après elle des regrets qui ne finiront point.

Ma mère mourut au retour d'un petit voyage qu'elle fit sur la fin de l'automne chez une de ses filles. Elle eut du chagrin. Sa santé avait été fort affaiblie. Je n'ai jamais su ni le nom de mon père, ni l'histoire de ma naissance. Celui qui avait été son directeur et le mien, me remit de sa part un petit paquet. C'étaient cinquante louis avec un billet, enveloppés et cousus dans un morceau de linge. Il y avait dans ce billet :

« Mon enfant, c'est peu de chose, mais ma conscience ne me permet pas de disposer d'une plus grande somme. C'est le reste de ce que j'ai pu économiser sur les petits présents de M. Simonin. Vivez saintement. C'est le mieux même pour votre bonheur en ce monde. Priez pour moi. Votre naissance est la seule faute importante que j'aie commise. Aidez-moi à l'expier, et que Dieu me pardonne de vous avoir mise au monde, en considération des bonnes œuvres que vous ferez. Surtout ne troublez point la famille ; et quoique le choix de l'état que vous avez embrassé n'ait pas été aussi volontaire que je l'aurais désiré, craignez d'en changer. Que n'ai-je été renfermée dans un couvent pendant toute ma vie ! je ne serais pas si troublée de la pensée qu'il faut dans un moment subir le redoutable jugement. Songez, mon enfant, que le sort de votre mère dans l'autre monde dépend beaucoup de la conduite que vous tiendrez dans celui-ci : Dieu qui voit tout m'appliquera dans sa justice tout le bien et tout le mal que vous ferez. Adieu, Suzanne. Ne demandez rien à vos sœurs. Elles ne sont pas en état de vous secourir. N'espérez rien de votre père ; il m'a précédée. Il a vu le grand jour. Il m'attend. Ma présence sera moins terrible pour lui que la sienne pour moi. Adieu, encore une fois ; ah ! malheureuse mère ! ah ! malheureuse enfant ! Vos sœurs sont arrivées. Je ne suis pas contente d'elles. Elles prennent, elles emportent. Elles ont sous les yeux d'une mère qui se meurt, des querelles d'intérêt qui m'affligent. Quand elles s'approchent de mon lit, je me retourne de l'autre côté ; que verrais-je en elles ? deux créatures en qui l'indigence a éteint le sentiment de la nature. Elles soupirent après le peu que je laisse ; elles font au médecin et à la garde des questions indécentes, qui marquent avec quelle impatience elles attendent le moment où je m'en irai et qui les saisira de tout ce qui m'environne. Elles ont soupçonné, je ne sais comment, que je pouvais avoir quelque argent caché entre mes matelas ; il n'y a rien qu'elles n'aient mis en œuvre pour me faire lever et elles y ont réussi. Mais heureusement mon dépositaire était venu la veille et je lui avais remis ce petit paquet avec cette lettre qu'il a écrite sous ma dictée. Brûlez la lettre ; et quand vous saurez que je ne suis plus, ce qui sera bientôt, vous ferez dire une messe pour moi, et vous y renouvellerez vos vœux ; car je désire toujours que vous demeuriez en religion. L'idée de vous imaginer dans le monde sans secours, sans appui, jeune, achèverait de troubler mes derniers instants. »

Mon père mourut le 5 janvier, ma supérieure sur la fin du même mois, et ma mère la seconde fête de Noël.

Ce fut la sœur Sainte-Christine qui succéda à la mère de Moni. Ah ! monsieur, quelle différence entre l'une et l'autre ! Je vous ai dit quelle femme c'était que la première. Celle-ci avait le caractère petit, une tête étroite et brouillée de superstitions ; elle donnait dans les opinions nouvelles ; elle conférait avec des sulpiciens, des jésuites ; elle prit en aversion toutes les favorites de celle qui l'avait précédée ; en un moment la maison fut pleine de troubles, de haines, de médisances, d'accusations, de calomnies et de persécutions ; il fallut s'expliquer sur des questions de théologie où nous n'entendions rien, souscrire à des formules, se plier à des pratiques singulières. La mère de Moni n'approuvait point ces exercices de pénitence qui se font sur le corps. Elle ne s'était macérée que deux fois en sa vie. Une fois la veille de ma profession, une autre fois dans une pareille circonstance. Elle disait de ces pénitences, qu'elles ne corrigeaient d'aucun défaut et qu'elles ne servaient qu'à donner de l'orgueil. Elle voulait que ses religieuses se portassent bien, et qu'elles eussent le corps sain et l'esprit serein. La première chose, lorsqu'elle entra en charge, ce fut de se faire apporter tous les cilices, avec les disciplines et de défendre d'altérer les aliments avec de la cendre, de coucher sur la dure et de se pourvoir d'aucun de ces instruments. La seconde au contraire renvoya à chaque religieuse son cilice et sa discipline et fit retirer le Nouveau et l'Ancien Testament. Les favorites du règne antérieur ne sont jamais les favorites du règne qui suit. Je fus indifférente, pour ne rien dire de pis, à la supérieure actuelle, par la raison que la précédente m'avait chérie. Mais je ne tardai pas à empirer mon sort par des actions que vous appellerez ou imprudence ou fermeté selon le coup d'œil sous lequel vous les considérerez. La première, ce fut de m'abandonner à toute la douleur que je ressentais de la perte de notre première supérieure, d'en faire l'éloge en toute circonstance, d'occasionner entre elle et celle qui nous gouvernait des comparaisons qui n'étaient pas favorables à celle-ci, de peindre l'état de la maison sous les années passées ; de rappeler au souvenir la paix dont nous jouissions ; l'indulgence qu'on avait pour nous, la nourriture tant spirituelle que temporelle qu'on nous administrait alors, et d'exalter les mœurs, les sentiments, le caractère de la sœur de Moni. La seconde, ce fut de jeter au feu le cilice et de me défaire de ma discipline ; de prêcher mes amies là-dessus, et d'en engager quelques-unes à suivre mon exemple. La troisième, de me pourvoir d'un Ancien et d'un Nouveau Testament. La quatrième, de rejeter tout parti, de m'en tenir au titre de chrétienne, sans accepter le nom de janséniste ou de moliniste. La cinquième, de me renfermer rigoureusement dans la règle de la maison, sans vouloir rien faire ni en delà ni en deçà, conséquemment de ne me prêter à aucune action surérogatoire, celles d'obligation ne me paraissant déjà que trop dures ; de ne monter à l'orgue que les jours de fête ; de ne chanter que quand je serais de chœur ; de ne plus souffrir qu'on abusât de ma complaisance et de mes talents, et qu'on me mît à tout et à tous les jours. Je lus les Constitutions ; je les relus ; je les savais par cœur. Si l'on m'ordonnait quelque chose ou qui n'y fût pas exprimé clairement ou qui n'y fût pas ou qui m'y parût contraire, je m'y refusais fermement. Je prenais le livre, et je disais : « Voilà les engagements que j'ai pris, et je n'en ai point pris d'autres. »

Mes discours en entraînèrent quelques-unes. L'autorité des maîtresses se trouva très bornée, elles ne pouvaient plus disposer de nous comme de leurs esclaves. Il ne se passait presque aucun jour sans quelque scène d'éclat. Dans les cas incertains, mes compagnes me consultaient, et j'étais toujours pour la règle contre le despotisme. J'eus bientôt l'air et peut-être un peu le jeu d'une factieuse. Les grands vicaires de M. l'archevêque étaient sans cesse appelés. Je comparaissais. Je me défendais. Je défendais mes compagnes, et il n'est pas arrivé une seule fois qu'on m'ait condamnée, tant j'avais d'attention à mettre la raison de mon côté. Il était impossible de m'attaquer du côté de mes devoirs, je les remplissais avec scrupule. Quant aux petites grâces qu'une supérieure est toujours libre d'accorder ou de refuser, je n'en demandais point ; je ne paraissais point au parloir, et les visites, ne connaissant personne, je n'en recevais point ; mais j'avais brûlé mon cilice et jeté là ma discipline, j'avais conseillé la même chose à d'autres ; je ne voulais entendre parler jansénisme et molinisme ni en bien ni en mal. Quand on me demandait si j'étais soumise à la Constitution, je répondais que je l'étais à l'Église ; si j'acceptais la Bulle, que j'acceptais l'Évangile. On visita ma cellule ; on y découvrit l'Ancien et le Nouveau Testament. Je m'étais échappée en discours indiscrets sur l'intimité suspecte de quelques-unes des favorites. La supérieure avait des tête-à-tête fort longs et fréquents avec un jeune ecclésiastique, et j'en avais démêlé la raison et le prétexte. Je n'omis rien de ce qui pouvait me faire craindre, haïr, me perdre, et j'en vins à bout. On ne se plaignit plus de moi aux supérieurs ; mais on s'occupa à me rendre la vie dure. On défendit aux autres religieuses de m'approcher, et bientôt je me trouvai seule. J'avais des amies en petit nombre ; on se douta qu'elles chercheraient à se dédommager à la dérobée de la contrainte qu'on leur imposait, et que ne pouvant s'entretenir de jour avec moi, elles me visiteraient la nuit ou à des heures défendues. On nous épia ; l'on me surprit, tantôt avec l'une, tantôt avec une autre. L'on fit de cette imprudence tout ce qu'on voulut, et j'en fus châtiée de la manière la plus inhumaine : on me condamna des semaines entières à passer l'office à genoux, séparée du reste, au milieu du chœur, à vivre de pain et d'eau ; à demeurer enfermée dans ma cellule ; à satisfaire aux fonctions les plus viles de la maison. Celles qu'on appelait mes complices n'étaient guère mieux traitées. Quand on ne pouvait me trouver en faute, on m'en supposait. On me donnait à la fois des ordres incompatibles, et l'on me punissait d'y avoir manqué. On avançait les heures des offices, des repas, on dérangeait à mon insu toute la conduite claustrale, et avec l'attention la plus grande, je me trouvais coupable tous les jours, et j'étais tous les jours punie. J'ai du courage ; mais il n'en est point qui tienne contre l'abandon, la solitude, et la persécution. Les choses en vinrent au point qu'on se fit un jeu de me tourmenter. C'était l'amusement de cinquante personnes liguées. Il m'est impossible d'entrer dans tout le petit détail de ces méchancetés. On m'empêchait de dormir, de veiller, de prier. Un jour on me volait quelques parties de mon vêtement ; une autre fois c'étaient mes clefs ou mon bréviaire ; ma serrure se trouvait embarrassée ; ou l'on m'empêchait de bien faire ; ou l'on dérangeait les choses que j'avais bien faites ; on me supposait des discours et des actions. On me rendait responsable de tout, et ma vie était une suite continuelle de délits réels ou simulés, et de châtiments. Ma santé ne tint point à des épreuves si longues et si dures ; je tombai dans l'abattement, le chagrin et la mélancolie. J'allais dans les commencements chercher de la force au pied des autels, et j'y en trouvais quelquefois. Je flottais entre la résignation et le désespoir, tantôt me soumettant à toute la rigueur de mon sort, tantôt pensant à m'en affranchir par des moyens violents. Il y avait au fond du jardin un puits profond. Combien de fois j'y suis allée ! combien j'y ai regardé de fois ! Il y avait à côté un banc de pierre, combien de fois je m'y suis assise, la tête appuyée sur le bord de ce puits ! combien de fois, dans le tumulte de mes

idées, me suis-je levée brusquement et résolue à
finir mes peines ! Qu'est-ce qui m'a retenue ? Pourquoi préférais-je alors de pleurer, de crier à haute
voix, de fouler mon voile aux pieds, de m'arracher
les cheveux, et de me déchirer le visage avec les
ongles ? Si c'était Dieu qui m'empêchait de me
perdre, pourquoi ne pas arrêter aussi tous ces
autres mouvements ? Je vais vous dire une chose
qui vous paraîtra fort étrange peut-être et qui n'en
est pas moins vraie. C'est que je ne doute point que
mes visites fréquentes vers ce puits n'aient été
remarquées, et que mes cruelles ennemies ne se
soient flattées qu'un jour j'accomplirais un dessein
qui bouillait au fond de mon cœur. Quand j'allais
de ce côté, on affectait de s'en éloigner, et de regarder ailleurs. Plusieurs fois j'ai trouvé la porte du
jardin ouverte à des heures où elle devait être fermée ; singulièrement les jours où l'on avait multi-
plié sur moi les chagrins, l'on avait poussé à bout la
violence de mon caractère, et l'on me croyait
l'esprit aliéné. Mais aussitôt que je crus avoir
deviné que ce moyen de sortir de la vie était pour
ainsi dire offert à mon désespoir ; qu'on me conduisait à ce puits par la main, et que je le trouverais
toujours prêt à me recevoir, je ne m'en souciai plus.
Mon esprit se tourna vers d'autres côtés ; je me
tenais dans les corridors et mesurais la hauteur des
fenêtres ; le soir en me déshabillant, j'essayais sans
y penser la force de mes jarretières. Un autre jour,
je refusais le manger. Je descendais au réfectoire,
et je restais le dos appuyé contre la muraille, les
mains pendantes à mes côtés, les yeux fermés et je
ne touchais pas aux mets qu'on avait servis devant
moi. Je m'oubliais si parfaitement dans cet état,
que toutes les religieuses étaient sorties, et que je
restais. On affectait alors de se retirer sans bruit et
l'on me laissait là. Puis on me punissait d'avoir

manqué aux exercices. Que vous dirai-je ? on me dégoûta de presque tous les moyens de m'ôter la vie, parce qu'il me sembla que loin de s'y opposer, on me les présentait. Nous ne voulons pas apparemment qu'on nous pousse hors de ce monde ; et peut-être n'y serais-je plus, si elles avaient fait semblant de m'y retenir. Quand on s'ôte la vie, peut-être cherche-t-on à désespérer les autres ; et la garde-t-on, quand on croit les satisfaire. Ce sont des mouvements qui se passent bien subtilement en nous. En vérité, s'il est possible que je me rappelle mon état, quand j'étais à côté du puits, il me semble que je criais au-dedans de moi à ces malheureuses qui s'éloignaient pour favoriser un forfait : Faites un pas de mon côté, montrez-moi le moindre désir de me sauver, accourez pour me retenir, et soyez sûres que vous arriverez trop tard. En vérité, je ne vivais que parce qu'elles souhaitaient ma mort. L'acharnement à tourmenter et à perdre se lasse dans le monde ; il ne se lasse point dans les cloîtres.

J'en étais là, lorsque revenant sur ma vie passée, je songeai à faire résilier mes vœux ; j'y rêvai, d'abord légèrement ; seule, abandonnée, sans appui, comment réussir dans un projet si difficile, même avec tous les secours qui me manquaient ? Cependant cette idée me tranquillisa, mon esprit se rassit, je fus plus à moi. J'évitai des peines et je supportai plus patiemment celles qui me venaient. On remarqua ce changement, et l'on en fut étonné. La méchanceté s'arrêta tout court, comme un ennemi lâche qui vous poursuit et à qui l'on fait face au moment où il ne s'y attend pas. Une question, monsieur, que j'aurais à vous faire, c'est pourquoi à travers toutes les idées funestes qui passent par la tête d'une religieuse désespérée, celle de mettre le feu à la maison ne lui vient point. Je ne l'ai point eue, ni d'autres non plus ; quoique ce soit la chose la plus facile à exécuter ; il ne s'agit un jour de grand vent que de porter un flambeau dans un grenier, dans un bûcher, dans un corridor. Il n'y a point de couvents de brûlés ; et cependant dans ces événements, les portes s'ouvrent ; et sauve qui peut. Ne serait-ce pas qu'on craint le péril pour soi et pour celles qu'on aime et qu'on dédaigne un secours qui nous est commun avec celles qu'on hait ? Cette dernière idée est bien subtile pour être vraie.

A force de s'occuper d'une chose, on en sent la justice, et même l'on en croit la possibilité. On est bien fort, quand on en est là. Ce fut pour moi l'affaire d'une quinzaine. Mon esprit va vite. De quoi s'agissait-il ? De dresser un mémoire et de le donner à consulter ; l'un et l'autre n'étaient pas sans danger. Depuis qu'il s'était fait une révolution dans ma tête, on m'observait avec plus d'attention que jamais, on me suivait de l'œil ; je ne faisais pas un pas qui ne fût éclairé. Je ne disais pas un mot qu'on ne le pesât. On se rapprocha de moi. On cherchait à me sonder. On m'interrogeait. On affectait de la commisération et de l'amitié. On revenait sur ma vie passée. On m'accusait faiblement. On m'excusait. On espérait une meilleure conduite, on me flattait d'un avenir plus doux. Cependant on entrait à tout moment dans ma cellule, le jour la nuit, sous des prétextes, brusquement, sourdement ; on entrouvrait mes rideaux et l'on se retirait. J'avais pris l'habitude de coucher habillée. J'en avais une autre, c'était celle d'écrire ma confession. Ces jours-là, qui sont marqués, j'allais demander de l'encre et du papier à la supérieure qui ne m'en refusait pas. J'attendis donc le jour de la confession, et en l'attendant je rédigeais dans ma tête, ce que j'avais à proposer. C'était en abrégé, tout ce que je viens de vous écrire. Seulement je m'expliquais sous des noms empruntés. Mais je fis trois étourderies. La première, de dire à la supérieure que j'aurais beaucoup de choses à écrire, et de lui demander sous ce prétexte plus de papier qu'on n'en accorde ; la seconde, de m'occuper de mon mémoire et de laisser là ma confession, et la troisième, n'ayant point fait de confession et n'étant point préparée à cet acte de religion, de ne demeurer au confessionnal qu'un instant. Tout cela fut remarqué, et l'on en conclut que le papier que j'avais demandé avait été employé autrement que je ne l'avais dit. Mais s'il n'avait pas servi à ma confession, comme il était évident, quel usage en avais-je fait ? Sans savoir qu'on prendrait ces inquiétudes, je sentis qu'il ne fallait pas qu'on trouvât chez moi un écrit de cette importance ; d'abord je pensai à le coudre dans mon traversin, ou dans mes matelas ; puis à le cacher dans mes vêtements ; à l'enfouir dans le jardin, à le jeter au feu. Vous ne sauriez croire combien je fus pressée de l'écrire, et combien j'en fus embarrassée, quand il fut écrit. D'abord je le cachetai. Ensuite je le serrai dans mon sein, et j'allai à l'office qui sonnait. J'étais dans une inquiétude qui se décelait à mes mouvements. J'étais assise à côté d'une jeune religieuse qui m'aimait. Quelquefois, je l'avais vue me regarder en pitié, et verser des larmes : elle ne me parlait point ; mais certainement elle souffrait. Au risque de tout ce qui pourrait arriver, je résolus de lui confier mon papier. Dans un moment d'oraison, où toutes les religieuses se mettent à genoux, s'inclinent, et sont comme plongées dans leurs stalles, je tirai doucement le papier de mon sein, et je le lui tendis derrière moi. Elle le prit, et le serra dans le sien. Ce service fut le plus important de ceux qu'elle m'avait rendus ; mais j'en avais reçu beaucoup d'autres.

Elle s'était occupée pendant des mois entiers à lever sans se compromettre, tous les petits obstacles qu'on apportait à mes devoirs, pour avoir droit de me châtier. Elle venait frapper à ma porte quand il était l'heure de sortir ; elle rarrangeait ce qu'on dérangeait ; elle allait sonner ou répondre quand il le fallait ; elle se trouvait partout où je devais être. J'ignorais tout cela.

Je fis bien de prendre ce parti. Lorsque nous sortîmes du chœur, la supérieure me dit : « Sœur Suzanne, suivez-moi. » Je la suivis ; puis s'arrêtant dans le corridor à une autre porte : « Voilà, me dit-elle, votre cellule. C'est la sœur Saint-Jérôme qui occupera la vôtre. » J'entrai et elle avec moi. Nous étions toutes deux assises sans parler, lorsqu'une religieuse parut avec des habits qu'elle posa sur une chaise ; et la supérieure me dit : « Sœur Suzanne, déshabillez-vous et prenez ce vêtement. » J'obéis en sa présence. Cependant elle était attentive à tous mes mouvements. La sœur qui avait apporté mes habits était à la porte. Elle rentra, emporta ceux que j'avais quittés, sortit ; et la supérieure la suivit. On ne me dit point la raison de ces procédés, et je ne la demandai point. Cependant on avait cherché partout dans ma cellule ; on avait décousu l'oreiller et les matelas ; on avait déplacé tout ce qui pouvait l'être ou l'avoir été ; on marcha sur mes traces ; on alla au confessionnal, à l'église, dans le jardin, au puits, vers le banc de pierre. Je vis une partie de ces recherches ; je soupçonnai le reste. On ne trouva rien. Mais on n'en resta pas moins convaincu qu'il y avait quelque chose. On continua de m'épier pendant plusieurs jours, on allait où j'étais allée, on regardait partout, mais inutilement. Enfin la supérieure crut qu'il n'était possible de savoir la vérité que par moi. Elle entra un jour dans ma cellule et elle me dit :

« Sœur Suzanne, vous avez des défauts ; mais vous n'avez pas celui de mentir. Dites-moi donc la vérité. Qu'avez-vous fait de tout le papier que je vous ai donné ?

— Madame, je vous l'ai dit.

— Cela ne se peut pas, car vous m'en avez demandé beaucoup et vous n'avez été qu'un moment au confessionnal.

— Il est vrai.

— Qu'en avez-vous donc fait ?

— Ce que je vous ai dit.

— Eh bien ! jurez-moi par la sainte obéissance que vous avez vouée à Dieu que cela est, et malgré les apparences je vous croirai.

— Madame, il ne vous est pas permis d'exiger un serment pour une chose si légère et il ne m'est pas permis de le faire. Je ne saurais jurer.

— Vous me trompez, sœur Suzanne, et vous ne savez pas à quoi vous vous exposez. Qu'avez-vous fait du papier que je vous ai donné ?

— Je vous l'ai dit.

— Où est-il ?

— Je ne l'ai plus.

— Qu'en avez-vous fait ?

— Ce que l'on fait de ces sortes d'écrits, qui sont inutiles après qu'on s'en est servi.

— Jurez-moi, par la sainte obéissance, qu'il a été tout employé à écrire votre confession et que vous ne l'avez plus.

— Madame, je vous le répète ; cette seconde chose n'étant pas plus importante que la première, je ne saurais jurer.

— Jurez, me dit-elle, ou...

— Je ne jurerai point.

— Vous ne jurerez point ?

— Non, madame.

— Vous êtes donc coupable ?

— Et de quoi puis-je être coupable ?

— De tout. Il n'y a rien dont vous ne soyez capable. Vous avez affecté de louer celle qui m'a précédée, pour me rabaisser ; de mépriser les usages qu'elle avait proscrits, les lois qu'elle avait abolies et que j'ai cru devoir rétablir ; de soulever toute la communauté ; d'enfreindre les règles ; de diviser les esprits ; de manquer à tous vos devoirs ; de me forcer à vous punir et à punir celles que vous avez séduites, la chose qui me coûte le plus. J'aurais pu sévir contre vous par les voies les plus dures ; je vous ai ménagée. J'ai cru que vous reconnaîtriez vos torts ; que vous reprendriez l'esprit de votre état, et que vous reviendriez à moi. Vous ne l'avez pas fait. Il se passe quelque chose dans votre esprit qui n'est pas bien. Vous avez des projets. L'intérêt de la maison exige que je les connaisse, et je les connaîtrai c'est moi qui vous en réponds... Sœur Suzanne, dites-moi la vérité.

— Je vous l'ai dite.

— Je vais sortir. Craignez mon retour, je m'assieds, je vous donne encore un moment pour vous déterminer. Vos papiers, s'ils existent.

— Je ne les ai plus.

— Ou le serment qu'ils ne contenaient que votre confession.

— Je ne saurais le faire. »

Elle demeura un moment en silence. Puis elle sortit et rentra avec quatre de ses favorites. Elles avaient l'air égaré et furieux. Je me jetai à leurs pieds. J'implorai leur miséricorde... Elles criaient toutes ensemble : « Point de miséricorde. Madame, ne vous laissez pas toucher. Qu'elle donne ses papiers ou qu'elle aille en paix... » J'embrassais les genoux tantôt de l'une, tantôt de l'autre. Je leur disais, en les nommant par leurs noms : « Sœur Sainte-Agnès, sœur Sainte-Julie, que vous ai-je fait ? Pourquoi irritez-vous ma supérieure contre moi ? Est-ce ainsi que j'en ai usé ? Combien de fois n'ai-je pas supplié pour vous ? vous ne vous en souvenez plus. Vous étiez en faute, et je ne le suis pas... »

La supérieure immobile me regardait et me disait : « Donne tes papiers malheureuse, ou révèle ce qu'ils contenaient.

— Madame, lui disaient-elles, ne les lui demandez plus. Vous êtes trop bonne. Vous ne la connaissez pas. C'est une âme indocile, dont on ne peut venir à bout que par des moyens extrêmes. C'est elle qui vous y porte. Tant pis pour elle. Ordonnez que nous la déshabillions et qu'elle entre dans le lieu destiné à ses pareilles.

— Ma chère mère, lui disais-je. Je n'ai rien fait qui puisse offenser ni Dieu ni les hommes. Je vous le jure.

— Ce n'est pas là le serment que je veux.

— Elle aura écrit contre vous, contre nous, quelque mémoire au grand vicaire, à l'archevêque ; Dieu sait comme elle aura peint l'intérieur de la maison. On croit aisément le mal. Madame, il faut disposer de cette créature, si vous ne voulez pas qu'elle dispose de nous. »

La supérieure ajouta : « Sœur Suzanne, voyez... »

Je me levai brusquement, et je lui dis : « Madame. J'ai tout vu. Je sens que je me perds, mais un moment plus tôt ou plus tard, ne vaut pas la peine d'y penser. Faites de moi ce qu'il vous plaira, écoutez leur fureur ; consommez votre injustice. »

Et à l'instant je leur tendis les bras. Ses compagnes s'en saisirent. On m'arracha mon voile. On me dépouilla sans pudeur. On trouva sur mon sein un petit portrait de mon ancienne supérieure. On s'en saisit. Je suppliai qu'on me permît de le baiser encore une fois, on me refusa. On me jeta une chemise, on m'ôta mes bas ; l'on me couvrit d'un sac ; et l'on me conduisit, la tête et les pieds nus à travers les corridors. Je criais. J'appelais à mon secours. Mais on avait sonné la cloche pour avertir que personne ne parût. J'invoquais le Ciel. J'étais à terre et l'on me traînait. Quand j'arrivai au bas des escaliers, j'avais les pieds ensanglantés et les jambes meurtries ; j'étais dans un état à toucher des âmes de bronze ; cependant l'on ouvrit avec de grosses clefs la porte d'un petit lieu souterrain, obscur, où l'on me jeta sur une natte que l'humidité avait à demi pourrie. Là je trouvai un morceau de pain noir et une cruche d'eau avec quelques vaisseaux nécessaires et grossiers. La natte roulée par un bout formait un oreiller ; il y avait, sur un bloc de pierre une tête de mort, avec un crucifix de bois. Mon premier mouvement fut de me détruire. Je portai mes mains à ma gorge. Je déchirai mon vêtement avec mes dents. Je poussai des cris affreux. Je hurlai comme une bête féroce. Je me frappai la tête contre les murs. Je me mis toute en sang ; je cherchai à me détruire jusqu'à ce que les forces me manquassent, ce qui ne tarda pas. C'est là que j'ai passé trois jours. Je m'y croyais pour toute ma vie. Tous les matins une de mes exécutrices venait, et me disait :

« Obéissez à notre supérieure, et vous sortirez d'ici.

— Je n'ai rien fait. Je ne sais ce qu'on me demande. Ah ! sœur Saint-Clément, il est un Dieu... »

Le troisième jour, sur les neuf heures du soir, on ouvrit la porte. C'étaient les mêmes religieuses qui m'avaient conduite. Après l'éloge des bontés de notre supérieure, elles m'annoncèrent qu'elle me faisait grâce, et qu'on allait me mettre en liberté.

66

« Il est trop tard, leur dis-je. Laissez-moi ici. Je veux y mourir. »

Cependant elles m'avaient relevée, et elles m'entraînaient. On me reconduisit dans ma cellule, où je trouvai la supérieure.

« J'ai consulté Dieu sur votre sort, et il a touché mon cœur. Il veut que j'aie pitié de vous et je lui obéis. Mettez-vous à genoux, et demandez-lui pardon. »

Je me mis à genoux et je dis :

« Mon Dieu, je vous demande pardon des fautes que j'ai faites, comme vous le demandâtes sur la croix pour moi.

— Quel orgueil ! s'écrièrent-elles. Elle se compare à Jésus-Christ et elle nous compare aux Juifs qui l'ont crucifié.

— Ne me considérez pas, leur dis-je. Mais considérez-vous et jugez.

— Ce n'est pas tout, me dit la supérieure. Jurez-moi par la sainte obéissance que vous ne parlerez jamais de ce qui s'est passé.

— Ce que vous avez fait est donc bien mal, puisque vous exigez de moi par serment que j'en garderai le silence. Personne n'en saura jamais rien que votre conscience, je vous le jure.

— Vous le jurez ?

— Oui, je vous le jure. »

Cela fait, elles me dépouillèrent des vêtements qu'elles m'avaient donnés, et elles me laissèrent me rhabiller des miens.

J'avais pris de l'humidité. J'étais dans une circonstance critique. J'avais tout le corps meurtri. Depuis plusieurs jours je n'avais pris que quelques gouttes d'eau avec un peu de pain. Je crus que cette persécution serait la dernière que j'aurais à souffrir. C'est par l'effet momentané de ces secousses violentes qui montrent combien la nature a de force dans les jeunes personnes. Je revins en très peu de temps ; et je trouvai, quand je reparus, toute la communauté persuadée que j'avais été malade. Je repris les exercices de la maison et ma place à l'église. Je n'avais pas oublié mon papier ni la jeune sœur à qui je l'avais confié. J'étais sûre qu'elle n'avait point abusé de ce dépôt ; mais qu'elle ne l'avait pas gardé sans inquiétude. Quelques jours après ma sortie de prison, au chœur, au moment même où je le lui avais donné, c'est-à-dire lorsque nous nous mettons à genoux et qu'inclinées les unes vers les autres nous disparaissons dans nos stalles, je me sentis tirer doucement par ma robe. Je tendis la main, et l'on me donna un billet qui ne contenait que ces mots : « Combien vous m'avez inquiétée ! Et ce cruel papier, que faut-il que j'en fasse ? » Après avoir lu celui-ci, je le roulai dans mes mains, et je l'avalai. Tout cela se passait au commencement du carême. Le temps approchait où la curiosité d'entendre appelle à Longchamp la bonne et la mauvaise compagnie de Paris. J'avais la voix très belle. J'en avais peu perdu. C'est dans les maisons religieuses qu'on est attentif aux plus petits intérêts. On eut quelques ménagements pour moi. Je jouis d'un peu plus de liberté, les sœurs que j'instruisais au chant purent approcher de moi sans conséquence. Celle à qui j'avais confié mon mémoire en était une. Dans les heures de récréation que nous passions au jardin, je la prenais à l'écart, je la faisais chanter. Et pendant qu'elle chantait, voici ce que je lui dis :

« Vous connaissez beaucoup de monde... moi je ne connais personne... Je ne voudrais pas que vous vous compromissiez. J'aimerais mieux mourir ici que de vous exposer au soupçon de m'avoir servie. Mon amie, vous seriez perdue, je le sais, cela ne me sauverait pas, et quand votre perte me sauverait, je ne voudrais point de mon salut à ce prix.

— Laissons cela, me dit-elle. De quoi s'agit-il ?

— Il s'agit de faire passer sûrement cette consultation à quelque habile avocat, sans qu'il sache de quelle maison elle vient, et d'en obtenir une réponse que vous me rendrez à l'église ou ailleurs.

— A propos, me dit-elle, qu'avez-vous fait de mon billet ?

— Soyez tranquille, je l'ai avalé.

— Soyez tranquille vous-même. Je penserai à votre affaire... »

Vous remarquerez, monsieur, que je chantais tandis qu'elle me parlait, qu'elle chantait tandis que je lui répondais, et que notre conversation était entrecoupée de traits de chant. Cette jeune personne monsieur, est encore dans la maison. Son bonheur est entre vos mains. Si l'on venait à découvrir ce qu'elle a fait pour moi, il n'y a sorte de tourments auxquels elle ne fût exposée. Je ne voudrais pas lui avoir ouvert la porte d'un cachot. J'aimerais mieux y rentrer. Brûlez donc ces lettres, monsieur ; si vous en séparez l'intérêt que vous voulez bien prendre à mon sort, elles ne contiennent rien qui vaille la peine d'être conservé.

Voilà ce que je vous disais alors ; mais hélas ! elle n'est plus, et je reste seule.

Elle ne tarda pas à me tenir parole et à m'en informer à notre manière accoutumée. La semaine sainte arriva. Le concours à nos Ténèbres fut nombreux. Je chantai assez bien pour exciter avec tumulte ces scandaleux applaudissements que l'on donne à vos comédiens, dans leurs salles de spectacle, et qui ne devraient jamais être entendus dans les temples du Seigneur, surtout pendant les jours solennels et lugubres où l'on célèbre la mémoire de son fils attaché sur la croix, pour l'expiation des crimes du genre humain. Mes jeunes élèves étaient bien préparées ; quelques-unes avaient de la voix, presque toutes de l'expression et du goût ; et il me parut que le public les avait entendues avec plaisir et que la communauté était satisfaite du succès de mes soins.

Vous savez, monsieur, que le Jeudi l'on transporte le Saint-Sacrement de son tabernacle dans un reposoir particulier, où il reste jusqu'au Vendredi matin. Cet intervalle est rempli par les adorations successives des religieuses, qui se rendent au reposoir les unes après les autres, ou deux à deux. Il y a un tableau qui indique à chacune son heure d'adoration. Que je fus contente d'y lire : La sœur Sainte-Suzanne et la sœur Sainte-Ursule, depuis deux heures du matin jusqu'à trois. Je me rendis au reposoir à l'heure marquée ; ma compagne y était. Nous nous plaçâmes l'une à côté de l'autre sur les marches de l'autel. Nous nous prosternâmes ensemble. Nous adorâmes Dieu pendant une demi-heure. Au bout de ce temps, ma jeune amie me tendit la main et me la serra, en me disant :

« Nous n'aurons peut-être jamais l'occasion de nous entretenir aussi longtemps et aussi librement ; Dieu connaît la contrainte où nous vivons, et il nous pardonnera si nous partageons un temps que nous lui devons tout entier. Je n'ai pas lu votre mémoire, mais il n'est pas difficile de deviner ce qu'il contient. J'en aurai incessamment la réponse. Mais si cette réponse vous autorise à poursuivre la résiliation de vos vœux, ne voyez-vous pas qu'il faudra nécessairement que vous conefériez avec des gens de loi ?

— Il est vrai.

— Que vous aurez besoin de liberté ?

— Il est vrai.

— Et que si vous faites bien, vous profiterez des dispositions présentes pour vous en procurer ?

— J'y ai pensé.

— Vous le ferez donc ?

— Je verrai.

— Autre chose. Si votre affaire s'entame, vous demeurerez ici abandonnée à toute la fureur de la communauté ; avez-vous prévu les persécutions qui vous attendent ?

— Elles ne seront pas plus grandes que celles que j'ai souffertes.

— Je n'en sais rien.

— Pardonnez-moi. D'abord on n'osera disposer de ma liberté.

— Et pourquoi cela ?

— Parce qu'alors je serai sous la protection des lois. Il faudra me représenter. Je serai, pour ainsi dire, entre le monde et le cloître. J'aurai la bouche ouverte, la liberté de me plaindre. Je vous attesterai toutes. On n'osera avoir des torts dont je pourrais me plaindre. On n'aura garde de rendre une affaire mauvaise. Je ne demanderais pas mieux qu'on en usât mal avec moi. Mais on ne le fera pas. Soyez sûre qu'on prendra une conduite tout opposée. On me sollicitera, on me représentera le tort que je vais me faire à moi-même et à la maison. Et comptez qu'on n'en viendra aux menaces que quand on aura vu que la douceur et la séduction ne pourront rien ; et qu'on s'interdira les voies de force.

— Mais il est incroyable que vous ayez tant d'aversion pour un état dont vous remplissez si facilement et si scrupuleusement les devoirs.

— Je la sens là cette aversion ; je l'apportai en naissant, et elle ne me quittera pas. Je finirais par être une mauvaise religieuse. Il faut prévenir ce moment.

— Mais si par malheur vous succombez ?

— Si je succombe, je demanderai à changer de maison ou je mourrai dans celle-ci.

— On souffre longtemps avant que de mourir. Ah ! mon amie, votre démarche me fait frémir. Je tremble que vos vœux ne soient résiliés, et qu'ils ne le soient pas. S'ils le sont, que deviendrez-vous ? Que ferez-vous dans le monde ? Vous avez de la figure, de l'esprit et des talents, mais on dit que cela ne mène à rien avec la vertu ; et je sais que vous ne vous départirez pas de cette dernière qualité.

— Vous me rendez justice, mais vous ne la rendez pas à la vertu. C'est sur elle seule que je compte. Plus elle est rare parmi les hommes, plus elle y doit être considérée.

— On la loue, mais on ne fait rien pour elle.

— C'est elle qui m'encourage et qui me soutient dans mon projet. Quoi qu'on m'objecte, on respectera mes mœurs. On ne dira pas, du moins comme de la plupart des autres, que je sois entraînée hors de mon état par une passion déréglée. Je ne vois personne. Je ne connais personne. Je demande à être libre, parce que le sacrifice de ma liberté n'a pas été volontaire. Avez-vous lu mon mémoire ?

— Non ; j'ai ouvert le paquet que vous m'avez donné, parce qu'il était sans adresse et que j'ai dû penser qu'il était pour moi. Mais les premières lignes m'ont détrompée, et je n'ai pas été plus loin. Que vous fûtes bien inspirée de me l'avoir remis ! un moment plus tard, on l'aurait trouvé sur vous. Mais l'heure qui finit notre station approche, prosternons-nous. Que celles qui vont nous succéder nous trouvent dans la situation où nous devons être. Demandez à Dieu qu'il vous éclaire et qu'il vous conduise. Je vais unir ma prière et mes soupirs aux vôtres... »

J'avais l'âme un peu soulagée. Ma compagne priait droite. Moi, je me prosternai, mon front était appuyé contre la dernière marche de l'autel, et mes bras étaient étendus sur les marches supérieures.

Je ne crois pas m'être jamais adressée à Dieu avec plus de consolation et de ferveur. Le cœur me palpitait avec violence. J'oubliai en un instant tout ce qui m'environnait. Je ne sais combien je restai dans cette position ni combien j'y serais encore restée. Mais je fus un spectacle bien touchant, il faut le croire, pour ma compagne, et pour les deux religieuses qui survinrent. Quand je me relevai, je crus être seule. Je me trompais. Elles étaient toutes les trois placées derrière moi, debout et fondant en larmes. Elles n'avaient osé m'interrompre. Elles attendaient que je sortisse de moi-même de l'état de transport et d'effusion où elles me voyaient. Quand je me retournai de leur côté, mon visage avait sans doute un caractère bien imposant, si j'en juge par l'effet qu'il produisit sur elles et par ce qu'elles ajoutèrent ; que je ressemblais alors à notre ancienne supérieure, lorsqu'elle nous consolait, et que ma vue leur avait causé le même tressaillement. Si j'avais eu quelque penchant à l'hypocrisie ou au fanatisme, et que j'eusse voulu jouer un rôle dans la maison, je ne doute point qu'il ne m'eût réussi. Mon âme s'allume facilement, s'exalte, se touche, et cette bonne supérieure m'a dit cent fois en m'embrassant que personne n'aurait aimé Dieu comme moi, que j'avais un cœur de chair et les autres un cœur de pierre. Il est sûr que j'éprouvais une facilité extrême à partager son extase ; et que dans les prières qu'elle faisait à haute voix, quelquefois il m'arrivait de prendre la parole, de suivre le fil de ses idées et de rencontrer comme d'inspiration une partie de ce qu'elle aurait dit elle-même. Les autres l'écoutaient en silence ou la suivaient. Moi je l'interrompais ou je la devançais, ou je parlais avec elle. Je conservais très longtemps l'impression que j'avais prise ; et il fallait apparemment que je lui en restituasse quelque chose, car, si l'on discernait dans les autres qu'elles avaient conversé avec elle, on discernait en elle qu'elle avait conversé avec moi. Mais qu'est-ce que cela signifie, quand la vocation n'y est pas ? Notre station finie, nous cédâmes la place à celles qui nous succédaient ; nous nous embrassâmes bien tendrement, ma jeune compagne et moi avant que de nous séparer.

La scène du reposoir fit bruit dans la maison. Ajoutez à cela le succès de nos Ténèbres du Vendredi saint. Je chantai. Je touchai de l'orgue. Je fus applaudie. Ô têtes folles de religieuses ! je n'eus presque rien à faire pour me réconcilier avec toute la communauté. On vint au-devant de moi, la supérieure la première. Quelques personnes du monde cherchèrent à me connaître ; cela cadrait trop bien avec mon projet pour m'y refuser. Je vis M. le premier président ; madame de Soubise, et une foule d'honnêtes gens, des moines, des prêtres, des militaires, des magistrats, des femmes pieuses, des femmes du monde, et parmi tout cela cette sorte d'étourdis que vous appelez des talons rouges, et que j'eus bientôt congédiés. Je ne cultivai de connaissances que celles qu'on ne pouvait m'objecter. J'abandonnai le reste à celles de nos religieuses qui n'étaient pas si difficiles.

J'oubliais de vous dire que la première marque de bonté qu'on me donnât, ce fut de me rétablir dans ma cellule. J'eus le courage de redemander le petit portrait de notre ancienne supérieure et l'on n'eut pas celui de me le refuser. Il a repris sa place sur mon cœur. Il y demeurera tant que je vivrai. Tous les matins mon premier mouvement est d'élever mon âme à Dieu, le second est de le baiser. Lorsque je veux prier et que je me sens l'âme froide, je le détache de mon cou ; je le place devant moi. Je le regarde, et il m'inspire. C'est bien dommage que nous n'ayons pas connu les saints personnages dont les simulacres sont exposés à notre vénération. Ils feraient bien une autre impression sur nous. Ils ne nous laisseraient pas à leurs pieds ou devant eux aussi froids que nous y demeurons.

J'eus la réponse à mon mémoire. Elle était d'un M. Manouri ; ni favorable ni défavorable. Avant que de prononcer sur cette affaire, on demandait un grand nombre d'éclaircissements auxquels il était difficile de satisfaire sans se voir. Je me nommai donc ; et j'invitai M. Manouri à se rendre à Longchamp. Ces messieurs se déplacent difficilement. Cependant il vint. Nous nous entretînmes très longtemps. Nous convînmes d'une correspondance par laquelle il me ferait parvenir sûrement ses demandes et je lui renverrais mes réponses. J'employai de mon côté tout le temps qu'il donnait à mon affaire, à disposer les esprits, à intéresser à mon sort et à me faire des protections. Je me nommai ; je révélai ma conduite dans la première maison que j'avais habitée, ce que j'avais souffert dans la maison domestique, les peines qu'on m'avait faites au couvent, ma réclamation à Sainte-Marie, mon séjour à Longchamp, ma prise d'habit, ma profession, la cruauté avec laquelle j'avais été traitée depuis que j'avais consommé mes vœux. On me plaignit. On m'offrit du secours. Je retins la bonne volonté qu'on me témoignait, pour le temps où je pourrais en avoir besoin, sans m'expliquer davantage. Rien ne transpirait dans la maison ; j'avais obtenu de Rome la permission de réclamer contre mes vœux. Incessamment l'action allait être intentée, qu'on était là-dessus dans une sécurité profonde. Je vous laisse donc à penser quelle fut la surprise de ma supérieure, lorsqu'on lui signifia, au nom de sœur Marie-Suzanne Simonin, une protestation contre ses vœux avec la demande de quitter l'habit de religion, et de sortir du cloître pour disposer d'elle comme elle le jugerait à propos.

J'avais bien prévu que je trouverais plusieurs sortes d'opposition, celle des lois, celles de la maison religieuse, et celles de mes beaux-frères et sœurs alarmés. Ils avaient eu tout le bien de la famille, et libre, j'aurais eu des reprises considérables à faire sur eux. J'écrivis à mes sœurs. Je les suppliai de n'apporter aucune opposition à ma sortie. J'en appelai à leur conscience sur le peu de liberté de mes vœux. Je leur offris un désistement par acte authentique de toutes mes prétentions à la succession de mon père et de ma mère. Je n'épargnai rien pour leur persuader que ce n'était ici une démarche ni d'intérêt ni de passion. Je ne m'en imposai point sur leurs sentiments ; cet acte que je leur proposais, fait tandis que j'étais encore engagée en religion devenait invalide. Et il était trop incertain pour elles que je le ratifiasse quand je serais libre. Et puis leur convenait-il d'accepter mes propositions ? Laisseront-elles une sœur sans asile et sans fortune ? Jouiront-elles de son bien ? Que dira-t-on dans le monde ? Si elle vient nous demander du pain, la refuserons-nous ? S'il lui prend fantaisie de se marier, qui sait la sorte d'homme qu'elle épousera ? Et si elle a des enfants ? Il faut contrarier de toute notre force cette dangereuse tentative. Voilà ce qu'elles se dirent et ce qu'elles firent.

A peine la supérieure eut-elle reçu l'acte juridique de ma demande, qu'elle accourut dans ma cellule.

« Comment, sœur Sainte-Suzanne, me dit-elle, vous voulez nous quitter ?

— Oui, madame.

— Et vous allez appeler de vos vœux ?

— Oui, madame.

— Ne les avez-vous pas faits librement ?

— Non, madame.

— Et qui est-ce qui vous a contrainte ?

— Tout.

— Monsieur votre père ?

— Mon père.

— Madame votre mère ?

— Elle-même.

— Et pourquoi ne pas réclamer au pied des autels ?

— J'étais si peu à moi, que je ne me rappelle pas même d'y avoir assisté.

— Pouvez-vous parler ainsi ?

— Je dis la vérité.

— Quoi ! vous n'avez pas entendu le prêtre vous demander : Sœur Sainte-Suzanne Simonin, promettez-vous à Dieu obéissance, chasteté et pauvreté ?

— Je n'en ai pas mémoire.

— Vous n'avez pas répondu qu'oui ?

— Je n'en ai pas mémoire.

— Et vous imaginez que les hommes vous en croiront ?

— Ils m'en croiront ou non, mais le fait n'en sera pas moins vrai.

— Chère enfant, si de pareils prétextes étaient écoutés, voyez quels abus il s'ensuivrait. Vous avez fait une démarche inconsidérée. Vous vous êtes laissé entraîner par un sentiment de vengeance. Vous avez à cœur les châtiments que vous m'avez obligée de vous infliger. Vous avez cru qu'ils suffisaient pour rompre vos vœux. Vous vous êtes trompée. Cela ne se peut ni devant les hommes ni devant Dieu. Songez que le parjure est le plus grand de tous les crimes, que vous l'avez déjà commis dans votre cœur et que vous allez le consommer.

— Je ne serai point parjure. Je n'ai rien juré.

— Si l'on a eu quelques torts avec vous, n'ont-ils pas été réparés ?

— Ce ne sont point ces torts qui m'ont déterminée.

— Qu'est-ce donc ?

— Le défaut de vocation, le défaut de liberté dans mes vœux.

— Si vous n'étiez point appelée, si vous étiez contrainte, que ne le disiez-vous quand il en était temps ?

— Et à quoi cela m'aurait-il servi ?

— Que ne montriez-vous la même fermeté que vous eûtes à Sainte-Marie ?

— Est-ce que la fermeté dépend de nous ? Je fus ferme la première fois. La seconde, j'étais imbécile.

— Que n'appeliez-vous un homme de loi ? Que ne protestiez-vous ? Vous avez eu les vingt-quatre heures pour constater votre regret.

— Savais-je rien de ces formalités ? Quand je les aurais sues, étais-je en état d'en user ? Quand j'aurais été en état d'en user, l'aurais-je pu ? Quoi ! madame, ne vous êtes-vous pas aperçue vous-même de mon aliénation ? Si je vous prends à témoin, jurerez-vous que j'étais saine d'esprit ?

— Je le jurerai !

— Eh bien ! madame, c'est vous et non pas moi, qui serez parjure.

— Mon enfant, vous allez faire un éclat inutile. Revenez à vous. Je vous en conjure par votre propre intérêt, par celui de la maison. Ces sortes d'affaires ne se suivent point sans des discussions scandaleuses.

— Ce ne sera pas ma faute.

— Les gens du monde sont méchants. On fera les suppositions les plus défavorables à votre esprit, à votre cœur, à vos mœurs. On croira...

— Tout ce qu'on voudra.

— Mais parlez-moi à cœur ouvert ; si vous avez quelque mécontentement secret, quel qu'il soit, il y a du remède.

— J'étais, je suis et je serai toute ma vie mécontente de mon état.

— L'esprit séducteur qui nous environne sans cesse et qui cherche à nous perdre, aurait-il profité de la liberté trop grande qu'on vous a accordée depuis peu, pour vous inspirer quelque penchant funeste ?

— Non, madame. Vous savez que je ne fais pas un serment sans peine ; j'atteste Dieu que mon cœur est innocent et qu'il n'y eut jamais aucun sentiment honteux.

— Cela ne se conçoit pas.

— Rien cependant, madame, n'est plus facile à concevoir. Chacun a son caractère et j'ai le mien. Vous aimez la vie monastique et je la hais. Vous avez reçu de Dieu les grâces de votre état, et elles me manquent toutes. Vous vous seriez perdue dans le monde, et vous assurez ici votre salut. Je me perdrais ici et j'espère me sauver dans le monde. Je suis et je serai une mauvaise religieuse.

— Et pourquoi ? Personne ne remplit mieux ses devoirs que vous.

— Mais c'est avec peine et à contrecœur.

— Vous en méritez davantage.

— Personne ne peut savoir mieux que moi ce que je mérite, et je suis forcée de m'avouer qu'en me soumettant à tout je ne mérite rien. Je suis lasse d'être une hypocrite ; en faisant ce qui sauve les autres, je me déteste et je me damne. En un mot, madame, je ne connais de véritables religieuses que celles qui sont retenues ici par leur goût pour la retraite et qui y resteraient quand elles n'auraient autour d'elles ni grilles ni murailles qui les retinssent. Il s'en manque bien que je sois de ce nombre. Mon corps est ici ; mais mon cœur n'y est pas. Il est au-dehors. Et s'il fallait opter entre la mort et la clôture perpétuelle, je ne balancerais pas à mourir. Voilà mes sentiments.

— Quoi ! vous quitterez sans remords ce voile, ces vêtements qui vous ont consacrée à Jésus-Christ !

— Oui, madame, parce que je les ai pris sans réflexion et sans liberté... »

Je lui répondis avec bien de la modération, car ce n'était pas là ce que mon cœur me suggérait. Il me disait : Oh ! que ne suis-je au moment où je pourrai les déchirer et les jeter loin de moi !

Cependant ma réponse l'atterra ; elle pâlit ; elle voulut encore parler, mais ses lèvres tremblaient ; elle ne savait pas trop ce qu'elle avait encore à me dire. Je me promenais à grands pas dans ma cellule ; et elle s'écriait :

« O mon Dieu ! que diront nos sœurs ? O Jésus, jetez sur elle un regard de pitié ! Sœur Sainte-Suzanne ?

— Madame.

— C'est donc un parti pris ? Vous voulez nous déshonorer, nous rendre et devenir la fable publique, vous perdre.

— Je veux sortir d'ici.

— Mais si ce n'est que la maison qui vous déplaise...

— C'est la maison. C'est mon état. C'est la religion. Je ne veux être enfermée ni ici ni ailleurs.

— Mon enfant, vous êtes possédée du démon. C'est lui qui vous agite, qui vous fait parler, qui vous transporte. Rien n'est plus vrai. Voyez dans quel état vous êtes... »

En effet, je jetai les yeux sur moi, et je vis que ma robe était en désordre, que ma guimpe s'était retournée presque sens devant derrière, et que mon voile était tombé sur mes épaules. J'étais ennuyée des propos de cette méchante supérieure qui n'avait avec moi qu'un ton radouci et faux. Et je lui dis avec dépit :

« Non, madame, non, je ne veux plus de ce vêtement. Je n'en veux plus. »

Cependant je tâchais de rajuster mon voile. Mes
mains tremblaient ; et plus je m'efforçais à l'arranger, plus je le dérangeais. Impatientée je le saisis
avec violence, je l'arrachai, je le jetai par terre, et je
restai devant ma supérieure, le front ceint d'un
bandeau, et la tête échevelée. Cependant elle, incertaine si elle devait rester ou sortir, allait et venait en
disant :

« O Jésus ! elle est possédée, rien n'est plus vrai.
Elle est possédée... »

Et l'hypocrite se signait avec la croix de son
rosaire.

Je ne tardai pas à revenir à moi. Je sentis l'indécence de mon état et l'imprudence de mes discours.
Je me composai de mon mieux. Je ramassai mon
voile et je le remis. Puis, me tournant vers elle, je
lui dis :

« Madame, je ne suis ni folle, ni possédée. Je suis
honteuse de mes violences et je vous en demande
pardon ; mais jugez par là combien la vie du cloître
me convient peu, et combien il est juste que je
cherche à m'en tirer si je puis. »

Elle, sans m'écouter, répétait : « Que dira le
monde ? Que diront nos sœurs ?

— Madame, lui dis-je ; voulez-vous éviter un
éclat ? il y aurait un moyen. Je ne cours point après
ma dot. Je ne demande que la liberté. Je ne dis
point que vous m'ouvriez les portes ; mais faites
seulement aujourd'hui, demain, après, qu'elles
soient mal gardées ; et ne vous apercevez de mon
évasion que le plus tard que vous pourrez.

— Malheureuse ! qu'osez-vous me proposer ?

— Un conseil qu'une bonne et sage supérieure
devrait suivre avec toutes celles pour qui leur
couvent est une prison ; et le couvent en est une

pour moi mille fois plus affreuse que celles qui renferment les malfaiteurs. Il faut que j'en sorte ou que j'y périsse. Madame, lui dis-je en prenant un ton grave et un regard assuré, écoutez-moi ; si les lois auxquelles je me suis adressée trompaient mon attente, et que poussée par des mouvements d'un désespoir que je ne connais que trop... vous avez un puits... il y a des fenêtres dans la maison... partout on a des murs devant soi... on a un vêtement qu'on peut dépecer... des mains dont on peut user...

— Arrêtez, malheureuse ! vous me faites frémir. Quoi ! vous pourriez...

— Je pourrais, au défaut de tout ce qui finit brusquement les maux de la vie, repousser les aliments... on est maître de boire et de manger, ou de n'en rien faire... S'il arrivait, après ce que je viens de vous dire, que j'eusse le courage, et vous savez que je n'en manque pas et qu'il en faut plus quelquefois pour vivre que pour mourir ; transportez-vous au jugement de Dieu, et dites-moi laquelle de la supérieure ou de sa religieuse lui semblerait la plus coupable ?... Madame, je ne redemande ni ne redemanderai jamais rien à la maison. Épargnez-moi un forfait ; épargnez-vous de longs remords. Concertons ensemble...

— Y pensez-vous sœur Sainte-Suzanne ? Que je manque au premier de mes devoirs ; que je donne les mains au crime ; que je partage un sacrilège !

— Le vrai sacrilège, madame, c'est moi qui le commets tous les jours en profanant par le mépris les habits sacrés que je porte. Ôtez-les-moi. J'en suis indigne. Faites chercher dans le village les haillons de la paysanne la plus pauvre, et que la clôture me soit entrouverte.

— Et où irez-vous pour être mieux ?

— Je ne sais pas où j'irai, mais on n'est mal qu'où Dieu ne vous veut point, et Dieu ne me veut point ici.

— Vous n'avez rien.

— Il est vrai ; mais l'indigence n'est pas ce que je crains le plus.

— Craignez les désordres auxquels elle entraîne.

— Le passé me répond de l'avenir. Si j'avais voulu écouter le crime, je serais libre. Mais s'il me convient de sortir de cette maison, ce sera, ou de votre consentement ou par l'autorité des lois. Vous pouvez opter. »

Cette conversation avait duré. En me la rappelant, je rougis des choses indiscrètes et ridicules que j'avais faites et dites ; mais il était trop tard. La supérieure en était encore à ses exclamations « que dira le monde ! que diront nos sœurs ? » lorsque la cloche qui nous appelait à l'office vint nous séparer. Elle me dit en me quittant :

« Sœur Sainte-Suzanne, vous allez à l'église. Demandez à Dieu qu'il vous touche, et qu'il vous rende l'esprit de votre état. Interrogez votre conscience, et croyez ce qu'elle vous dira. Il est impossible qu'elle ne vous fasse des reproches. Je vous dispense du chant. »

Nous descendîmes presque ensemble. L'office s'acheva. A la fin de l'office, lorsque toutes les sœurs étaient sur le point de se séparer, elle frappa sur son bréviaire et les arrêta.

« Mes sœurs, leur dit-elle, je vous invite à vous jeter au pied des autels et à implorer la miséricorde de Dieu sur une religieuse qu'il a abandonnée, qui a perdu le goût et l'esprit de la religion et qui est sur le point de se porter à une action sacrilège aux yeux de Dieu et honteuse aux yeux des hommes. »

Je ne saurais vous peindre la surprise générale ; en un clin d'œil, chacune sans se remuer eut parcouru le visage de ses compagnes, cherchant à démêler la coupable à son embarras. Toutes se prosternèrent et prièrent en silence. Au bout d'un espace de temps assez considérable, la prieure entonna à voix basse le *Veni Creator* et toutes continuèrent à voix basse le *Veni Creator*. Puis après un second silence, la prieure frappa sur son pupitre et l'on sortit.

Je vous laisse à penser le murmure qui s'éleva dans la communauté : « Qui est-ce ? qui n'est-ce pas ? qu'a-t-elle fait ? que veut-elle faire ? » Ces soupçons ne durèrent pas longtemps. Ma demande commençait à faire du bruit dans le monde. Je recevais des visites sans fin. Les uns m'apportaient des reproches ; d'autres m'apportaient des conseils. J'étais approuvée des uns, j'étais blâmée des autres. Je n'avais qu'un moyen de me justifier aux yeux de tous, c'était de les instruire de la conduite de mes parents, et vous concevez quel ménagement j'avais à garder sur ce point. Il n'y avait que quelques personnes, qui me restèrent sincèrement attachées, et M. Manouri, qui s'était chargé de mon affaire, à qui je pusse m'ouvrir entièrement. Lorsque j'étais effrayée des tourments dont j'étais menacée ; ce cachot, où j'avais été traînée une fois se représentait à mon imagination dans toute son horreur. Je connaissais la fureur des religieuses. Je communiquai mes craintes à M. Manouri ; et il me dit : « Il est impossible de vous éviter toutes sortes de peines. Vous en aurez ; vous avez dû vous y attendre. Il faut vous armer de patience et vous soutenir par l'espoir qu'elles finiront. Pour ce cachot, je vous promets que vous n'y rentrerez jamais. C'est mon affaire. » En effet, quelques jours après il apporta un ordre à la supérieure de me représenter toutes et quantes fois qu'elle en serait requise.

Le lendemain, après l'office je fus encore recommandée aux prières publiques de la communauté ; l'on pria en silence, et l'on dit à voix basse le même hymne que la veille. Même cérémonie le troisième jour, avec cette différence que l'on m'ordonna de me placer debout au milieu du chœur, et que l'on récita les prières pour les agonisants, les litanies des Saints, avec le refrain *ora pro ea*. Le quatrième jour, ce fut une momerie qui marquait bien le caractère bizarre de la supérieure. A la fin de l'office, on me fit coucher dans une bière au milieu du chœur. On plaça des chandeliers à mes côtés avec un bénitier ; on me couvrit d'un suaire et l'on récita l'office des morts, après lequel chaque religieuse, en sortant, me jeta de l'eau bénite, en disant : *Requiescat in pace*. Il faut entendre la langue des couvents pour connaître l'espèce de menace contenue dans ces derniers mots. Deux religieuses relevèrent le suaire, éteignirent les cierges, et me laissèrent là, trempée jusqu'à la peau de l'eau dont elles m'avaient malicieusement arrosée. Mes habits se séchèrent sur moi. Je n'avais pas de quoi me rechanger.

Cette mortification fut suivie d'une autre. La communauté s'assembla. On me regarda comme une réprouvée. Ma démarche fut traitée d'apostasie ; et l'on défendit, sous peine de désobéissance, à toutes les religieuses de me parler, de me secourir, de m'approcher, et de toucher même aux choses qui m'auraient servi. Ces ordres furent exécutés à la rigueur. Nos corridors sont étroits ; deux personnes ont en quelques endroits de la peine à passer de front. Si j'allais et qu'une religieuse vînt à moi, ou elle retournait sur ses pas, ou elle se collait contre le mur, tenant son voile et son vêtement, de crainte qu'il ne frottât contre le mien. Si l'on avait quelque chose à recevoir de moi, je le posais à terre et on le prenait avec un linge. Si l'on avait quelque chose à me donner, on me le jetait. Si l'on avait eu le malheur de me toucher, l'on se croyait souillée et l'on allait s'en confesser et s'en faire absoudre chez la supérieure. On a dit que la flatterie était vile et basse. Elle est encore bien cruelle et bien ingénieuse, lorsqu'elle se propose de plaire par les mortifications qu'elle invente. Combien de fois, je me suis rappelé le mot de ma céleste supérieure de Moni : « Entre toutes les créatures que vous voyez autour de moi, si dociles, si innocentes, si douces, eh bien ! mon enfant, il n'y en a presque pas une, non, presque pas une, dont je pusse faire une bête féroce, étrange métamorphose pour laquelle la disposition est d'autant plus grande, qu'on est entré plus jeune dans une cellule et que l'on connaît moins la vie sociale. Ce discours vous étonne ; Dieu vous préserve d'en éprouver la vérité. Sœur Suzanne, la bonne religieuse est celle qui apporte dans le cloître quelque grande faute à expier. »

Je fus privée de tous les emplois. A l'église on laissait une stalle vide à chaque côté de celle que j'occupais. J'étais seule à une table au réfectoire. On ne m'y servait pas. J'étais obligée d'aller dans la cuisine demander ma portion. La première fois, la sœur cuisinière me cria : « N'entrez pas, éloignez-vous... »

Je lui obéis.

« Que voulez-vous ?

— A manger.

— A manger ! vous n'êtes pas digne de vivre... »

Quelquefois je m'en retournais et je passais la journée sans rien prendre. Quelquefois j'insistais, et l'on me mettait sur le seuil des mets qu'on aurait eu honte de présenter à des animaux. Je les ramassais en pleurant et je m'en allais. Arrivais-je quelquefois à la porte du chœur la dernière ? je la trouvais fermée. Je m'y mettais à genoux ; et là j'attendais la fin de l'office. Si c'était au jardin, je m'en retournais dans ma cellule. Cependant mes forces s'affaiblissant par le peu de nourriture, la mauvaise qualité de celle que je prenais, et plus encore par la peine que j'avais à supporter tant de marques réitérées d'inhumanité ; je sentis que si je persistais à souffrir sans me plaindre, je ne verrais jamais la fin de mon procès. Je me déterminai donc à parler à la supérieure. J'étais à moitié morte de frayeur. J'allai cependant frapper doucement à sa porte. Elle ouvrit. A ma vue, elle recula plusieurs pas en arrière, en me criant :

« Apostate, éloignez-vous ! »

Je m'éloignai.

« Encore. »

Je m'éloignai encore.

« Que voulez-vous ?

— Puisque ni Dieu ni les hommes ne m'ont point condamnée à mourir, je veux, madame, que vous ordonniez qu'on me fasse vivre.

— Vivre ! me dit-elle, en me répétant le propos de la sœur cuisinière, en êtes-vous digne ?

— Il n'y a que Dieu qui le sache ; mais je vous préviens que si l'on me refuse la nourriture, je serai forcée d'en porter mes plaintes à ceux qui m'ont acceptée sous leur protection. Je ne suis ici qu'en dépôt, jusqu'à ce que mon sort et mon état soient décidés.

— Allez, me dit-elle, ne me souillez pas de vos regards. J'y pourvoirai... »

Je m'en allai, et elle ferma sa porte avec violence. Elle donna ses ordres apparemment, mais je n'en fus guère mieux soignée ; on se faisait un mérite de lui désobéir. On me jetait les mets les plus grossiers, encore les gâtait-on avec de la cendre et toutes sortes d'ordures.

Voilà la vie que j'ai menée tant que mon procès a duré. Le parloir ne me fut pas tout à fait interdit.

On ne pouvait m'ôter la liberté de conférer avec mes juges ni avec mon avocat. Encore celui-ci fut-il obligé d'employer plusieurs fois la menace pour obtenir de me voir. Alors une sœur m'accompagnait. Elle se plaignait si je parlais bas. Elle s'impatientait si je restais trop. Elle m'interrompait, me démentait, me contredisait, répétait à la supérieure mes discours, les altérait, les empoisonnait, m'en supposait même que je n'avais pas tenus. Que sais-je ? On en vint jusqu'à me voler, me dépouiller, m'ôter mes chaises, mes couvertures et mes matelas ; on ne me donnait plus de linge blanc. Mes vêtements se déchiraient. J'étais presque sans bas et sans souliers. J'avais peine à obtenir de l'eau. J'ai plusieurs fois été obligée d'en aller chercher moi-même au puits, à ce puits dont je vous ai parlé. On me cassa mes vaisseaux. Alors j'en étais réduite à boire l'eau que j'avais tirée, sans en pouvoir emporter. Si je passais sous des fenêtres, j'étais obligée de fuir, ou de m'exposer à recevoir les immondices des cellules. Quelques sœurs m'ont craché au visage. J'étais devenue d'une malpropreté hideuse. Comme on craignait les plaintes que je pouvais faire à nos directeurs, la confession me fut interdite. Un jour de grande fête, c'était je crois le jour de l'Ascension, on embarrassa ma serrure ; je ne pus aller à la messe et j'aurais peut-être manqué à tous les autres offices, sans la visite de M. Manouri à qui l'on dit d'abord que l'on ne savait pas ce que j'étais devenue, qu'on ne me voyait plus, et que je ne faisais aucune action de christianisme. Cependant, à force de me tourmenter, j'abattis ma serrure, et je me rendis à la porte du chœur que je trouvai fermée, comme il arrivait lorsque je ne venais pas des premières. J'étais couchée à terre, la tête et le dos appuyés contre un des murs, les bras croisés sur la poitrine, et le reste de mon corps étendu fermait le passage ; lorsque l'office finit et que les religieuses se présentèrent pour sortir. La première s'arrêta tout court. Les autres arrivèrent à sa suite. La supérieure se douta de ce que c'était et dit :

« Marchez sur elle, ce n'est qu'un cadavre. »

Quelques-unes obéirent et me foulèrent aux pieds. D'autres furent moins inhumaines ; mais aucune n'osa me tendre la main pour me relever. Tandis que j'étais absente, on enleva de ma cellule mon prie-Dieu, le portrait de notre fondatrice, les autres images pieuses, le crucifix, et il ne me resta que celui que je portais à mon rosaire, qu'on ne me laissa pas longtemps. Je vivais donc entre quatre murailles nues, dans une chambre sans porte, sans chaise, debout, ou sur une paillasse ; sans aucun des vaisseaux les plus nécessaires, forcée de sortir la nuit pour satisfaire aux besoins de la nature, et accusée le matin de troubler le repos de la maison, d'errer et de devenir folle. Comme ma cellule ne fermait plus, on entrait pendant la nuit en tumulte, on criait, on tirait mon lit, on cassait mes fenêtres on me faisait toutes sortes de terreurs. Le bruit montait à l'étage au-dessus, descendait l'étage au-dessous, et celles qui n'étaient pas du complot disaient qu'il se passait dans ma chambre des choses étranges, qu'elles avaient entendu des voix lugubres, des cris, des cliquetis de chaînes, et que je conversais avec les revenants et les mauvais esprits. Qu'il fallait que j'eusse fait un pacte, et qu'il faudrait incessamment déserter de mon corridor.

Il y a dans les communautés des têtes faibles, c'est même le grand nombre. Celles-là croyaient ce qu'on leur disait, n'osaient passer devant ma porte, me voyaient dans leur imagination troublée avec une figure hideuse, faisaient le signe de la croix à ma rencontre et s'enfuyaient en criant : « Satan éloignez-vous de moi ! Mon Dieu, venez à mon secours ! » Une des plus jeunes était au fond du corridor. J'allais à elle, et il n'y avait pas moyen de m'éviter. La frayeur la plus terrible la prit. D'abord elle se tourna le visage contre le mur, marmottant d'une voix tremblante : « Mon Dieu ! mon Dieu ! Jésus ! Marie ! Jésus ! Marie ! » Cependant j'avançais. Quand elle me sentit près d'elle, elle se couvre le visage de ses deux mains de peur de me voir, s'élance de mon côté, se précipite avec violence entre mes bras, et s'écrie : « A moi ! à moi ! miséricorde ! je suis perdue ! Sœur Sainte-Suzanne, ne me faites point de mal. Sœur Sainte-Suzanne, ayez pitié de moi... » Et en disant ces mots, la voilà qui tombe renversée à moitié morte sur le carreau. On accourt à ses cris. On l'emporte ; et je ne saurais vous dire comment cette aventure fut travestie. On en fit l'histoire la plus criminelle. On dit que le démon de l'impureté s'était emparé de moi ; on me supposa des desseins, des actions que je n'ose nommer, et des désirs bizarres auxquels on attribua le désordre évident dans lequel la jeune religieuse s'était trouvée. En vérité, je ne suis pas un homme, et je ne sais ce qu'on peut imaginer d'une femme et d'une autre femme, et moins encore d'une femme seule. Cependant comme mon lit était sans rideaux et qu'on entrait dans ma chambre à toute heure, que vous dirai-je, monsieur ? Il faut qu'avec toute leur retenue extérieure, la modestie de leurs regards, la chasteté de leur expression, ces femmes aient le cœur bien corrompu ; elles savent du moins qu'on commet seule des actions déshonnêtes, et moi je ne le sais pas. Aussi n'ai-je jamais bien compris ce dont elles m'accusaient ; et elles s'exprimaient en des termes si obscurs, que je n'ai jamais su ce qu'il y avait à leur répondre.

Je ne finirais point, si je voulais suivre ce détail de persécutions. Ah ! monsieur, si vous avez des enfants, apprenez par mon sort celui que vous leur préparez, si vous souffrez qu'ils entrent en religion sans les marques de la vocation la plus forte et la plus décidée. Qu'on est injuste dans le monde ! On permet à un enfant de disposer de sa liberté, à un âge où il ne lui est pas permis de disposer d'un écu. Tuez plutôt votre fille que de l'emprisonner dans un cloître malgré elle. Oui, tuez-la. Combien j'ai désiré de fois d'avoir été étouffée par ma mère en naissant ! elle eût été moins cruelle. Croiriez-vous bien qu'on m'ôta mon bréviaire et qu'on me défendit de prier Dieu ? Vous pensez bien que je n'obéis pas. Hélas ! c'était mon unique consolation. J'élevais mes mains vers le Ciel ; je poussais des cris, et j'osais espérer qu'ils étaient entendus du seul être qui voyait toute ma misère. On écoutait à ma porte et un jour que je m'adressais à lui dans l'accablement de mon cœur, et que je l'appelais à mon aide, on me dit :

« Vous appelez Dieu en vain. Il n'y a plus de Dieu pour vous. Mourez désespérée, et soyez damnée... »

D'autres ajoutèrent : « Amen sur l'apostate ! Amen sur elle ! »

Mais voici un trait qui vous paraîtra bien plus étrange qu'aucun autre. Je ne sais si c'est méchanceté, ou illusion. C'est que quoique je ne fisse rien qui marquât un esprit dérangé, à plus forte raison un esprit obsédé de l'esprit infernal, elles délibérèrent entre elles, s'il ne fallait pas m'exorciser et il fut conclu à la pluralité des voix que j'avais renoncé à mon chrême et à mon baptême, que le démon résidait en moi, et qu'il m'éloignait des offices divins. Une autre ajouta qu'à certaines prières je grinçais des dents et que je frémissais dans l'église ; qu'à l'élévation du Saint-Sacrement je me tordais les bras ; une autre, que je foulais le Christ aux pieds, et que je ne portais plus mon rosaire (qu'on m'avait volé) ; que je proférais des blasphèmes que je n'ose vous répéter. Toutes, qu'il se passait en moi quelque chose qui n'était pas naturel, et qu'il fallait en donner avis au grand vicaire, ce qui fut fait.

Ce grand vicaire était un M. Hébert, homme d'âge et d'expérience, brusque, mais juste, mais éclairé. On lui fit le détail du désordre de la maison, et il est sûr qu'il était grand, et que si j'en étais la cause, c'était une cause bien innocente. Vous vous doutez sans doute qu'on n'omit pas dans le mémoire qui lui fut envoyé, mes courses de nuit, mes absences du chœur, le tumulte qui se passait chez moi, ce que l'une avait vu, ce qu'une autre avait entendu ; mon aversion pour les choses saintes, mes blasphèmes, les actions obscènes qu'on m'imputait ; pour l'aventure de la jeune religieuse on en fit tout ce qu'on voulut. Les accusations étaient si fortes et si multipliées qu'avec tout son bon sens M. Hébert ne put s'empêcher d'y donner en partie et de croire qu'il y avait beaucoup de vrai. La chose lui parut assez importante pour s'en instruire par lui-même. Il fit annoncer sa visite et vint en effet accompagné de deux jeunes ecclésiastiques qu'on avait attachés à sa personne et qui le soulageaient dans ses pénibles fonctions.

Quelques jours auparavant, la nuit, j'entendis entrer doucement dans ma chambre. Je ne dis rien, j'attendis qu'on me parlât, et l'on m'appelait d'une voix basse et tremblante :

« Sœur Sainte-Suzanne, dormez-vous ?

— Non, je ne dors pas. Qui est-ce ?

— C'est moi.

— Qui vous ?

— Votre amie qui se meurt de peur et qui s'expose à se perdre pour vous donner un conseil peut-être inutile. Écoutez. Il y a demain ou après visite du grand vicaire. Vous serez accusée. Préparez-vous à vous défendre. Adieu, ayez du courage et que le Seigneur soit avec vous... »

Cela dit, elle s'éloigna avec la légèreté d'une ombre. Vous voyez, il y a partout, même dans les maisons religieuses, quelques âmes compatissantes que rien n'endurcit.

Cependant mon procès se suivait avec chaleur. Une foule de personnes de tout état, de tout sexe, de toutes conditions, que je ne connaissais pas, s'intéressèrent à mon sort et sollicitèrent pour moi. Vous fûtes de ce nombre, et peut-être l'histoire de mon procès vous est-elle mieux connue qu'à moi. Car sur la fin, je ne pouvais plus conférer avec M. Manouri. On lui dit que j'étais malade. Il se douta qu'on le trompait. Il trembla qu'on ne m'eût jetée dans le cachot. Il s'adressa à l'archevêché où l'on ne daigna pas l'écouter. On y était prévenu que j'étais folle, ou peut-être quelque chose de pis. Il se retourna du côté des juges. Il insista sur l'exécution de l'ordre signifié à la supérieure de me représenter morte ou vive, quand elle en serait sommée. Les juges séculiers entreprirent les juges ecclésiastiques. Ceux-ci sentirent les conséquences que cet incident pouvait avoir, si on n'allait au-devant ; et ce fut là ce qui accéléra apparemment la visite du grand vicaire ; car ces messieurs, fatigués des tracasseries éternelles de couvent, ne se pressent pas communément de s'en mêler. Ils savent, par expérience, que leur autorité est toujours éludée et compromise.

Je profitai de l'avis de mon amie pour invoquer le secours de Dieu, rassurer mon âme, et préparer ma défense. Je ne demandai au Ciel que le bonheur d'être interrogée et entendue sans partialité. Je l'obtins mais vous allez apprendre à quel prix. S'il était dé mon intérêt de paraître devant mon juge innocente et sage, il n'importait pas moins à ma supérieure qu'on me vît méchante, obsédée du démon, coupable et folle. Aussi, tandis que je redoublais de ferveur et de prières, on redoubla de méchancetés. On ne me donna d'aliments que ce qu'il en fallait pour m'empêcher de mourir de faim. On m'excéda de mortifications. On multiplia autour de moi les épouvantes. On m'ôta tout à fait le repos de la nuit. Tout ce qui peut abattre la santé, et troubler l'esprit, on le mit en œuvre. Ce fut un raffinement de cruauté dont vous n'avez pas d'idée. Jugez du reste par ce trait.

Un jour que je sortais de ma cellule pour aller à l'église ou ailleurs, je vis une pincette à terre en travers dans le corridor. Je me baissai pour la ramasser et la placer de manière que celle qui l'avait égarée la retrouvât facilement. La lumière m'empêcha de voir qu'elle était presque rouge. Je la saisis mais en la laissant retomber, elle emporta avec elle toute la peau du dedans de ma main dépouillée. On exposait la nuit dans les endroits où je devais passer des obstacles ou à mes pieds, ou à la hauteur de ma tête. Je me suis blessée cent fois, je ne sais comment je ne me suis pas tuée. Je n'avais pas de quoi m'éclairer ; et j'étais obligée d'aller en tremblant les mains devant moi. On semait des verres cassés sous mes pieds. J'étais bien résolue de dire tout cela et je me tins parole à peu près. Je trouvais la porte des commodités fermée, et j'étais obligée de descendre plusieurs étages et de courir au fond du jardin quand la porte en était ouverte. Quand elle ne l'était pas... ah ! monsieur, les méchantes créatures que des femmes recluses qui sont bien sûres de seconder la haine de leur supérieure et qui croient servir Dieu en vous désespérant ! Il était temps que l'archidiacre arrivât. Il était temps que mon procès finît.

Voici le moment le plus terrible de ma vie ; car

songez bien, monsieur, que j'ignorais absolument sous quelles couleurs on m'avait peinte aux yeux de cet ecclésiastique, et qu'il venait avec la curiosité de voir une fille possédée ou qui le contrefaisait. On crut qu'il n'y avait qu'une forte terreur qui pût me montrer dans cet état, et voici comment on s'y prit pour me la donner.

Le jour de sa visite, dès le grand matin, la supérieure entra dans ma cellule. Elle était accompagnée de trois sœurs, l'une portait un bénitier, l'autre un crucifix, une troisième des cordes. La supérieure me dit avec une voix forte et menaçante :

« Levez-vous. Mettez-vous à genoux, et recommandez votre âme à Dieu.

— Madame, lui dis-je, avant que de vous obéir, pourrais-je demander ce que je vais devenir ; ce que vous avez décidé de moi, et ce qu'il faut que je demande à Dieu ? »

Une sueur froide se répandit sur tout mon corps ; je tremblais ; je sentais mes genoux plier. Je regardais avec effroi ses trois fatales compagnes. Elles étaient debout sur une même ligne, le visage sombre, les lèvres serrées et les yeux fermés. La frayeur avait séparé chaque mot de la question que j'avais faite. Je crus, au silence qu'on gardait, que je n'avais pas été entendue. Je recommençai les derniers mots de cette question car je n'eus pas la force de la répéter tout entière. Je dis donc avec une voix faible et qui s'éteignait :

« Quelle grâce faut-il que je demande à Dieu ? »

On me répondit :

« Demandez-lui pardon des péchés de toute votre vie ; parlez-lui comme si vous étiez au moment de comparaître devant lui. »

A ces mots, je crus qu'elles avaient tenu conseil et qu'elles avaient résolu de se défaire de moi. J'avais bien entendu dire que cela se pratiquait quelquefois dans les couvents de certains religieux, qu'ils jugeaient, qu'ils condamnaient à mort et qu'ils suppliciaient. Je ne croyais pas qu'on eût jamais exercé cette inhumaine juridiction dans aucun couvent de femmes. Mais il y avait tant d'autres choses que je n'avais pas devinées et qui s'y passaient ! A cette idée de mort prochaine je voulus crier, mais ma bouche était ouverte, et il n'en sortait aucun son ; j'avançais vers la supérieure des bras suppliants, et mon corps défaillant se renversait en arrière. Je tombai, mais ma chute ne fut pas dure. Dans ces moments de transe, où la force abandonne insensiblement, les membres se dérobent, s'affaissent, pour ainsi dire, les uns sur les autres, et la nature ne pouvant se soutenir, semble chercher à défaillir mollement. Je perdis la connaissance et le sentiment. J'entendais seulement bourdonner autour de moi des voix confuses et lointaines ; soit qu'elles parlassent, soit que les oreilles me tintassent, je ne distinguais rien que ce tintement qui durait. Je ne sais combien je restai dans cet état. Mais j'en fus tirée par une fraîcheur subite qui me causa une convulsion légère, et qui m'arracha un profond soupir. J'étais traversée d'eau ; elle coulait de mes vêtements à terre. C'était celle d'un grand bénitier qu'on m'avait répandue sur le corps. J'étais couchée sur le côté, étendue dans cette eau, la tête appuyée contre le mur, la bouche entrouverte et les yeux à demi morts et fermés. Je cherchai à les ouvrir et à regarder ; mais il me sembla que j'étais enveloppée d'un air épais, à travers lequel je n'entrevoyais que des vêtements flottants, auxquels je cherchais à m'attacher sans le pouvoir. Je faisais effort du bras sur lequel je n'étais pas soutenue ; je voulais le lever, mais je le trouvais trop pesant. Mon extrême faiblesse diminua peu à peu. Je me soulevai. Je m'appuyai le dos contre le mur ; j'avais les deux mains dans l'eau, la tête penchée sur la poitrine ; et je poussais une plainte inarticulée, entrecoupée et pénible. Ces femmes me regardaient d'un air qui marquait la nécessité, l'inflexibilité, et qui m'ôtait le courage de les implorer. La supérieure dit :

« Qu'on la mette debout. »

On me prit sous les bras et l'on me releva. Elle ajouta :

« Puisqu'elle ne veut pas se recommander à Dieu, tant pis pour elle. Vous savez ce que vous avez à faire, achevez. »

Je crus que ces cordes qu'on avait apportées étaient destinées à m'étrangler. Je les regardai. Mes yeux se remplirent de larmes. Je demandai le crucifix à baiser. On me le refusa. Je demandai les cordes à baiser ; on me les présenta. Je me penchai, je pris le scapulaire de la supérieure et je le baisai. Je dis :

« Mon Dieu, ayez pitié de moi ! Mon Dieu, ayez pitié de moi ! Chères sœurs, tâchez de ne pas me faire souffrir. » Et je présentai mon cou.

Je ne saurais vous dire ce que je devins ni ce qu'on me fit. Il est sûr que ceux qu'on mène au supplice, et je m'y croyais, sont morts avant que d'être exécutés. Je me trouvai sur la paillasse qui me servait de lit, les bras liés derrière le dos, assise, avec un grand christ de fer sur mes genoux.

Monsieur le marquis, je vois d'ici tout le mal que je vous cause, mais vous avez voulu savoir si je méritais un peu la compassion que j'attends de vous.

Ce fut alors que je sentis la supériorité de la religion chrétienne sur toutes les religions du monde ; quelle profonde sagesse il y avait dans ce que l'aveugle philosophie appelle la folie de la croix. Dans l'état où j'étais de quoi m'aurait servi l'image d'un législateur heureux et comblé de gloire ? Je voyais l'innocent, le flanc percé, le front couronné d'épines, les mains et les pieds percés de clous, et expirant dans les souffrances. Et je me disais : « Voilà mon Dieu, et j'ose me plaindre ! » Je m'attachai à cette idée, et je sentis la consolation renaître dans mon cœur. Je connus la vanité de la vie, et je me trouvai trop heureuse de la perdre avant que d'avoir eu le temps de multiplier mes fautes. Cependant je comptais mes années, je trouvais que j'avais à peine vingt ans, et je soupirais. J'étais trop affaiblie, trop abattue pour que mon esprit pût s'élever au-dessus des terreurs de la mort. En pleine santé, je crois que j'aurais pu me résoudre avec plus de courage.

Cependant la supérieure et ses satellites revinrent. Elles me trouvèrent plus de présence d'esprit qu'elles ne s'y attendaient et qu'elles ne m'en auraient voulu. Elles me levèrent debout. On m'attacha mon voile sur le visage. Deux me prirent sous les bras ; une troisième me poussait par-derrière, et la supérieure m'ordonnait de marcher. J'allai sans savoir où j'allais, mais croyant aller au supplice, et je disais : « Mon Dieu, ayez pitié de moi ! Mon Dieu, soutenez-moi ! Mon Dieu, ne m'abandonnez pas ! Mon Dieu, pardonnez-moi, si je vous ai offensé. »

J'arrivai dans l'église. Le grand vicaire y avait célébré la messe. La communauté y était assemblée. J'oubliais de vous dire que, quand je fus à la porte, ces trois religieuses qui me conduisaient me serraient, me poussaient avec violence, semblaient se tourmenter autour de moi, et m'entraînaient les unes par les bras, tandis que d'autres me retenaient par-derrière, comme si j'avais résisté, et que j'eusse répugné à entrer dans l'église, cependant il n'en était rien. On me conduisit vers les marches de l'autel ; j'avais peine à me tenir debout, et l'on me tirait à genoux, comme si je refusais de m'y mettre. On me tenait comme si j'avais eu le dessein de fuir. On chanta le *Veni Creator*. On exposa le Saint-Sacrement. On donna la bénédiction. Au moment de la bénédiction, où l'on s'incline par vénération, celles qui m'avaient saisie par le bras, me courbèrent comme de force, et les autres m'appuyaient les mains sur les épaules. Je sentais ces différents mouvements, mais il m'était impossible d'en deviner la fin. Enfin tout s'éclaircit.

Après sa bénédiction, le grand vicaire se dépouilla de sa chasuble, se revêtit seulement de son aube et de son étole, et s'avança vers les marches de l'autel où j'étais à genoux ; il était entre les deux ecclésiastiques, le dos tourné à l'autel sur lequel le Saint-Sacrement était exposé, et le visage de mon côté. Il s'approcha de moi, et me dit :

« Sœur Suzanne, levez-vous. »

Les sœurs qui me tenaient me levèrent brusquement. D'autres m'entouraient et me tenaient embrassée par le milieu du corps comme si elles eussent craint que je m'échappasse. Il ajouta :

« Qu'on la délie. »

On ne lui obéissait pas ; on feignit de voir de l'inconvénient ou même du péril à me laisser libre. Mais je vous ai dit que cet homme était brusque. Il répéta d'une voix ferme et dure :

« Qu'on la délie. »

On obéit.

A peine eus-je les mains libres, que je poussai 'une plainte douloureuse et aiguë qui le fit pâlir, et les religieuses hypocrites qui m'approchaient s'écartèrent comme effrayées.

Il se remit, les sœurs revinrent comme en tremblant, je demeurais immobile ; et il me dit :

« Qu'avez-vous ? »

Je ne lui répondis qu'en lui montrant mes deux bras ; la corde dont on me les avait garrottés m'était entrée presque entièrement dans les chairs, et ils étaient tout violets du sang qui ne circulait plus et qui s'était extravasé. Il conçut que ma plainte venait de la douleur subite du sang qui reprenait son cours. Il dit :

« Qu'on lui lève son voile. »

On l'avait cousu en différents endroits sans que je m'en aperçusse, et l'on apporta encore bien de l'embarras et de la violence à une chose qui n'en exigeait que parce qu'on y avait pourvu ; il fallait que ce prêtre me vît obsédée, possédée ou folle ; cependant à force de tirer, le fil manqua en quelques endroits, le voile ou mon habit se déchirèrent en d'autres, et l'on me vit.

J'ai la figure intéressante ; la profonde douleur l'avait altérée, mais ne lui avait rien ôté de son caractère ; j'ai un son de voix qui touche ; on sent que mon expression est celle de la vérité. Ces qualités réunies firent une forte impression de pitié sur les jeunes acolytes de l'archidiacre ; pour lui, il ignorait ces sentiments ; juste, mais peu sensible, il était du nombre de ceux qui sont assez malheureusement nés, pour pratiquer la vertu sans en éprouver la douceur. Ils font le bien par esprit d'ordre, comme ils raisonnent. Il prit la manche de son étole, et me la posant sur la tête, il me dit :

« Sœur Suzanne, croyez-vous en Dieu père, fils et Saint-Esprit ? »

Je répondis :

« J'y crois.

— Croyez-vous en notre mère sainte Église ?

— J'y crois.

— Renoncez-vous à Satan et à ses œuvres ? »

Au lieu de répondre, je fis un mouvement subit

en avant, je poussai un grand cri, et le bout de son étole se sépara de ma tête ; il se troubla. Ses compagnons pâlirent ; entre les sœurs, les unes s'enfuirent, et les autres qui étaient dans leurs stalles, les quittèrent avec le plus grand tumulte. Il fit signe qu'on se rapaisât. Cependant il me regardait. Il s'attendait à quelque chose d'extraordinaire. Je le rassurai en lui disant :

« Monsieur, ce n'est rien. C'est une de ces religieuses qui m'a piquée vivement avec quelque chose de pointu » ; et levant les yeux et les mains au ciel, j'ajoutai en versant un torrent de larmes :

« C'est qu'on m'a blessée au moment où vous me demandiez si je renonçais à Satan et à ses pompes, et je vois bien pourquoi. »

Toutes protestèrent par la bouche de la supérieure qu'on ne m'avait pas touchée. L'archidiacre me remit le bas de son étole sur la tête ; les religieuses allaient se rapprocher, mais il leur fit signe de s'éloigner, et il me redemanda si je renonçais à Satan et à ses œuvres ; et je lui répondis fermement :

« J'y renonce. J'y renonce. »

Il se fit apporter un christ, et me le présenta à baiser, et je le baisai sur les pieds, sur les mains et sur la plaie du côté. Il m'ordonna de l'adorer à voix haute ; je le posai à terre, et je dis à genoux :

« Mon Dieu, mon sauveur, vous qui êtes mort sur la croix pour mes péchés et pour tous ceux du genre humain, je vous adore ; appliquez-moi les mérites des tourments que vous avez soufferts ; faites couler sur moi une goutte du sang que vous avez répandu, et que je sois purifiée. Pardonnez-moi, mon Dieu, comme je pardonne à tous mes ennemis. »

Il me dit ensuite :

« Faites un acte de foi... » et je le fis.

« Faites un acte d'amour... » et je le fis.

« Faites un acte d'espérance... » et je le fis.

« Faites un acte de charité... » et je le fis.

Je ne me souviens point en quels termes ils étaient conçus ; mais je pense qu'apparemment ils étaient pathétiques ; car j'arrachai des sanglots de quelques religieuses, les deux jeunes ecclésiastiques en versèrent des larmes, et l'archidiacre étonné me demanda d'où j'avais tiré les prières que je venais de réciter.

Je lui dis :

« Du fond de mon cœur ; ce sont mes pensées et mes sentiments. J'en atteste Dieu qui nous écoute partout, et qui est présent sur cet autel. Je suis chrétienne. Je suis innocente. Si j'ai fait quelques fautes, Dieu seul les connaît, et il n'y a que lui qui soit en droit de m'en demander compte et de les punir. »

A ces mots, il jeta un regard terrible sur la supérieure.

Le reste de cette cérémonie où la majesté de Dieu venait d'être insultée, les choses les plus saintes profanées, et le ministre de l'Église bafoué, s'acheva ; et les religieuses se retirèrent, excepté la supérieure, moi et les jeunes ecclésiastiques. L'archidiacre s'assit, et tirant le mémoire qu'on lui avait présenté contre moi, il le lut à haute voix et m'interrogea sur les articles qu'il contenait.

« Pourquoi, me dit-il, ne vous confessez-vous point ?

— C'est qu'on m'en empêche.

— Pourquoi n'approchez-vous point des sacrements ?

— C'est qu'on m'en empêche.

— Pourquoi n'assistez-vous ni à la messe, ni aux offices divins ?

— C'est qu'on m'en empêche. »

La supérieure voulut prendre la parole. Mais il lui dit avec son ton :

« Madame, taisez-vous. Pourquoi sortez-vous la nuit de votre cellule ?

— C'est qu'on m'a privée d'eau, de pot à l'eau et de tous les vaisseaux nécessaires aux besoins de la nature.

— Pourquoi entend-on du bruit la nuit dans votre dortoir et dans votre cellule ?

— C'est qu'on s'occupe à m'ôter le repos. »

La supérieure voulut encore parler. Il lui dit pour la seconde fois :

« Madame, je vous ai déjà dit de vous taire. Vous répondrez quand je vous interrogerai. Qu'est-ce qu'une religieuse qu'on a arrachée de vos mains, et qu'on a trouvée renversée à terre dans le corridor ?

— C'est la suite de l'horreur qu'on lui avait inspirée de moi.

— Est-elle votre amie ?

— Non, monsieur.

— N'êtes-vous jamais entrée dans sa cellule ?

— Jamais.

— Ne lui avez-vous jamais fait rien d'indécent soit à elle soit à d'autres ?

— Jamais.

— Pourquoi vous a-t-on liée ?

— Je l'ignore.

— Pourquoi votre cellule ne ferme-t-elle pas ?

— C'est que j'en ai brisé la serrure.

— Pourquoi l'avez-vous brisée ?

— Pour ouvrir la porte et assister à l'office le jour de l'Ascension.

— Vous vous êtes donc montrée à l'église ce jour-là ?

— Oui, monsieur... »

La supérieure dit :

« Monsieur, cela n'est pas vrai. Toute la communauté... »

Je l'interrompis.

« Assurera que la porte du chœur était fermée, qu'elles m'ont trouvée prosternée à cette porte et que vous leur avez ordonné de marcher sur moi, ce que quelques-unes ont fait, mais je leur pardonne et à vous, madame, de l'avoir ordonné. Je ne suis pas venue pour accuser, mais pour me défendre.

— Pourquoi n'avez-vous ni rosaire, ni crucifix ?

— C'est qu'on me les a ôtés.

— Où est votre bréviaire ?

— On me l'a ôté.

— Comment priez-vous donc ?

— Je fais ma prière de cœur et d'esprit, quoiqu'on m'ait défendu de prier.

— Qui est-ce qui vous a fait cette défense ?

— Madame... »

La supérieure allait encore parler.

« Madame, lui dit-il, est-il vrai ou faux que vous lui ayez défendu de prier ? Dites oui ou non.

— Je croyais, et j'avais raison de croire...

— Il ne s'agit pas de cela. Lui avez-vous défendu de prier, oui ou non ?

— Je lui ai défendu, mais... »

Elle allait continuer.

« Mais, reprit l'archidiacre, mais... Sœur Suzanne, pourquoi êtes-vous nu-pieds ?

— C'est qu'on ne me fournit ni bas, ni souliers.

— Pourquoi votre linge et vos vêtements sont-ils dans cet état de vétusté et de malpropreté ?

— C'est qu'il y a plus de trois mois qu'on me refuse du linge, et que je suis forcée de coucher avec mes vêtements.

— Pourquoi couchez-vous avec vos vêtements ?

— C'est que je n'ai ni rideaux, ni matelas, ni couvertures, ni draps, ni linge de nuit.

— Pourquoi n'en avez-vous point ?

— C'est qu'on me les a ôtés.

— Êtes-vous nourrie ?

— Je demande à l'être.

— Vous ne l'êtes donc pas ? »

Je me tus, et il ajouta :

« Il est incroyable qu'on en ait usé avec vous si sévèrement, sans que vous ayez commis quelque faute qui l'ait mérité.

— Ma faute est de n'être point appelée à l'état religieux, et de revenir contre des vœux que je n'ai pas faits librement.

— C'est aux lois à décider cette affaire, et de quelque manière qu'elles prononcent, il faut en attendant que vous remplissiez les devoirs de la vie religieuse.

— Personne, monsieur, n'y est plus exacte que moi.

— Il faut que vous jouissiez du sort de toutes vos compagnes.

— C'est tout ce que je demande.

— N'avez-vous à vous plaindre de personne ?

— Non, monsieur ; je vous l'ai dit. Je ne suis point venue pour accuser, mais pour me défendre.

— Allez !

— Monsieur, où faut-il que j'aille ?

— Dans votre cellule. »

Je fis quelques pas. Puis je revins, et je me prosternai aux pieds de la supérieure et de l'archidiacre.

« Eh bien, me dit-il, qu'est-ce qu'il y a ? »

Je lui dis, en lui montrant ma tête meurtrie en plusieurs endroits ; mes pieds ensanglantés ; mes bras livides et sans chair ; mon vêtement sale et déchiré :

« Vous voyez ? »

Je vous entends, vous, monsieur le marquis, et la plupart de ceux qui liront ces mémoires : « Des horreurs si multipliées, si variées, si continues ! une suite d'atrocités si recherchées dans les âmes religieuses ! cela n'est pas vraisemblable », diront-ils, dites-vous. Et j'en conviens ; mais cela est vrai. Et puisse le Ciel, que j'atteste me juger dans toute sa rigueur, et me condamner aux feux éternels, si j'ai permis à la calomnie de ternir une de mes lignes de son ombre la plus légère ! Quoique j'aie longtemps éprouvé combien l'aversion d'une supérieure était un violent aiguillon à la perversité naturelle, surtout lorsque celle-ci pouvait se faire un mérite, s'applaudir, et se vanter de ses forfaits, le ressentiment ne m'empêchera point d'être juste. Plus j'y réfléchis, plus je me persuade que ce qui m'arrive n'était point encore arrivé, et n'arriverait peut-être jamais. Une fois (et plût à Dieu que ce soit la première et la dernière !) il plut à la Providence dont les voies nous sont inconnues, de rassembler sur une seule infortunée, toute la masse de cruautés, réparties dans ses impénétrables décrets, sur la multitude infinie de malheureuses qui l'avaient précédée dans un cloître et qui devaient lui succéder. J'ai souffert, j'ai beaucoup souffert ; mais le sort de mes persécutrices me paraît et m'a toujours paru plus à plaindre que le mien. J'aimerais mieux, j'aurais mieux aimé mourir que de quitter mon rôle, à la condition de prendre le leur. Mes peines finiront, je l'espère de vos bontés. La mémoire, la honte et le remords du crime leur resteront jusqu'à l'heure dernière. Elles s'accusent déjà, n'en doutez pas. Elles s'accuseront toute leur vie, et la terreur descendra sous la tombe avec elles. Cependant, monsieur le marquis, ma situation présente est déplorable. La vie m'est à charge. Je suis une femme. J'ai l'esprit faible comme celles de mon sexe. Dieu peut m'abandonner. Je ne me sens ni la force ni le courage de supporter encore longtemps ce que j'ai supporté. Monsieur le marquis, craignez qu'un fatal moment ne revienne. Quand vous useriez vos yeux à pleurer sur ma destinée, quand vous seriez déchiré de remords, je ne sortirais pas pour cela de l'abîme où je serais tombée. Il se fermerait à jamais sur une désespérée.

« Allez », me dit l'archidiacre.

Un des ecclésiastiques me donna la main pour me relever. Et l'archidiacre ajouta :

« Je vous ai interrogée, je vais interroger votre supérieure, et je ne sortirai point d'ici que l'ordre n'y soit rétabli. »

Je me retirai. Je trouvai le reste de la maison en alarmes. Toutes les religieuses étaient sur le seuil de leurs cellules ; elles se parlaient d'un côté du corridor à l'autre. Aussitôt que je parus, elles se retirèrent, et il se fit un long bruit de portes qui se fermaient les unes après les autres avec violence. Je rentrai dans ma cellule. Je me mis à genoux contre le mur, et je priai Dieu d'avoir égard à la modération avec laquelle j'avais parlé à l'archidiacre, et de lui faire connaître mon innocence et la vérité.

Je priais, lorsque l'archidiacre, ses deux compagnons et la supérieure parurent dans ma cellule. Je vous ai dit que j'étais sans tapisserie, sans chaise, sans prie-Dieu, sans rideaux, sans matelas, sans couvertures, sans draps, sans aucun vaisseau, sans porte qui fermât, presque sans vitre entière à mes fenêtres. Je me levai et l'archidiacre, s'arrêtant tout court, et tournant des yeux d'indignation sur la supérieure, lui dit :

« Eh bien ! madame ? »

Elle répondit :

« Je l'ignorais.

— Vous l'ignoriez ? Vous mentez ! Avez-vous passé un jour sans entrer ici, et n'en descendiez-vous pas quand vous êtes venue ?... Sœur Suzanne, parlez. Madame n'est-elle pas entrée ici d'aujourd'hui ? »

Je ne répondis rien. Il n'insista pas ; mais les jeunes ecclésiastiques laissant tomber leurs bras, la tête baissée, et les yeux comme fixés en terre, décelaient assez leur peine et leur surprise. Ils sortirent tous, et j'entendis l'archidiacre qui disait à la supérieure dans le corridor :

« Vous êtes indigne de vos fonctions. Vous mériteriez d'être déposée. J'en porterai mes plaintes à monseigneur. Que tout ce désordre soit réparé avant que je sois sorti. »

Et continuant de marcher, et branlant sa tête, il ajoutait : « Cela est horrible. Des chrétiennes ! des religieuses ! des créatures humaines ! cela est horrible. »

Depuis ce moment je n'entendis plus parler de rien, mais j'eus du linge, d'autres vêtements, des rideaux, des draps, des couvertures, des vaisseaux, mon bréviaire, mes livres de piété, mon rosaire, mon crucifix, des vitres, en un mot, tout ce qui me rétablissait dans l'état commun des religieuses. La liberté du parloir me fut aussi rendue, mais seulement pour mes affaires.

Elles allaient mal. M. Manouri publia un premier mémoire qui fit peu de sensation. Il y avait trop d'esprit, pas assez de pathétique, presque point de raisons. Il ne faut pas s'en prendre tout à fait à cet habile avocat. Je ne voulais point absolument qu'il attaquât la réputation de mes parents. Je voulais qu'il ménageât l'état religieux et surtout la maison où j'étais. Je ne voulais pas qu'il peignît de couleurs trop odieuses mes beaux-frères et mes sœurs. Je n'avais en ma faveur qu'une première protestation, solennelle à la vérité, mais faite dans un autre couvent, et nullement renouvelée depuis. Quand on donne des bornes si étroites à ses défenses et qu'on a affaire à des parties qui n'en mettent aucune dans leur attaque ; qui foulent aux pieds le juste et l'injuste ; qui avancent et nient avec la même impudence, et qui ne rougissent ni des imputations, ni des soupçons, ni de la médisance, ni de la calomnie ; il est difficile de l'emporter, surtout à des tribunaux où l'habitude et l'ennui des affaires ne permettent presque pas qu'on examine avec quelque scrupule les plus importantes et où les contestations de la nature de la mienne sont toujours regardées d'un œil défavorable par l'homme politique qui craint que sur le succès d'une religieuse réclamant contre ses vœux, une infinité d'autres ne soient engagées dans la même démarche. On sent secrètement que si l'on souffrait que les portes de ces prisons s'abattissent en faveur d'une malheureuse, la foule s'y porterait et chercherait à les forcer. On s'occupe à nous décourager et à nous résigner toutes à notre sort par le désespoir de le changer.

« Il me semble pourtant que dans un État bien gouverné ce devrait être le contraire ; entrer difficilement en religion et en sortir facilement ; et pourquoi ne pas ajouter ce cas à tant d'autres où le moindre défaut de formalités anéantit une procédure même juste d'ailleurs ? Les couvents sont-ils donc si essentiels à la constitution d'un État ? Jésus-Christ a-t-il institué des moines et des religieuses ? L'Église ne peut-elle absolument s'en passer ? Quel besoin a l'époux de tant de vierges folles, et l'espèce humaine de tant de victimes ? Ne sentira-t-on jamais la nécessité de rétrécir l'ouverture de ces gouffres où les races futures vont se perdre ? Toutes les prières de routine qui se font là valent-elles une obole que la commisération donne au pauvre ? Dieu a créé l'homme sociable, approuve-t-il qu'il se renferme ? Dieu qui l'a créé si inconstant, si fragile, peut-il autoriser la témérité de ses vœux ? Ces vœux qui heurtent la pente générale de la nature, peuvent-ils jamais être bien observés que par quelques créatures mal organisées en qui les germes des passions sont flétris, et qu'on rangerait à bon droit parmi les monstres, si nos lumières nous permettaient de connaître aussi facilement et aussi bien la structure intérieure de l'homme que sa forme extérieure ? Toutes ces cérémonies lugubres qu'on observe à la prise d'habit et à la profession quand on consacre un homme ou une femme à la vie monastique et au malheur suspendent-elles les fonctions animales ? Au contraire, ne se réveillent-elles pas dans le silence, la contrainte et l'oisiveté avec une violence inconnue aux gens du monde qu'une foule de distractions emporte ? Où est-ce qu'on voit des têtes obsédées par des spectres impurs qui les suivent et qui les agitent ? Où est-ce qu'on voit cet ennui profond, cette pâleur, cette maigreur, tous ces symptômes de la nature qui languit et se consume ? Où les nuits sont-elles troublées par des gémissements, les jours trempés de larmes versées sans cause et précédées d'une mélancolie qu'on ne sait à quoi attribuer ? Où est-ce que la nature révoltée d'une contrainte pour laquelle elle n'est point faite, brise les obstacles qu'on lui oppose, devient furieuse, jette l'économie animale dans un désordre auquel il n'y a plus de remède ? En quel endroit le chagrin et l'humeur ont-ils anéanti toutes les qualités sociales ? Où est-ce qu'il n'y a ni père, ni mère, ni frère, ni sœur, ni parent, ni amis ? Où est-ce que l'homme, ne se considérant que comme un être d'un instant et qui passe, traite les liaisons les plus douces de ce monde, comme un voyageur les objets qu'il rencontre, sans attachement ? Où est le séjour de la gêne, du dégoût et des vapeurs ? Où est le lieu de la servitude et du despotisme ? Où sont les haines qui ne s'éteignent point ? Où sont les passions couvées dans le silence ? Où est le séjour de la cruauté et de la curiosité ? On ne sait pas l'histoire de ces asiles, disait ensuite M. Manouri dans son plaidoyer, on ne la sait pas. » Il ajoutait dans un autre endroit : « Faire vœu de pauvreté, c'est s'engager par serment à être paresseux et voleur ; faire vœu de chasteté, c'est promettre à Dieu l'infraction constante de la plus sage et de la plus importante de ses lois ; faire vœu d'obéissance, c'est renoncer à la prérogative inaliénable de l'homme, la liberté. Si l'on observe ces vœux, on est criminel ; si on ne les observe pas on est parjure. La vie claustrale est d'un fanatique ou d'un hypocrite. »

Une fille demanda à ses parents la permission d'entrer parmi nous. Son père lui dit qu'il y consentait, mais qu'il lui donnait trois ans pour y penser. Cette loi parut dure à la jeune personne, pleine de ferveur, cependant il fallut s'y soumettre. Sa vocation ne s'étant point démentie, elle retourna à son père et elle lui dit que les trois ans étaient écoulés. « Voilà qui est bien, mon enfant, lui répondit-il ; je vous ai accordé trois ans pour vous éprouver ; j'espère que vous voudrez bien m'en accorder autant pour me résoudre. » Cela parut encore beaucoup plus dur. Il y eut des larmes de répandues. Mais le père était un homme ferme qui tint bon. Au bout de ces six années elle entra. Elle fit profession. C'était une bonne religieuse, simple, pieuse, exacte à tous ses devoirs. Mais il arriva que les directeurs abusèrent de sa franchise pour s'instruire au tribunal de la pénitence de ce qui se passait dans la maison. Nos supérieures s'en doutèrent. Elle fut enfermée, privée des exercices de la religion ; elle en devint folle ; et comment la tête résisterait-elle aux persécutions de cinquante personnes qui s'occupent depuis le commencement du jour jusqu'à la fin à vous tourmenter ? Auparavant on avait tendu à sa mère un piège qui marque bien l'avarice des cloîtres. On inspira à la mère de cette recluse, le désir d'entrer dans la maison et de visiter la cellule de sa fille. Elle s'adressa aux grands vicaires qui lui accordèrent la permission qu'elle sollicitait. Elle entra. Elle courut à la cellule de son enfant. Mais quel fut son étonnement de n'y voir que les quatre murs tout nus ! On en avait tout enlevé. On se doutait bien que cette mère tendre et sensible ne laisserait pas sa fille dans cet état. En effet, elle la remeubla, la remit en vêtements et en linge, et protesta bien aux religieuses que cette curiosité lui coûtait trop cher pour l'avoir une seconde fois, et que trois ou quatre visites par an comme celle-là ruineraient ses frères et ses sœurs. C'est là que l'ambition et le luxe se sacrifient une portion des familles pour faire à celle qui reste un sort plus avantageux. C'est la sentine où l'on jette le rebut de la société. Combien de mères comme la mienne expient un crime secret par un autre !

M. Manouri publia un second mémoire qui fit un peu plus d'effet ; on sollicita vivement. J'offris encore à mes sœurs de leur laisser la possession entière et tranquille de la succession de mes parents. Il y eut un moment où mon procès prit le tour le plus favorable, et où j'espérai la liberté. Je n'en fus que plus cruellement trompée. Mon affaire fut plaidée à l'audience et perdue. Toute la communauté en était instruite, que je l'ignorais. C'était un mouvement, un tumulte, une joie, de petits entretiens secrets, des allées, des venues chez la supérieure, et des religieuses les unes chez les autres. J'étais toute tremblante. Je ne pouvais ni rester dans ma cellule, ni en sortir. Pas une amie entre les bras de qui j'allasse me jeter. O la cruelle matinée que celle du jugement d'un grand procès ! Je voulais prier. Je ne pouvais pas. Je me mettais à genoux. Je me recueillais. Je commençais une oraison. Mais bientôt mon esprit était emporté malgré moi au milieu de mes juges. Je les voyais. J'entendais les avocats. Je m'adressais à eux. J'interrompais le mien. Je trouvais ma cause mal défendue. Je ne connaissais aucun des magistrats. Cependant je m'en faisais des images de toute espèce. Les unes favorables, les autres sinistres, d'autres indifférentes. J'étais dans une agitation, dans un trouble d'idées qui ne se conçoit pas. Le bruit fit place à un profond silence. Les religieuses ne se parlaient plus. Il me parut qu'elles avaient au chœur la voix plus brillante qu'à l'ordinaire, du moins celles qui chantaient. Les autres ne chantaient point. Au sortir de l'office, elles se retirèrent en silence. Je me persuadais que l'attente les inquiétait autant que moi. Mais l'après-midi, le bruit et le mouvement reprirent subitement de tout côté. J'entendis des portes s'ouvrir, se fermer, des religieuses aller et venir ; le murmure de personnes qui se parlent bas. Je mis l'oreille à ma serrure ; mais il me parut qu'on se taisait en passant et qu'on marchait sur la pointe des pieds. Je pressentis que j'avais perdu mon procès. Je n'en doutai pas un instant. Je me mis à tourner dans ma cellule sans parler, j'étouffais ; je ne pouvais me plaindre. Je croisais mes bras sur ma tête ; je m appuyais le front tantôt contre un mur, tantôt contre l'autre. Je voulais me reposer sur mon lit ; mais j'en étais empêchée par un battement de cœur. Il est sûr que j'entendais battre mon cœur, et qu'il faisait soulever mon vêtement. J'en étais là, lorsqu'on me vint dire que l'on me demandait. Je descendis ; je n'osais avancer. Celle qui m'avait avertie était si gaie que je pensai que la nouvelle que l'on m'apportait ne pouvait être que fort triste. J'allai pourtant. Arrivée à la porte du parloir, je m'arrêtai tout court, et je me jetai dans le recoin des deux murs ; je ne pouvais me soutenir. Cependant j'entrai. Il n'y avait personne. J'attendis. On avait empêché celui qui m'avait fait appeler de paraître avant moi. On se doutait bien que c'était un émissaire de mon avocat. On voulait savoir ce qui se passerait entre nous. On s'était rassemblé pour entendre. Lorsqu'il se montra, j'étais assise la tête penchée sur mon bras et appuyée contre les barreaux de la grille.

« C'est de la part de M. Manouri, me dit-il.

— C'est, lui répondis-je, pour m'apprendre que j'ai perdu mon procès.

— Madame, je n'en sais rien. Mais il m'a donné cette lettre. Il avait l'air affligé quand il m'en a chargé, et je suis venu à toute bride comme il me l'a recommandé.

— Donnez. »

Il me tendit la lettre, et je la pris sans me déplacer et sans le regarder. Je la posai sur mes genoux et je demeurai comme j'étais. Cependant cet homme me demanda : « N'y a-t-il point de réponse ?

— Non, lui dis-je. Allez. »

Il s'en alla, et je gardai la même place, ne pouvant me remuer ni me résoudre à sortir.

Il n'est permis en couvent ni d'écrire, ni de recevoir des lettres sans la permission de la supérieure. On lui remet et celles qu'on reçoit et celles qu'on écrit. Il fallait donc lui porter la mienne. Je me mis en chemin pour cela. Je crus que je n'arriverais jamais. Un patient qui sort du cachot pour aller entendre sa condamnation, ne marche ni plus lentement, ni plus abattu. Cependant me voilà à sa porte. Les religieuses m'examinaient de loin. Elles ne voulaient rien perdre du spectacle de ma douleur et de mon humiliation. Je frappai. On ouvrit. La supérieure était avec quelques autres religieuses. Je m'en aperçus au bas de leurs robes, car je n'osai jamais lever les yeux. Je lui présentai ma lettre d'une main vacillante. Elle la prit, la lut et me la rendit. Je m'en retournai dans ma cellule. Je me jetai sur mon lit ; ma lettre à côté de moi ; et j'y restai sans la lire, sans me lever pour aller dîner, sans faire aucun mouvement jusqu'à l'office de l'après-midi. A trois heures et demie, la cloche m'avertit de descendre. Il y avait déjà quelques religieuses d'arrivées. La supérieure était à l'entrée du chœur. Elle m'arrêta, m'ordonna de me mettre à genoux en dehors. Le reste de la communauté entra, et la porte se ferma. Après l'office, elles sortirent toutes ; je les laissai passer ; je me levai pour les suivre la dernière, je commençai dès ce moment à me condamner à tout ce qu'on voudrait ; on venait de m'interdire l'église, je m'interdis de moi-même le réfectoire et la récréation. J'envisageais ma condition de tous les côtés et je ne voyais de ressource que dans le besoin de mes talents et dans ma soumission. Je me serais contentée de l'espèce d'oubli où l'on me laissa durant plusieurs jours. J'eus quelques visites ; mais celle de M. Manouri fut la seule qu'on me permit de recevoir. Je le trouvai, en entrant au parloir, précisément comme j'étais, quand je reçus son émissaire, la tête posée sur les bras, et les bras appuyés contre la grille. Je le reconnus. Je ne lui dis rien. Il n'osait ni me regarder, ni me parler.

« Madame, me dit-il, sans se déranger, je vous ai écrit ; vous avez lu ma lettre ?

— Je l'ai reçue, mais je ne l'ai pas lue.

— Vous ignorez donc...

— Non, monsieur, je n'ignore rien. J'ai deviné mon sort, et j'y suis résignée.

— Comment en use-t-on avec vous ?

— On ne songe pas encore à moi ; mais le passé m'apprend ce que l'avenir me prépare. Je n'ai qu'une consolation, c'est que privée de l'espérance qui me soutenait, il est impossible que je souffre autant que j'ai déjà souffert. Je mourrai. La faute que j'ai commise n'est pas de celles qu'on pardonne en religion. Je ne demande point à Dieu d'amollir le cœur de celles à la discrétion desquelles il lui plaît de m'abandonner, mais de m'accorder la force de souffrir, de me sauver du désespoir et de m'appeler à lui promptement.

— Madame, me dit-il en pleurant, vous auriez été ma propre sœur que je n'aurais pas mieux fait. »

Cet homme a le cœur sensible.

« Madame, ajouta-t-il, si je puis vous être utile à quelque chose, disposez de moi. Je verrai le premier président. J'en suis considéré. Je verrai les grands vicaires et l'archevêque.

— Monsieur, ne voyez personne, tout est fini.

— Mais si l'on pouvait vous faire changer de maison ?

— Il y a trop d'obstacles.

— Mais quels sont donc ces obstacles ?

— Une permission difficile à obtenir. Une dot nouvelle à faire ou l'ancienne à retirer de cette maison ; et puis que trouverai-je dans un autre couvent ? Mon cœur inflexible, des supérieures impitoyables, des religieuses qui ne seront pas meilleures qu'ici. Les mêmes devoirs ; les mêmes peines. Il vaut mieux que j'achève ici mes jours. Ils y seront plus courts.

— Mais, madame, vous avez intéressé beaucoup d'honnêtes gens. La plupart sont opulents. On ne vous arrêtera pas ici, quand vous en sortirez sans rien emporter.

— Je le crois.

— Une religieuse qui sort ou qui meurt augmente le bien-être de celles qui restent.

— Mais ces honnêtes gens, ces gens opulents ne pensent plus à moi ; et vous les trouverez bien frois, lorsqu'il s'agira de me doter à leurs dépens. Pourquoi voulez-vous qu'il soit plus facile aux gens du monde de tirer du cloître une religieuse sans vocation qu'aux personnes pieuses d'y en faire entrer une bien appelée ? Dote-t-on facilement ces dernières ? Eh ! monsieur, tout le monde s'est retiré. Depuis la perte de mon procès, je ne vois plus personne.

— Madame, chargez-moi seulement de cette affaire. J'y serai plus heureux.

— Je ne demande rien. Je n'espère rien. Je ne m'oppose à rien. Le seul ressort qui me restait est brisé. Si je pouvais seulement me promettre que Dieu me changeât, et que les qualités de l'état religieux succédassent dans mon âme à l'espérance de le quitter, que j'ai perdue... mais cela ne se peut. Ce vêtement s'est attaché à ma peau, à mes os, et ne m'en gêne que davantage. Ah ! quel sort ! être religieuse à jamais, et sentir qu'on ne sera jamais que mauvaise religieuse. Passer toute sa vie à se frapper la tête contre les barreaux de sa prison... »

En cet endroit, je me mis à pousser des cris. Je voulais les étouffer ; mais je ne pouvais. M. Manouri surpris de ce mouvement, me dit :

« Madame, oserais-je vous faire une question ?

— Faites, monsieur.

— Une douleur aussi violente n'aurait-elle pas quelque motif secret ?

— Non, monsieur. Je hais la vie solitaire. Je sens là que je la hais. Je sens que je la haïerai toujours. Je ne saurais m'assujettir à toutes les misères qui remplissent la journée d'une recluse. C'est un tissu de puérilités que je méprise. J'y serais faite, si

117

j'avais pu m'y faire. J'ai cherché cent fois à m'en imposer, à me briser là-dessus. Je ne saurais. J'ai envié, j'ai demandé à Dieu l'heureuse imbécillité d'esprit de mes compagnes. Je ne l'ai point obtenue, il ne me l'accordera pas. Je fais tout mal. Je dis tout de travers. Le défaut de vocation perce dans toutes mes actions. On le voit. J'insulte à tout moment à la vie monastique. On appelle orgueil mon inaptitude. On s'occupe à m'humilier. Les fautes et les punitions se multiplient à l'infini, et les journées se passent à mesurer des yeux la hauteur des murs.

— Madame, je ne saurais les abattre, mais je puis autre chose.

— Monsieur, ne tentez rien.

— Il faut changer de maison. Je m'en occuperai. Je viendrai vous revoir. J'espère qu'on ne vous célera pas. Vous aurez incessamment de mes nouvelles. Soyez sûre que si vous y consentez, je réussirai à vous tirer d'ici. Si l'on en usait trop sévèrement avec vous, ne me le laissez pas ignorer. »

Il était tard quand M. Manouri s'en alla. Je retournai dans ma cellule. L'office du soir ne tarda pas à sonner. J'arrivai des premières. Je laissai passer les religieuses, et je me tins pour dit qu'il fallait demeurer à la porte. En effet, la supérieure la ferma sur moi. Le soir, à souper, elle me fit signe en entrant de m'asseoir à terre au milieu du réfectoire. J'obéis, et l'on ne me servit que du pain et de l'eau. J'en mangeai un peu, que j'arrosai de quelques larmes. Le lendemain on tint conseil. Toute la communauté fut appelée à mon jugement ; et l'on me condamna à être privée de récréation, à entendre pendant un mois l'office à la porte du chœur, à manger à terre au milieu du réfectoire, à faire amende honorable trois jours de suite, à renouveler ma prise d'habit et mes vœux, à prendre le cilice, à jeûner de deux jours l'un, et à me macérer après l'office du soir tous les vendredis. J'étais à genoux, le voile baissé, tandis que cette sentence m'était prononcée.

Dès le lendemain, la supérieure vint dans ma cellule avec une religieuse qui portait sur son bras un cilice et cette robe d'étoffe grossière dont on m'avait revêtue lorsque je fus conduite dans le cachot. J'entendis ce que cela signifiait. Je me déshabillai, ou plutôt on m'arracha mon voile ; on me dépouilla ; et je pris cette robe. J'avais la tête nue ; les pieds nus ; mes longs cheveux tombaient sur mes épaules ; et tout mon vêtement se réduisait à ce cilice que l'on me donna, à une chemise très dure, et à cette longue robe qui me prenait sous le cou et qui me descendait jusqu'aux pieds. Ce fut ainsi que je restai vêtue pendant la journée et que je comparus à tous les exercices.

Le soir, lorsque je fus retirée dans ma cellule, j'entendis qu'on s'en approchait en chantant les litanies ; c'était toute la maison rangée sur deux lignes. On entra. Je me présentai. On me passa une corde au cou. On me mit dans la main une torche allumée et une discipline dans l'autre. Une religieuse prit la corde par un bout, me tira entre les deux lignes, et la procession prit son chemin vers un petit oratoire intérieur consacré à sainte Marie. On était venu en chantant à voix basse, on s'en retourna en silence. Quand je fus arrivée à ce petit oratoire, qui était éclairé de deux lumières, on m'ordonna de demander pardon à Dieu et à la communauté du scandale que j'avais donné. C'était la religieuse qui me conduisait qui me disait ce qu'il fallait que je répétasse, et je le répétais mot à mot. Après cela, on m'ôta la corde ; on me déshabilla jusqu'à la ceinture ; on me prit mes cheveux qui étaient épars sur mes épaules ; on les rejeta sur

119

un des côtés de mon cou ; on me mit dans la main droite la discipline que je portais de la main gauche, et l'on commença le *Miserere*. Je compris ce que l'on attendait de moi et je l'exécutai. Le *Miserere* fini, la supérieure me fit une courte exhortation ; on éteignit les lumières. Les religieuses se retirèrent, et je me rhabillai.

Quand je fus rentrée dans ma cellule, je sentis des douleurs violentes aux pieds. J'y regardai. Ils étaient tout ensanglantés des coupures de morceaux de verre que l'on avait eu la méchanceté de répandre sur mon chemin. Je fis amende honorable de la même manière, les deux jours suivants. Seulement le dernier, on ajouta un psaume au *Miserere*.

Le quatrième jour, on me rendit l'habit de religieuse à peu près avec la même cérémonie qu'on le prend à cette solennité, quand elle est publique.

Le cinquième, je renouvelai mes vœux. J'accomplis pendant un mois le reste de la pénitence qu'on m'avait imposée. Après quoi je rentrai à peu près dans l'ordre commun de la communauté. Je repris ma place au chœur et au réfectoire, et je vaquai à mon tour aux différentes fonctions de la maison. Mais quelle fut ma surprise, lorsque je tournai les yeux sur cette jeune amie qui s'intéressait à mon sort ! elle me parut presque aussi changée que moi. Elle était d'une maigreur à effrayer. Elle avait sur son visage la pâleur de la mort, les lèvres blanches et les yeux presque éteints.

« Sœur Ursule, lui dis-je tout bas, qu'avez-vous ?

— Ce que j'ai, me répondit-elle ; je vous aime, et vous me le demandez ! il était temps que votre supplice finît. J'en serais morte. »

Si les deux derniers jours de mon amende honorable, je n'avais pas eu les pieds blessés, c'était elle qui avait eu l'attention de balayer furtivement les corridors, et de rejetter à droite et à gauche les morceaux de verre. Les jours où j'étais condamnée à jeûner au pain et à l'eau, elle se privait d'une partie de sa portion qu'elle enveloppait d'un linge blanc, et qu'elle jetait dans ma cellule. On avait tiré au sort la religieuse qui me conduirait par la corde et le sort était tombé sur elle ; elle eut la fermeté d'aller trouver la supérieure et de lui protester qu'elle se résoudrait plutôt à mourir qu'à cette infâme et cruelle fonction. Heureusement cette jeune fille était d'une famille considérée ; elle jouissait d'une pension forte qu'elle employait au gré de la supérieure, et elle trouva, pour quelques livres de sucre et de café, une religieuse qui prit sa place. Je n'oserais penser que la main de Dieu se soit appesantie sur cette indigne ; elle est devenue folle et elle est enfermée ; mais la supérieure vit, gouverne, tourmente et se porte bien.

Il était impossible que ma santé résistât à de si longues et de si dures épreuves. Je tombai malade. Ce fut dans cette circonstance que la sœur Ursule montra bien toute l'amitié qu'elle avait pour moi. Je lui dois la vie. Ce n'était pas un bien qu'elle me conservait, elle me le disait quelquefois elle-même. Cependant il n'y avait sorte de services qu'elle ne me rendît les jours qu'elle était d'infirmerie. Les autres jours je n'étais pas négligée, grâce à l'intérêt qu'elle prenait à moi, et aux petites récompenses qu'elle distribuait à celles qui me veillaient, selon que j'en avais été plus ou moins satisfaite. Elle avait demandé à me garder la nuit, et la supérieure le lui avait refusé sous prétexte qu'elle était trop délicate pour suffire à cette fatigue. Ce fut un véritable chagrin pour elle. Tous ses soins n'empêchèrent point les progrès du mal. Je fus réduite à toute extrémité. Je reçus les derniers sacrements. Quelques moments auparavant, je demandai à voir la communauté assemblée, ce qui me fut accordé. Les religieuses entourèrent mon lit, la supérieure était au milieu d'elles. Ma jeune amie occupait mon chevet, et me tenait une main qu'elle arrosait de ses larmes. On présuma que j'avais quelque chose à dire. On me souleva, et l'on me soutint sur mon séant à l'aide de deux oreillers. Alors m'adressant à la supérieure, je la priai de m'accorder sa bénédiction et l'oubli des fautes que j'avais commises. Je demandai pardon à toutes mes compagnes du scandale que je leur avais donné. J'avais fait apporter à côté de moi une infinité de bagatelles ou qui paraient ma cellule, ou qui étaient à mon usage particulier, et je priai la supérieure de me permettre d'en disposer. Elle y consentit, et je les donnai à celles qui lui avaient servi de satellites, lorsqu'on m'avait jetée dans le cachot. Je fis approcher la religieuse qui m'avait conduite par la corde le jour de mon amende honorable, et je lui dis en l'embrassant et en lui présentant mon rosaire et mon christ : « Chère sœur, souvenez-vous de moi dans vos prières, et soyez sûre que je ne vous oublierai pas devant Dieu... » Et pourquoi Dieu ne m'a-t-il pas prise dans ce moment ? J'allais à lui sans inquiétude. C'est un si grand bonheur, et qui est-ce qui peut se le promettre deux fois ? qui sait ce que je serai au dernier moment ? il faudra pourtant que j'y vienne ; puisse Dieu renouveler encore mes peines, et me l'accorder aussi tranquille que je l'avais ! Je voyais les cieux ouverts, et ils l'étaient sans doute ; car la conscience alors ne trompe pas, et elle me promettait une félicité éternelle.

Après avoir été administrée, je tombai dans une espèce de léthargie ; on désespéra de moi pendant toute cette nuit. On venait de temps en temps me tâter le pouls. Je sentais des mains se promener sur mon visage, et j'entendais différentes voix qui disaient, comme dans le lointain : « Il remonte. Son nez est froid. Elle n'ira pas à demain. Le rosaire et le christ vous resteront... » Et une autre voix courroucée qui disait : « Éloignez-vous. Éloignez-vous. Laissez-la mourir en paix. Ne l'avez-vous pas assez tourmentée ?... » Ce fut un moment bien doux pour moi, lorsque je sortis de cette crise et que je rouvris les yeux, de me retrouver entre les bras de mon amie. Elle ne m'avait point quittée. Elle avait passé la nuit à me secourir, à répéter les prières des agonisants, à me faire baiser le christ et à l'approcher de ses lèvres, après l'avoir séparé des miennes. Elle crut en me voyant ouvrir de grands yeux et pousser un profond soupir, que c'était le dernier, et elle se mit à jeter des cris et à m'appeler son amie, à dire : « Mon Dieu, ayez pitié d'elle et de moi ! Mon Dieu, recevez son âme ! Chère amie, quand vous serez devant Dieu, ressouvenez-vous de sœur Ursule. » Je la regardai en souriant tristement, en versant une larme et en lui serrant la main.

M. Bouvard arriva dans ce moment. C'est le médecin de la maison. Cet homme est habile à ce qu'on dit ; mais il est despote, orgueilleux et dur. Il écarta mon amie avec violence. Il me tâta le pouls et la peau. Il était accompagné de la supérieure et de ses favorites. Il fit quelques questions monosyllabiques sur ce qui s'était passé ; il répondit : « Elle s'en tirera. » Et regardant la supérieure, à qui ce mot ne plaisait pas : « Oui, madame, lui dit-il, elle s'en tirera. La peau est bonne. La fièvre est tombée ; et la vie commence à poindre dans les yeux. »

A chacun de ces mots, la joie se déployait sur le visage de mon amie, et sur celui de la supérieure et de ses compagnes je ne sais quoi de chagrin que la contrainte dissimulait mal.

« Monsieur, lui dis-je, je ne demande pas à vivre.

« — Tant pis », me répondit-il. Puis il ordonna quelque chose et sortit. On dit que pendant ma léthargie, j'avais dit plusieurs fois : « Chère mère, vous m'appelez donc à vous. Je vais donc vous rejoindre. Je vous dirai tout. » C'était apparemment à mon ancienne supérieure que je m'adressais. Je n'en doute pas. Je ne donnai son portrait à personne. Je désirais de l'emporter avec moi sous la tombe.

Le pronostic de M. Bouvard se vérifia, la fièvre diminua, des sueurs abondantes achevèrent de l'emporter, et l'on ne douta plus de ma guérison. Je guéris en effet, mais j'eus une convalescence très longue. Il était dit que je souffrirais dans cette maison toutes les peines qu'il est possible d'éprouver. Il y avait eu de la malignité dans ma maladie. La sœur Ursule ne m'avait presque point quittée. Lorsque je commençais à reprendre des forces, les siennes se perdirent. Ses digestions se dérangèrent. Elle était attaquée l'après-midi de défaillances qui duraient quelquefois un quart d'heure. Dans cet état, elle était comme morte, sa vue s'éteignait, une sueur froide lui couvrait le front, et se ramassait en gouttes qui coulaient le long de ses joues ; ses bras sans mouvement pendaient à ses côtés ; on ne la soulageait un peu qu'en la délaçant et qu'en relâchant ses vêtements. Quand elle revenait de cet évanouissement, sa première idée était de me chercher à ses côtés, et elle m'y trouvait toujours ; quelquefois même, lorsqu'il lui restait un peu de sentiment et de connaissance, elle promenait sa main autour d'elle sans ouvrir les yeux. Cette action était si peu équivoque, que quelques religieuses s'étant offertes à cette main qui tâtonnait, et n'en étant pas reconnues, parce qu'alors elle retombait sans mouvement, elles me disaient : « Sœur Suzanne, c'est à vous qu'elle en veut, approchez-vous donc... » Je me mettais à ses genoux, j'attirais sa main sur mon front et elle y demeurait posée jusqu'à la fin de son évanouissement. Quand il était fini, elle me disait : « Eh bien ! sœur Suzanne, c'est moi qui m'en irai et c'est vous qui resterez. C'est moi qui la reverrai la première. Je lui parlerai de vous. Elle ne m'entendra pas sans pleurer. S'il y a des larmes amères, il en est aussi de bien douces, et si l'on aime là-haut, pourquoi n'y pleurerait-on pas ? » Alors elle penchait sa tête sur mon cou, elle en répandait avec abondance, et elle ajoutait : « Adieu, sœur Suzanne. Adieu, mon amie. Qui est-ce qui partagera vos peines, quand je n'y serai plus ? Qui est-ce qui... ? Ah ! chère amie, que je vous plains... Je m'en vais. Je le sens. Je m'en vais... Si vous étiez heureuse, combien j'aurais de regret à mourir ! »

Son état m'effrayait. Je parlai à la supérieure. Je voulais qu'on la mît à l'infirmerie, qu'on la dispensât des offices et des autres exercices pénibles de la maison, qu'on appelât un médecin. Mais on me répondit toujours que ce n'était rien ; que ces défaillances se passeraient toutes seules, et la chère sœur Ursule ne demandait pas mieux que de satisfaire à ses devoirs et à suivre la vie commune. Un jour, après les matines auxquelles elle avait assisté, elle ne reparut point. Je pensai qu'elle était bien mal. L'office du matin fini, je volai chez elle. Je la trouvai couchée sur son lit tout habillée. Elle me dit : « Vous voilà, chère amie. Je me doutais que vous ne tarderiez pas à venir, et je vous attendais. Écoutez-moi. Que j'avais d'impatience que vous vinssiez ! Ma défaillance a été si forte et si longue que j'ai cru que j'y resterais et que je ne vous reverrais plus. Tenez. Voilà la clef de mon oratoire. Vous en ouvrirez l'armoire. Vous enlèverez une petite planche qui sépare en deux parties le tiroir d'en bas. Vous trouverez derrière cette planche un paquet de papiers. Je n'ai jamais pu me résoudre à m'en séparer, quelque danger que je courusse à les garder et quelque douleur que je ressentisse à les lire. Hélas ! ils sont presque effacés de mes larmes. Quand je ne serai plus, vous les brûlerez. »

Elle était si faible et si oppressée qu'elle ne put prononcer de suite deux mots de ce discours. Elle s'arrêtait presque à chaque syllabe et puis elle parlait si bas que j'avais peine à l'entendre, quoique mon oreille fût presque collée sur sa bouche. Je pris la clef. Je lui montrai du doigt l'oratoire, et elle me fit signe de la tête que oui. Ensuite, pressentant que j'allais la perdre, et persuadée que sa maladie était une suite ou de la mienne, ou de la peine qu'elle avait prise, ou des soins qu'elle m'avait donnés, je me mis à pleurer et à me désoler de toute ma force. Je lui baisai le front, les yeux, le visage, les mains ; je lui demandai pardon ; cependant elle était comme distraite, elle ne m'entendait pas et une de ses mains se reposait sur mon visage et me caressait. Je crois qu'elle ne me voyait plus, peut-être même me croyait-elle sortie, car elle m'appela.

« Sœur Suzanne ? »

Je lui dis : « Me voilà.

— Quelle heure est-il ?

— Il est onze heures et demie.

— Onze heures et demie. Allez-vous-en dîner... allez, vous reviendrez tout de suite. »

Le dîner sonna. Il fallut la quitter. Quand je fus à la porte, elle me rappela. Je revins, elle fit un effort pour me présenter ses joues. Je les baisai. Elle me prit la main. Elle me la tenait serrée. Il semblait qu'elle ne voulait pas, qu'elle ne pouvait me quitter. « Cependant il le faut, dit-elle en me lâchant, Dieu le veut. Adieu sœur Suzanne. Donnez-moi mon crucifix. » Je le lui mis entre les mains, et je m'en allai.

On était sur le point de sortir de table. Je m'adressai à la supérieure. Je lui parlai en présence de toutes les religieuses du danger de la sœur Ursule. Je la pressai d'en juger par elle-même. « Eh bien ! dit-elle, il faut la voir. » Elle y monta accompagnée de quelques autres. Je les suivis. Elles entrèrent dans sa cellule ; la pauvre sœur n'était plus ; elle était étendue sur son lit, toute vêtue, la tête inclinée sur son oreiller, la bouche entrouverte, les yeux fermés, et le christ entre ses mains. La supérieure la regarda froidement et dit : « Elle est morte. Qui l'aurait crue si proche de sa fin ? C'était une excellente fille. Qu'on aille sonner pour elle, et qu'on l'ensevelisse. »

Je restai seule à son chevet. Je ne saurais vous peindre ma douleur. Cependant j'enviais son sort. Je m'approchai d'elle. Je lui donnai des larmes. Je la baisai plusieurs fois, et je tirai le drap sur son visage, dont les traits commençaient à s'altérer. Ensuite je songeai à exécuter ce qu'elle m'avait recommandé. Pour n'être pas interrompue dans cette occupation, j'attendis que tout le monde fût à l'office. J'ouvris l'oratoire, j'abattis la planche et je trouvai un rouleau de papiers assez considérable que je brûlai dès le soir. Cette jeune fille avait toujours été mélancolique ; et je n'ai pas mémoire de l'avoir vue sourire, excepté une fois dans sa maladie.

Me voilà donc seule dans cette maison, dans le monde, car je ne connaissais pas un être qui s'intéressât à moi. Je n'avais plus entendu parler de l'avocat Manouri. Je présumais ou qu'il avait été rebuté par les difficultés, ou que, distrait par des amusements ou par ses occupations, les offres de services qu'il m'avait faites étaient bien loin de sa mémoire, et je ne lui en savais pas très mauvais gré. J'ai le caractère porté à l'indulgence. Je puis tout pardonner aux hommes, excepté l'injustice, l'ingratitude et l'inhumanité. J'excusais donc l'avocat Manouri, tant que je pouvais, et tous ces gens du monde qui avaient montré tant de vivacité dans le cours de mon procès, et pour qui je n'existais plus, et vous-même, monsieur le marquis, lorsque nos supérieurs ecclésiastiques firent une visite dans la maison.

Ils entrent. Ils parcourent les cellules. Ils interrogent les religieuses. Ils se font rendre compte de l'administration temporelle et spirituelle ; et selon l'esprit qu'ils apportent à leurs fonctions, ils réparent ou ils augmentent le désordre. Je revis donc l'honnête et dur M. Hébert, avec ses deux jeunes et compatissants acolytes. Ils se rappelèrent apparemment l'état déplorable où j'avais autrefois comparu devant eux ; leurs yeux s'humectèrent, et je remarquai sur leur visage l'attendrissement et la joie. M. Hébert s'assit et me fit asseoir vis-à-vis de lui. Ses deux compagnons se tinrent debout derrière sa chaise ; leurs regards étaient attachés sur moi. M. Hébert me dit :

« Eh bien ! sœur Suzanne, comme en use-t-on à présent avec vous ? »

Je lui répondis : « Monsieur, on m'oublie.

— Tant mieux.

— Et c'est aussi tout ce que je souhaite ; mais j'aurais une grâce importante à vous demander, c'est d'appeler ici ma mère supérieure.

— Et pourquoi ?

— C'est que s'il arrive que l'on vous fasse quelque plainte d'elle, elle ne manquera de m'en accuser.

— J'entends ; mais dites-moi toujours ce que vous en savez.

— Monsieur, je vous supplie de la faire appeler, et qu'elle entende elle-même vos questions et mes réponses.

— Dites toujours.

— Monsieur, vous m'allez perdre.

— Non, ne craignez rien. De ce jour, vous n'êtes plus sous son autorité. Avant la fin de la semaine vous serez transférée à Sainte-Eutrope, près d'Arpajon. Vous avez un bon ami.

— Un bon ami, monsieur ! je ne m'en connais point.

— C'est votre avocat.

— M. Manouri ?

— Lui-même.

— Je ne croyais pas qu'il se souvînt encore de moi.

— Il a vu vos sœurs ; il a vu M. l'archevêque ; le premier président ; toutes les personnes connues par leur piété ; il vous a fait une dot, dans la maison que je viens de vous nommer, et vous n'avez plus qu'un moment à rester ici. Ainsi si vous avez connaissance de quelque désordre, vous pouvez m'en instruire sans vous compromettre, et je vous l'ordonne par la sainte obéissance.

— Je n'en connais point.

— Quoi ! on a gardé quelque mesure avec vous depuis la perte de votre procès ?

— On a cru et l'on a dû croire que j'avais commis une faute en revenant contre mes vœux ; et l'on m'en a fait demander pardon à Dieu.

— Mais ce sont les circonstances de ce pardon que je voudrais savoir... »

Et en disant ces mots il secouait la tête, il fronçait les sourcils ; et je conçus qu'il ne tenait qu'à moi de renvoyer à la supérieure une partie des coups de discipline qu'elle m'avait fait donner mais ce n'était pas mon dessein. L'archidiacre vit bien qu'il ne saurait rien de moi, et il sortit en me recommandant le secret sur ce qu'il m'avait confié de ma translation à Sainte-Eutrope d'Arpajon.

Comme le bonhomme Hébert marchait seul dans le corridor, ses deux compagnons se retournèrent et me saluèrent d'un air très affectueux et très doux. Je ne sais qui ils sont. Mais Dieu veuille leur conserver ce caractère tendre et miséricordieux qui est si rare dans leur état, et qui convient si fort aux dépositaires de la faiblesse de l'homme et aux intercesseurs de la miséricorde de Dieu. Je croyais M. Hébert occupé à consoler, à interroger ou à réprimander quelque autre religieuse, lorsqu'il entra dans ma cellule. Il me dit :

« D'où connaissez-vous M. Manouri ?

— Par mon procès.

— Qui est-ce qui vous l'a donné ?

— C'est madame la présidente ***.

— Il a fallu que vous conférassiez souvent avec lui dans le cours de votre affaire ?

— Non, monsieur, je l'ai peu vu.

— Comment l'avez-vous instruit ?

— Par quelques mémoires écrits de ma main.

— Vous avez des copies de ces mémoires ?

— Non, monsieur.

— Qui est-ce qui lui remettait ces mémoires ?

— Madame la présidente ***.

— Et d'où la connaissiez-vous ?

— Je la connaissais par la sœur Ursule mon amie, et sa parente.

— Vous avez vu M. Manouri depuis la perte de votre procès ?

— Une fois.

— C'est bien peu. Il ne vous a point écrit ?

— Non, monsieur.

— Il vous apprendra sans doute ce qu'il a fait pour vous. Je vous ordonne de ne le point voir au parloir et s'il vous écrit soit directement soit indirectement de m'envoyer sa lettre sans l'ouvrir. Entendez-vous, sans l'ouvrir.

— Oui, monsieur et je vous obéirai. »

Soit que la méfiance de M. Hébert me regardât ou mon bienfaiteur, j'en fus blessée.

M. Manouri vint à Longchamp dans la soirée même. Je tins parole à l'archidiacre. Je refusai de lui parler. Le lendemain il m'écrivit par son émissaire. Je reçus sa lettre, et je l'envoyai sans l'ouvrir à M. Hébert. C'était le mardi, autant qu'il m'en souvient. J'attendais toujours avec impatience l'effet de la promesse de l'archidiacre et des mouvements de M. Manouri. Le mercredi, le jeudi, le vendredi se passèrent sans que j'entendisse parler de rien. Combien ces journées me parurent longues ! Je tremblais qu'il ne fût survenu quelque obstacle qui eût tout dérangé. Je ne recouvrais pas ma liberté ; mais je changeais de prison ; et c'est quelque chose. Un premier événement heureux fait germer en nous l'espérance d'un second ; et c'est peut-être là l'origine du proverbe, qu'*un bonheur ne vient point sans un autre.*

Je connaissais les compagnes que je quittais, et je n'avais pas de peine à supposer que je gagnerais quelque chose à vivre avec d'autres prisonnières ; quelles qu'elles fussent, elles ne pouvaient être ni plus méchantes, ni plus mal intentionnées. Le samedi matin sur les neuf heures, il se fit un grand mouvement dans la maison. Il faut bien peu de chose pour mettre des têtes de religieuses en l'air. On allait ; on venait. On se parlait bas. Les portes des dortoirs s'ouvraient et se fermaient. C'est, comme vous l'avez pu voir jusqu'ici, le signal des révolutions monastiques. J'étais seule dans ma cellule. J'attendais. Le cœur me battait. J'écoutais à ma porte ; je regardais par ma fenêtre ; je me démenais sans savoir ce que je faisais ; je me disais à moi-même en tressaillant de joie : C'est moi qu'on vient chercher ; tout à l'heure je n'y serai plus ; et je ne me trompais pas.

Deux figures inconnues se présentèrent à moi ; c'étaient une religieuse et la tourière d'Arpajon. Elles m'instruisirent en un mot du sujet de leur visite. Je pris tumultueusement le petit butin qui m'appartenait. Je le jetai pêle-mêle dans le tablier de la tourière qui le mit en paquets. Je ne demandai point à voir la supérieure ; la sœur Ursule n'était plus ; je ne quittais personne. Je descends ; on m'ouvre les portes, après avoir visité ce que j'emportais. Je monte dans un carrosse, et me voilà partie.

L'archidiacre et ses deux jeunes ecclésiastiques, madame la présidente *** et M. Manouri s'étaient rassemblés chez la supérieure où on les avertit de ma sortie. Chemin faisant, la religieuse m'entretint de la maison ; et la tourière ajoutait pour refrain à chaque phrase de l'éloge qu'on m'en faisait : « C'est la pure vérité. » Elle se félicitait du choix qu'on avait fait d'elle pour m'aller prendre et voulait être mon amie ; en conséquence elle me confia quelques secrets et me donna quelques conseils sur ma conduite ; ces conseils étaient apparemment à son usage ; mais ils ne pouvaient être au mien. Je ne sais si vous avez vu le couvent d'Arpajon. C'est un bâtiment carré, dont un des côtés regarde sur le grand chemin, et l'autre sur la campagne et les jardins. Il y avait à chaque fenêtre de la première façade une, deux ou trois religieuses. Cette seule circonstance m'en apprit, sur l'ordre qui régnait dans la maison, plus que tout ce que la religieuse et sa compagne ne m'en avaient dit. On connaissait apparemment la voiture où nous étions, car en un clin d'œil toutes ces têtes voilées disparurent ; et j'arrivai à la porte de ma nouvelle prison. La supérieure vint au-devant de moi, les bras ouverts, m'embrassa, me prit par la main et me conduisit dans la salle de communauté où quelques religieuses m'avaient devancée, et où d'autres accoururent.

Cette supérieure s'appelle madame ***. Je ne saurais me refuser à l'envie de vous la peindre avant que d'aller plus loin. C'est une petite femme toute ronde, cependant prompte et vive dans ses mouvements ; sa tête n'est jamais rassise sur ses épaules ; il y a toujours quelque chose qui cloche dans son vêtement ; sa figure est plutôt bien que mal ; ses yeux, dont l'un, c'est le droit, est plus haut et plus grand que l'autre, sont pleins de feu et distraits. Quand elle marche, elle jette ses bras en avant et en arrière ; veut-elle parler ? elle ouvre la bouche avant que d'avoir arrangé ses idées ; aussi bégaye-t-elle un peu ; est-elle assise ? elle s'agite sur son fauteuil, comme si quelque chose l'incommodait ; elle oublie toute bienséance, elle lève sa guimpe pour se frotter la peau, elle croise ses jambes ; elle vous interroge, vous lui répondez et elle ne vous écoute pas. Elle vous parle, et elle se perd, s'arrête tout court, ne sait plus où elle en est, se fâche, et vous appelle grosse bête, stupide, imbécile, si vous ne la remettez sur la voie. Elle est tantôt familière, jusqu'à tutoyer, tantôt impérieuse et fière jusqu'au dédain. Ses moments de dignité sont courts ; elle est alternativement compatissante et dure ; sa figure décomposée marque tout le décousu de son esprit et toute l'inégalité de son caractère. Aussi l'ordre et le désordre se succédaient-ils dans la maison. Il y avait des jours où tout était confondu, les pensionnaires avec les novices, les novices avec les religieuses ; où l'on courait dans les chambres les unes des autres ; où l'on prenait ensemble du thé, du café, du chocolat, des liqueurs ; où l'office se faisait avec la célérité la plus indécente ; au milieu de ce tumulte le visage de la supérieure change subitement, la cloche sonne, on se renferme, on se retire, le silence le plus profond suit le bruit, les cris et le tumulte ; et l'on croirait que tout est mort subitement. Une religieuse alors manque-t-elle à la moindre chose ? elle la fait venir dans sa cellule, la traite avec dureté, lui ordonne de se déshabiller et de se donner vingt coups de discipline. La religieuse obéit, se déshabille, prend sa discipline et se macère ; mais à peine s'est-elle donné quelques coups, que la supérieure devenue compatissante, lui arrache l'instrument de pénitence ; se met à pleurer, qu'elle est bien malheureuse d'avoir à punir ! lui baise le front, les yeux, la bouche, les épaules, la caresse ; la loue. « Mais, qu'elle a la peau blanche et douce ! le bel embonpoint ! le beau cou ! le beau chignon ! Sœur Sainte-Augustine, mais tu es folle d'être honteuse ; laisse tomber ce linge ; je suis femme et ta supérieure. Oh ! la belle gorge ! qu'elle est ferme ! et je souffrirais que cela fût déchiré par des pointes ! Non, non, il n'en sera rien. » Elle la baise encore ; la relève ; la rhabille elle-même ; lui dit les choses les plus douces, la dispense des offices et la renvoie dans sa cellule. On est très mal avec ces femmes-là. On ne sait jamais ce qui leur plaira ou déplaira. Ce qu'il faut éviter ou faire. Il n'y a rien de réglé. Ou l'on est servi à profusion ou l'on meurt de faim. L'économie de la maison s'embarrasse ; les remontrances sont ou mal prises ou négligées. On est toujours trop près ou trop loin des supérieures de ce caractère. Il n'y a ni vraie distance, ni mesure. On passe de la disgrâce à la faveur, et de la faveur à la disgrâce, sans qu'on sache pourquoi. Voulez-vous que je vous donne dans une petite chose un exemple général de son administration ? Dix fois dans l'année, elle courait de cellule en cellule et faisait jeter par les fenêtres toutes les bouteilles de liqueur qu'elle y trouvait, et quatre jours après, elle-même en renvoyait à la plupart de ses religieuses. Voilà celle à qui j'avais fait le vœu solennel d'obéissance ; car nous portons nos vœux d'une maison dans une autre.

J'entrai avec elle ; elle me conduisait en me tenant embrassée par le milieu du corps. On servit une collation de fruits, de massepains et de confitures. Le grave archidiacre commença mon éloge qu'elle interrompit par : « On a eu tort, on a eu tort, je le sais. » Le grave archidiacre voulut continuer, et la supérieure l'interrompit, par : « Comment s'en sont-elles défaites ? C'est la modestie et la douceur même ; on dit qu'elle est remplie de talents... » Le grave archidiacre voulut reprendre ses derniers mots ; la supérieure l'interrompit encore, en me disant, bas à l'oreille : « Je vous aime à la folie, et quand ces pédants-là seront sortis, je ferai venir nos sœurs, et vous nous chanterez un petit air, n'est-ce pas ? » Il me prit une envie de rire ; le grave M. Hébert fut un peu déconcerté ; ses deux jeunes compagnons souriaient de son embarras et du mien. Cependant M. Hébert revint à son caractère et à ses manières accoutumées, lui ordonna brusquement de s'asseoir et lui imposa silence. Elle s'assit ; mais elle n'était pas à son aise ; elle se tourmentait à sa place ; elle se grattait la tête ; elle rajustait son vêtement où il n'était pas dérangé ; elle bâillait ; et cependant l'archidiacre pérorait sensément, sur la maison que j'avais quittée, sur les désagréments que j'avais éprouvés, sur celle où j'entrais, sur les obligations que j'avais aux personnes qui m'avaient servie. En cet endroit je regardai M. Manouri. Il baissa les yeux. Alors la conversation devint plus générale. Le silence pénible imposé à la supérieure cessa. Je m'approchai de M. Manouri. Je le remerciai des services qu'il m'avait rendus. Je tremblais. Je balbutiais. Je ne savais quelle reconnaissance lui promettre. Mon trouble, mon embarras, mon attendrissement, car j'étais vraiment touchée, un mélange de larmes et de joie, toute mon action lui parla beaucoup mieux que je ne l'aurais pu faire. Sa réponse ne fut pas plus arrangée que mon discours, il fut aussi troublé que moi. Je ne sais ce qu'il me disait ; mais j'entendais qu'il serait trop récompensé s'il avait adouci la rigueur de mon sort. Qu'il se ressouviendrait de ce qu'il avait fait avec plus de plaisir encore que moi ; qu'il était bien fâché que ses occupations qui l'attachaient au Palais de Paris, ne lui permissent pas de visiter souvent le cloître d'Arpajon ; mais qu'il espérait de monsieur l'archidiacre et de madame la supérieure, la permission de s'informer de ma santé et de ma situation. L'archidiacre n'entendit pas cela, mais la supérieure répondit : « Monsieur, tant que vous voudrez. Elle fera tout ce qui lui plaira. Nous tâcherons de réparer ici les chagrins qu'on lui a donnés. » Et puis tout bas à moi : « Mon enfant, tu as donc bien souffert. Ma ;s comment ces créatures de Longchamp ont-elles eu le courage de te maltraiter ? J'ai connu ta supérieure. Nous avons été pensionnaires ensemble à Port-Royal. C'était la bête noire des autres. Nous aurons le temps de nous voir. Tu me raconteras tout cela. » Et en disant ces mots, elle prenait une de mes mains qu'elle me frappait de petits coups avec la sienne. Les jeunes ecclésiastiques me firent aussi leur compliment. Il était tard. M. Manouri prit congé de nous. L'archidiacre et ses compagnons allèrent chez M***, seigneur d'Arpajon où ils étaient invités ; et je restai seule avec la supérieure, mais ce ne fut pas pour longtemps. Toutes les religieuses, toutes les novices, toutes les pensionnaires accoururent pêle-mêle, en un instant je me vis entourée d'une centaine de personnes. Je ne savais à qui entendre ni à qui répondre. C'étaient des figures de toute espèce et des propos de toutes couleurs. Cependant je discernai qu'on n'était mécontente ni de mes réponses ni de ma personne.

Quand cette conférence importune eut duré quelque temps et que la première curiosité eut été satisfaite, la foule diminua ; la supérieure écarta le reste, et elle vint elle-même m'installer dans ma cellule. Elle m'en fit les honneurs à sa mode. Elle me montrait l'oratoire et disait : « C'est là que ma petite amie priera Dieu. Je veux qu'on lui mette un coussin sur ce marchepied, afin que ses petits genoux ne soient pas blessés. Il n'y a point d'eau bénite dans ce bénitier. Cette sœur Dorothée oublie toujours quelque chose. Essayez ce fauteuil, voyez s'il vous sera commode... »

Et tout en parlant ainsi, elle m'assit, me pencha la tête sur le dossier et me baisa le front. Cependant elle alla à la fenêtre, pour s'assurer que les châssis se levaient et se baissaient facilement ; à mon lit, et elle en tira et retira les rideaux pour voir s'ils fermaient bien. Elle examina les couvertures : « Elles sont bonnes. » Elle prit le traversin ; et le faisant bouffer, elle disait : « Cette chère tête sera fort bien là-dessus. Ces draps ne sont pas fins, mais ce sont ceux de la communauté. Ces matelas sont bons. », Cela fait, elle vient à moi, m'embrasse, et me quitte. Pendant cette scène, je disais en moi-même, O la folle créature ! Et je m'attendis à de bons et de mauvais Jours.

Je m'arrangeai dans ma cellule. J'assistai à l'office du soir, au souper, à la récréation qui suivit. Quelques religieuses s'approchèrent de moi, d'autres s'en éloignèrent. Celles-là comptaient sur ma protection auprès de la supérieure, celles-ci étaient déjà alarmées de la prédilection qu'elle m'avait accordée. Ces premiers moments se passèrent en éloges réciproques, en questions sur la maison que j'avais quittée, en essais de mon caractère, de mes inclinations, de mes goûts, de mon esprit. On vous tâte partout. C'est une suite de petites embûches qu'on vous tend, et d'où l'on tire les conséquences les plus justes. Par exemple, on jette un mot de médisance, et l'on vous regarde. On entame une histoire, et l'on attend que vous en demandiez la suite ou que vous la laissiez. Si vous dites un mot ordinaire, on le trouve charmant, quoiqu'on sache bien qu'il n'en est rien. On vous loue ou l'on vous blâme à dessein. On cherche à démêler vos pensées les plus secrètes. On vous interroge sur vos lectures. On vous offre des livres sacrés et profanes, on remarque votre choix. On vous invite à de légères infractions de la règle. On vous fait des confidences. On vous jette des mots sur les travers de la supérieure. Tout se recueille et se redit. On vous quitte. On vous reprend. On sonde vos sentiments sur les mœurs, sur la piété, sur le monde, sur la religion, sur la vie monastique, sur tout. Il résulte de ces expériences réitérées une épithète qui vous caractérise, et qu'on attache en surnom à celui que vous portez. Ainsi je fus appelée Sainte-Suzanne la réservée.

Le premier soir, j'eus la visite de la supérieure. Elle vint à mon déshabiller. Ce fut elle qui m'ôta mon voile, et ma guimpe, et qui me coiffa de nuit. Ce fut elle qui me déshabilla. Elle me tint cent propos doux, et me fit mille caresses qui m'embarrassèrent un peu, je ne sais pas pourquoi, car je n'y entendais rien ni elle non plus ; et à présent même que j'y réfléchis, qu'aurions-nous pu y entendre ? Cependant j'en parlai à mon directeur qui traita cette familiarité, qui me paraissait innocente et qui me le paraît encore, d'un ton fort sérieux et me défendit gravement de m'y prêter davantage. Elle me baisa le cou, les épaules, les bras ; elle loua mon embonpoint et ma taille, et me mit au lit ; elle releva mes couvertures d'un et d'autre côté, me baisa les yeux, tira mes rideaux et s'en alla. J'oubliais de vous dire qu'elle supposa que j'étais fatiguée, et qu'elle me permit de rester au lit tant que je voudrais.

J'usai de sa permission ; c'est, je crois, la seule bonne nuit que j'aie passée dans le cloître et si je n'en suis presque jamais sortie. Le lendemain, sur les neuf heures, j'entendis frapper doucement à ma porte. J'étais encore couchée. Je répondis, on entra. C'était une religieuse qui me dit d'assez mauvaise humeur qu'il était tard et que la mère supérieure me demandait. Je me levai. Je m'habillai à la hâte et j'allai.

« Bonjour, mon enfant, me dit-elle ; avez-vous bien passé la nuit ? Voilà du café qui vous attend depuis une heure. Je crois qu'il sera bon. Dépêchez-vous de le prendre, et puis après nous causerons. »

Et tout en disant cela, elle étendait un mouchoir sur la table ; en déployait un autre sur moi, versait le café, et le sucrait. Les autres religieuses en faisaient autant les unes chez les autres. Tandis que je déjeunais, elle m'entretint de mes compagnes, me les peignit selon son aversion ou son goût, me fit mille amitiés, mille questions sur la maison que j'avais quittée, sur mes parents, sur les désagréments que j'avais eus, loua, blâma à sa fantaisie, n'entendit jamais ma réponse jusqu'au bout ; je ne la contredis point ; elle fut contente de mon esprit, de mon jugement et de ma discrétion. Cependant il vint une religieuse, puis une autre, puis une troisième, puis une quatrième, une cinquième ; on parla des oiseaux de la mère celle-ci, des tics de la sœur celle-là ; de tous les petits ridicules des absentes ; on se mit en gaieté ; il y avait une épinette dans un coin de la cellule ; j'y posai les doigts par distraction ; car nouvelle arrivée dans la maison et ne connaissant point celles dont on plaisantait, cela ne m'amusait guère, et quand j'aurais été plus au fait, cela ne m'aurait pas amusée davantage. Il faut trop d'esprit pour bien plaisanter ; et puis, qui est-ce qui n'a point un ridicule ? Tandis que l'on riait, je faisais des accords. Peu à peu j'attirai l'attention. La supérieure vint à moi, et me frappant un petit coup sur l'épaule : « Allons Sainte-Suzanne, me dit-elle, amuse-nous. Joue d'abord, et puis après tu chanteras. » Je fis ce qu'elle me disait, j'exécutai quelques pièces que j'avais dans les doigts ; je préludai de fantaisie ; et puis je chantai quelques versets des psaumes de Mondonville.

« Voilà qui est fort bien, me dit la supérieure. Mais nous avons de la sainteté à l'église tant qu'il nous plaît ; nous sommes seules. Celles-ci sont mes amies, et elles seront aussi les tiennes ; chante-nous quelque chose de plus gai. »

Quelques-unes des religieuses dirent : « Mais elle ne sait peut-être que cela. Elle est fatiguée de son voyage. Il faut la ménager. En voilà bien assez pour une fois.

— Non non dit la supérieure. Elle s'accompagne à merveille. Elle a la plus belle voix du monde (et en effet, je ne l'ai pas laide, cependant plus de justesse, de douceur et de flexibilité que de force et d'étendue). Je ne la tiendrai quitte qu'elle ne nous ait dit autre chose. »

J'étais un peu offensée du propos des religieuses ; je répondis à la supérieure que cela n'amusait plus ces sœurs. « Mais cela m'amuse encore, moi. »

Je me doutais de cette réponse. Je chantai donc une chansonnette assez délicate et toutes battirent des mains, me louèrent, m'embrassèrent, me caressèrent, m'en demandèrent une seconde, petites minauderies fausses, dictées par la réponse de la supérieure. Il n'y en avait presque pas une là qui ne m'eût ôté ma voix et rompu les doigts, si elle l'avait pu. Celles qui n'avaient peut-être entendu de musique de leur vie, s'avisèrent de jeter sur mon chant des mots aussi ridicules que déplaisants qui ne prirent point auprès de la supérieure.

« Taisez-vous, leur dit-elle, elle joue et chante comme un ange, et je veux qu'elle vienne ici tous les jours ; j'ai su un peu de clavecin autrefois, et je veux qu'elle m'y remette.

— Ah ! madame, lui dis-je, quand on a su autrefois, on n'a pas tout oublié...

— Très volontiers. Cède-moi ta place... »

Elle préluda. Elle joua des choses folles, bizarres, décousues comme ses idées ; mais je vis à travers tous les défauts de son exécution, qu'elle avait la main infiniment plus légère que moi. Je le lui dis ; car j'aime à louer, et j'ai rarement perdu l'occasion de le faire, avec vérité. Cela est si doux ! Les religieuses s'éclipsèrent les unes après les autres, et je restai presque seule avec la supérieure à parler musique. Elle était assise, j'étais debout, elle me prenait les mains ; et elle me disait en les serrant : « Mais outre qu'elle joue bien, c'est qu'elle a les plus jolies doigts du monde. Voyez donc, sœur Thérèse... » Sœur Thérèse baissait les yeux, rougissait et bégayait. Cependant que j'eusse les doigts jolis ou non, que la supérieure eût tort ou raison de l'observer, qu'est-ce que cela faisait à cette sœur ? La supérieure m'embrassait par le milieu du corps, et elle trouvait que j'avais la plus jolie taille ; elle m'avait tirée à elle, elle me fit asseoir sur ses genoux. Elle me relevait la tête avec les mains, et m'invitait à la regarder ; elle louait mes yeux, ma bouche, mes joues, mon teint ; je ne répondais rien, j'avais les yeux baissés et je me laissais aller à toutes ces caresses comme une idiote. Sœur Thérèse était distraite, inquiète ; se promenait à droite et à gauche, touchait à tout sans avoir besoin de rien ; ne savait que faire de sa personne ; regardait par la fenêtre ; croyait avoir entendu frapper à la porte ; et la supérieure lui dit : « Sainte-Thérèse, tu peux t'en aller si tu t'ennuies.

— Madame, je ne m'ennuie pas.

— C'est que j'ai mille choses à demander à cette enfant.

— Je le crois.

— Je veux savoir toute son histoire. Comment réparerai-je les peines qu'on lui a faites, si je les ignore ? Je veux qu'elle me les raconte, sans rien omettre. Je suis sûre que j'en aurai le cœur déchiré, et que j'en pleurerai ; mais n'importe. Sainte-Suzanne, quand est-ce que je saurai tout ?

— Madame, quand vous l'ordonnerez.

— Je t'en prierais tout à l'heure, si nous en avions le temps. Quelle heure est-il ? »

Sœur Thérèse répondit : « Madame, il est cinq heures, et les vêpres vont sonner.

— Qu'elle commence toujours.

— Mais madame, vous m'aviez promis un moment de consolation avant vêpres. J'ai des pensées qui m'inquiètent. Je voudrais bien ouvrir mon cœur à maman. Si je vais à l'office sans cela, je ne pourrai prier. Je serai distraite.

— Non, non, dit la supérieure ; tu es folle avec tes idées. Je gage que je sais ce que c'est. Nous en parlerons demain.

— Ah ! chère mère, dit sœur Thérèse, en se jetant aux pieds de la supérieure et fondant en larmes, que ce soit tout à l'heure.

— Madame, dis-je à la supérieure, en me levant

de sur ses genoux où j'étais restée, accordez à ma sœur ce qu'elle vous demande. Ne laissez pas durer sa peine ; je vais me retirer. J'aurai toujours le temps de satisfaire l'intérêt que vous voulez bien prendre à moi ; et quand vous aurez entendu ma sœur Thérèse, elle ne souffrira plus... »

Je fis un mouvement vers la porte pour sortir ; la supérieure me retenait d'une main, sœur Thérèse à genoux s'était emparée de l'autre, la baisait et pleurait, et la supérieure lui disait :

« En vérité Sainte-Thérèse, tu es bien incommode avec tes inquiétudes. Je te l'ai déjà dit. Cela me déplaît. Cela me gêne. Je ne veux pas être gênée.

— Je le sais, mais je ne suis pas maîtresse de mes sentiments. Je voudrais et je ne saurais... »

Cependant je m'étais retirée, et j'avais laissé avec la supérieure la jeune sœur. Je ne pus m'empêcher de la regarder à l'église. Il lui restait de l'abattement et de la tristesse. Nos yeux se rencontrèrent plusieurs fois, et il me sembla qu'elle avait de la peine à soutenir mon regard. Pour la supérieure, elle s'était assoupie dans sa stalle.

L'office fut dépêché en un clin d'œil. Le chœur n'était pas, à ce qu'il me parut, l'endroit de la maison où l'on se plaisait le plus. On en sortit avec la vitesse et le babil d'une troupe d'oiseaux qui s'échapperaient d'une volière, et les sœurs se répandirent les unes chez les autres, en courant, en riant, en parlant ; la supérieure se renferma dans sa cellule, et la sœur Thérèse s'arrêta sur la porte de la sienne, m'épiant comme si elle eût été curieuse de savoir ce que je deviendrais. Je rentrai chez moi, et la porte de la cellule de la sœur Thérèse ne se referma que quelque temps après, et se referma doucement. Il me vint en idée que cette jeune fille était jalouse de moi, et qu'elle craignait que je ne lui ravisse la place qu'elle occupait dans les bonnes grâces et l'intimité de la supérieure. Je l'observai plusieurs jours de suite et lorsque je me crus suffisamment assurée de mon soupçon, par ses petites colères, ses puériles alarmes, sa persévérance à me suivre à la piste, à m'examiner, à se trouver entre la supérieure et moi, à briser nos entretiens, à déprimer mes qualités, à faire sortir mes défauts, plus encore à sa pâleur, à sa douleur, à ses pleurs, au dérangement de sa santé, et même de son esprit ; je l'allai trouver, et je lui dis : « Chère amie, qu'avez-vous ? »

Elle ne me répondit pas. Ma visite la surprit et l'embarrassa ; elle ne savait ni que dire ni que faire.

« Vous ne me rendez pas assez de justice. Parlez-moi vrai. Vous craignez que je n'abuse du goût que notre mère a pris pour moi. Que je ne vous éloigne de son cœur. Rassurez-vous. Cela n'est pas dans mon caractère. Si j'étais jamais assez heureuse pour obtenir quelque empire sur son esprit...

— Vous aurez tout celui qu'il vous plaira ; elle vous aime. Elle fait aujourd'hui, pour vous, précisément ce qu'elle a fait pour moi dans les commencements.

— Eh bien ! soyez sûre que je ne me servirai de la confiance qu'elle m'accordera, que pour vous rendre plus chérie.

— Et cela dépendra-t-il de vous ?

— Et pourquoi cela n'en dépendrait-il pas ? »

Au lieu de me répondre, elle se jeta à mon cou et elle me dit en soupirant : « Ce n'est pas votre faute, je le sais bien. Je me le dis à tout moment ; mais promettez-moi...

— Que voulez-vous que je vous promette ?

— Que...

— Achevez. Je ferai tout ce qui dépendra de moi. »

144

Elle hésita, se couvrit les yeux de ses mains, et me dit d'une voix si basse qu'à peine je l'entendais : « Que vous la verrez le moins souvent que vous pourrez. »

Cette demande me parut si étrange, que je ne pus m'empêcher de lui répondre : « Et que vous importe que je voie souvent ou rarement notre supérieure ? Je ne suis point fâchée que vous la voyiez sans cesse, moi. Vous ne devez pas être plus fâchée que j'en fasse autant ; ne suffit-il pas que je vous proteste que je ne vous nuirai auprès d'elle, ni à vous, ni à personne ? »

Elle ne me répondit que par ces mots qu'elle prononça d'une manière si douloureuse, en se séparant de moi et en se jetant sur son lit : « Je suis perdue !

— Perdue ! et pourquoi ? Mais il faut que vous me croyiez la plus méchante créature qui soit au monde ! »

Nous en étions là, lorsque la supérieure entra. Elle avait passé à ma cellule ; elle ne m'y avait point trouvée ; elle avait parcouru presque toute la maison ; inutilement ; il ne lui vint pas en pensée que j'étais chez sœur Sainte-Thérèse. Lorsqu'elle l'eut appris par celles qu'elle avait envoyées à ma découverte, elle accourut ; elle avait un peu de trouble dans le regard et sur son visage ; mais toute sa personne était si rarement ensemble ! Sainte-Thérèse était en silence, assise sur son lit. Moi debout. Je lui dis : « Ma chère mère, je vous demande pardon d'être venue ici sans votre permission.

— Il est vrai, me répondit-elle, qu'il eût été mieux de la demander.

— Mais cette chère sœur m'a fait compassion. J'ai vu qu'elle était en peine.

— Et de quoi ?

— Vous le dirai-je ? Et pourquoi ne vous le

145

dirais-je pas ? C'est une délicatesse qui fait tant d'honneur à son âme et qui marque si vivement son attachement pour vous. Les témoignages de bonté que vous m'avez donnés ont alarmé sa tendresse. Elle a craint que je n'obtinsse dans votre cœur la préférence sur elle. Ce sentiment de jalousie si honnête d'ailleurs, si naturel et si flatteur pour vous chère mère, était, à ce qu'il m'a semblé, devenu cruel pour ma sœur, et je la rassurais. »

La supérieure après m'avoir écoutée, prit un air sévère et imposant et lui dit :

« Sœur Thérèse, je vous ai aimée et je vous aime encore. Je n'ai point à me plaindre de vous, et vous n'aurez point à vous plaindre de moi. Mais je ne saurais souffrir ces prétentions exclusives. Défaites-vous-en ; si vous craignez d'éteindre ce qui me reste d'attachement pour vous, et si vous vous rappelez le sort de la sœur Agathe. » Puis se tournant vers moi, elle me dit : « C'est cette grande brune que vous voyez au chœur vis-à-vis de moi. » (Car je me répandais si peu, il y avait si peu de temps que j'étais à la maison, j'étais si nouvelle que je ne savais pas encore tous les noms de mes compagnes.) Elle ajouta : « Je l'aimais, lorsque sœur Thérèse entra ici, et que je commençai à la chérir. Elle eut les mêmes inquiétudes. Elle fit les mêmes folies. Je l'en avertis. Elle ne se corrigea point, et je fus obligée d'en venir à des voies sévères qui ont duré trop longtemps et qui sont très contraires à mon caractère. Car elles vous diront toutes que je suis bonne, et que je ne punis jamais qu'à contrecœur. »

Puis s'adressant à Sainte-Thérèse, elle ajouta : « Mon enfant, je ne veux point être gênée ; je vous l'ai déjà dit. Vous me connaissez ; ne me faites point sortir de mon caractère. » Ensuite elle me dit, en s'appuyant d'une main sur mon épaule : « Venez, Sainte-Suzanne, reconduisez-moi. »

146

Nous sortîmes. Sainte-Thérèse voulut nous suivre ; mais la supérieure, détournant la tête négligemment par-dessus son épaule, lui dit d'un ton de des potisme : « Rentrez dans votre cellule, et n'en sortez pas que je ne vous le permette. » Elle obéit, ferma sa porte avec violence, et s'échappa en quelques discours qui firent frémir la supérieure, je ne sais pourquoi, car ils n'avaient pas de sens. Je vis sa colère, et je lui dis : « Chère mère, si vous avez quelque bonté pour moi, pardonnez à ma sœur Thérèse. Elle a la tête perdue. Elle ne sait ce qu'elle dit. Elle ne sait ce qu'elle fait.

— Que je lui pardonne ! Je le veux bien ; mais que me donnerez-vous ?

— Ah ! chère mère, serais-je assez heureuse pour avoir quelque chose qui vous plût et qui vous apaisât ? »

Elle baissa les yeux, rougit et soupira. En vérité, c'était comme un amant. Elle me dit ensuite, en se rejetant nonchalamment sur moi comme si elle eût défailli : « Approchez votre front que je le baise... » Je me penchai, et elle me baisa le front. Depuis ce temps, sitôt qu'une religieuse avait fait quelque faute, j'intercédais pour elle et j'étais sûre d'obtenir sa grâce par quelque faveur innocente. C'était toujours un baiser ou sur le front, ou sur le cou, ou sur les yeux, ou sur les joues, ou sur la bouche, ou sur les mains, ou sur la gorge, ou sur les bras, mais plus souvent sur la bouche ; elle trouvait que j'avais l'haleine pure, les dents blanches, et les lèvres fraîches et vermeilles. En vérité je serais bien belle, si je méritais la plus petite partie des éloges qu'elle me donnait ; si c'était mon front, il était blanc, uni et d'une forme charmante ; si c'étaient mes yeux, ils étaient brillants ; si c'étaient mes joues, elles étaient vermeilles et douces ; si c'étaient mes mains, elles étaient petites et potelées ; si c'était ma gorge, elle était d'une fermeté de pierre et d'une forme admirable ; si c'étaient mes bras, il était impossible de les avoir mieux tournés et plus ronds ; si c'était mon cou, aucune des sœurs ne l'avait mieux fait et d'une beauté plus exquise et plus rare. Que sais-je tout ce qu'elle me disait. Il y avait bien quelque chose de vrai dans ses louanges ; j'en rabattais beaucoup, mais non pas tout. Quelquefois en me regardant de la tête aux pieds, avec un air de complaisance que je n'ai jamais vu à aucune autre femme, elle me disait : « Non, c'est le plus grand bonheur que Dieu l'ait appelée dans la retraite. Avec cette figure-là, dans le monde, elle aurait damné autant d'hommes qu'elle en aurait vu, et elle se serait damnée avec eux. Dieu fait bien tout ce qu'il fait. »

Cependant nous nous avancions vers sa cellule ; je me disposais à la quitter ; mais elle me prit par la main, et elle me dit : « Il est trop tard pour commencer votre histoire de Sainte-Marie et de Longchamp, mais entrez, vous me donnerez une petite leçon de clavecin. »

Je la suivis ; en un moment elle eut ouvert le clavecin, préparé un livre, approché une chaise ; car elle était vive ; je m'assis. Elle pensa que je pourrais avoir froid ; elle détacha de dessus les chaises un coussin qu'elle posa devant moi, se baissa et me prit les deux pieds qu'elle mit dessus. Ensuite elle alla se placer derrière la chaise et s'appuyer sur le dossier. Je fis d'abord des accords, ensuite je jouai quelques pièces de Couperin, de Rameau, de Scarlatti ; cependant elle avait levé un coin de mon linge de cou ; sa main était placée sur mon épaule nue et l'extrémité de ses doigts posée sur ma gorge. Elle soupirait ; elle paraissait oppressée ; son haleine s'embarrasser ; la main qu'elle tenait sur mon épaule, d'abord la pressait fortement, puis elle ne la pressait plus du tout, comme si elle eût été sans force et sans vie, et sa tête tombait sur la mienne. En vérité, cette folle-là était d'une sensibilité incroyable, et avait le goût le plus vif pour la musique. Je n'ai jamais connu personne sur qui elle eût produit des effets aussi singuliers.

Nous nous amusions ainsi d'une manière aussi simple que douce, lorsque tout à coup la porte s'ouvrit avec violence ; j'en eus frayeur et la supérieure aussi. C'était cette extravagante de Sainte-Thérèse ; son vêtement était en désordre ; ses yeux étaient troublés ; elle nous parcourait l'une et l'autre avec l'attention la plus bizarre ; les lèvres lui tremblaient, elle ne pouvait parler. Cependant elle revint à elle, et se jeta aux pieds de la supérieure. Je joignis ma prière à la sienne, et j'obtins encore son pardon. Mais la supérieure lui protesta de la manière la plus ferme que ce serait le dernier, du moins pour des fautes de cette nature, et nous sortîmes toutes deux ensemble.

En retournant à nos cellules, je lui dis : « Chère sœur. Prenez garde. Vous indisposerez notre mère. Je ne vous abandonnerai pas ; mais vous userez mon crédit auprès d'elle, et je serai désespérée de ne pouvoir plus rien ni pour vous ni pour aucune autre. Mais quelles sont vos idées ? »

Point de réponse.

« Que craignez-vous de moi ? »

Point de réponse.

« Est-ce que notre mère ne peut pas nous aimer également toutes deux ?

— Non, non, me répondit-elle, avec violence, cela ne se peut. Bientôt je lui répugnerai, et j'en mourrai de douleur. Ah ! pourquoi êtes-vous venue ici ? vous n'y serez pas heureuse longtemps. J'en suis sûre, et je serai malheureuse pour toujours.

— Mais, lui dis-je, c'est un grand malheur, je le

sais, que d'avoir perdu la bienveillance de sa supérieure, mais j'en connais un plus grand, c'est de l'avoir mérité : vous n'avez rien à vous reprocher ?

— Ah ! plût à Dieu !

— Si vous vous accusez en vous-même de quelque faute, il faut la réparer, et le moyen le plus sûr c'est d'en supporter patiemment la peine.

— Je ne saurais ; je ne saurais ; et puis est-ce à elle à m'en punir ?

— A elle ; sœur Thérèse ? A elle ; est-ce qu'on parle ainsi d'une supérieure ? Cela n'est pas bien. Vous vous oubliez. Je suis sûre que cette faute est plus grave qu'aucune de celles que vous vous reprochez.

— Ah ! plût à Dieu ! me dit-elle encore, plût à Dieu !... » et nous nous séparâmes, elle pour aller se désoler dans sa cellule, moi pour aller rêver dans la mienne à la bizarrerie des têtes de femmes.

Voilà l'effet de la retraite. L'homme est né pour la société. Séparez-le. Isolez-le. Ses idées se désuniront. Son caractère se tournera. Mille affections ridicules s'élèveront dans son cœur. Des pensées extravagantes germeront dans son esprit comme les ronces dans une terre sauvage. Placez un homme dans une forêt. Il y deviendra féroce. Dans un cloître, où l'idée de nécessité se joint à celle de servitude, c'est pis encore. On sort d'une forêt. On ne sort plus d'un cloître. On est libre dans la forêt. On est esclave dans le cloître. Il faut peut-être plus de force d'âme encore pour résister à la solitude qu'à la misère. La misère avilit. La retraite déprave. Vaut-il mieux vivre dans l'abjection que dans la folie ? c'est ce que je n'oserais décider. Mais il faut éviter l'une et l'autre.

Je voyais croître de jour en jour la tendresse que la supérieure avait conçue pour moi. J'étais sans cesse dans sa cellule, ou elle était dans la mienne.

Pour la moindre indisposition, elle m'ordonnait l'infirmerie ; elle me dispensait des offices ; elle m'envoyait coucher de bonne heure, ou m'interdisait l'oraison du matin. Au chœur, au réfectoire, à la récréation elle trouvait moyen de me donner des marques d'amitié. Au chœur, s'il se rencontrait un verset qui contînt quelque sentiment affectueux et tendre, elle le chantait en me l'adressant, ou elle me regardait s'il était chanté par une autre. Au réfectoire, elle m'envoyait toujours quelque chose de ce qu'on lui servait d'exquis ; à la récréation, elle m'embrassait par le milieu du corps, elle me disait les choses les plus douces et les plus obligeantes. On ne lui faisait aucun présent que je ne le partageasse, chocolat, sucre, café, liqueurs, tabac, linge, mouchoirs, quoi que ce fût ; elle avait déparé sa cellule d'estampes, d'ustensiles, de meubles et d'une infinité de choses agréables ou commodes pour en orner la mienne. Je ne pouvais presque pas m'en absenter un moment, qu'à mon retour je ne me trouvasse enrichie de quelques dons. J'allais l'en remercier chez elle, et elle en ressentait une joie qui ne peut s'exprimer ; elle m'embrassait, me caressait, me prenait sur ses genoux, m'entretenait des choses les plus secrètes de la maison, et se promettait si je l'aimais, une vie mille fois plus heureuse que celle qu'elle aurait passée dans le monde. Après cela elle s'arrêtait, me regardait avec des yeux attendris, et me disait : « Sœur Suzanne, m'aimez-vous ?

— Et comment ferais-je pour ne pas vous aimer ? Il faudrait que j'eusse l'âme bien ingrate.

— Cela est vrai.

— Vous avez tant de bonté.

— Dites de goût pour vous... »

Et en prononçant ces mots, elle baissait les yeux, la main dont elle me tenait embrassée me serrait plus fortement ; celle qu'elle avait appuyée sur mon genou pressait davantage, elle m'attirait sur elle, mon visage se trouvait placé sur le sien, elle soupirait, elle se renversait sur sa chaise, elle tremblait, on eût dit qu'elle avait à me confier quelque chose qu'elle n'osait, elle versait des larmes, et puis elle me disait : « Ah ! sœur Suzanne, vous ne m'aimez pas !

— Je ne vous aime pas, chère mère ?

— Non.

— Et dites-moi ce qu'il faut que je fasse pour vous le prouver.

— Il faudrait que vous le devinassiez.

— Je cherche, je ne devine rien. »

Cependant elle avait levé son linge de cou, et elle avait mis une de mes mains sur sa gorge, elle se taisait. Je me taisais aussi ; elle paraissait goûter le plus grand plaisir. Elle m'invitait à lui baiser le front, les joues, les yeux et la bouche, et je lui obéissais, je ne crois pas qu'il y eût du mal à cela. Cependant son plaisir s'accroissait ; et comme je ne demandais pas mieux que d'ajouter à son bonheur d'une manière aussi innocente, je lui baisais encore le front, les joues, les yeux et la bouche. La main qu'elle avait posée sur mon genou se promenait sur tous mes vêtements. Depuis l'extrémité de mes pieds jusqu'à ma ceinture, me pressant tantôt dans un endroit, tantôt en un autre, elle m'exhortait en bégayant et d'une voix altérée et basse, à redoubler mes caresses ; je les redoublais enfin il vint un moment, je ne sais si ce fut de plaisir ou de peine où elle devint pâle comme la mort, ses yeux se fermèrent, tout son corps se tendit avec violence ses lèvres se fermèrent d'abord ; elles étaient humectées comme d'une mousse légère, puis sa bouche s'entrouvrit, et elle me parut mourir en poussant un profond soupir. Je me levai brusquement ; je crus qu'elle se trouvait mal ; je voulais sortir, appeler. Elle entrouvrit faiblement les yeux et me dit d'une voix éteinte : « Innocente ! ce n'est rien. Qu'allez-vous faire ? arrêtez... » Je la regardai avec de grands yeux hébétés, incertaine si je resterais ou si je sortirais. Elle rouvrit encore les yeux. Elle ne pouvait plus parler du tout ; elle me fit signe d'approcher et de me replacer sur ses genoux. Je ne sais ce qui se passait en moi. Je craignais. Je tremblais. Le cœur me palpitait. J'avais de la peine à respirer. Je me sentais troublée, oppressée, agitée ; j'avais peur. Il me semblait que les forces m'abandonnaient et que j'allais défaillir ; cependant je ne saurais dire que ce fût de la peine que je ressentisse. J'allai près d'elle, elle me fit signe encore de la main de m'asseoir sur ses genoux ; je m'assis. Elle était comme morte, et moi comme si j'allais mourir. Nous demeurâmes assez longtemps l'une et l'autre dans cet état singulier. Si quelque religieuse fût survenue, en vérité elle eût été bien effrayée. Elle aurait imaginé ou que nous nous étions trouvées mal ou que nous nous étions endormies. Cependant cette bonne supérieure, car il est impossible d'être si sensible et de n'être pas bonne, me parut revenir à elle. Elle était toujours renversée sur sa chaise ; ses yeux étaient toujours fermés ; mais son visage s'était animé des plus belles couleurs ; elle prenait une de mes mains qu'elle baisait, et moi je lui disais : « Ah ! chère mère, vous m'avez bien fait peur. » Elle sourit, doucement, sans ouvrir les yeux. « Mais est-ce que vous n'avez pas souffert ?

— Non.

— Je l'ai cru.

— L'innocente ! ah ! la chère innocente ! qu'elle me plaît ! »

En disant ces mots, elle se releva, se remit sur sa

chaise, me prit à brasse-corps, et me baisa sur les joues, avec beaucoup de force, puis elle me dit : « Quel âge avez-vous ?

— Je n'ai pas encore dix-neuf ans.

— Cela ne se conçoit pas.

— Chère mère, rien n'est plus vrai.

— Je veux savoir tout de votre vie ; vous me la direz ?

— Oui, chère mère.

— Toute ?

— Toute.

— Mais on pourrait venir. Allons nous mettre au clavecin. Vous me donnerez leçon. »

Nous y allâmes ; mais je ne sais comment cela se fit ; les mains me tremblaient, le papier ne me montrait qu'un amas confus de notes. Je ne pus jamais jouer. Je le lui dis. Elle se mit à rire. Elle prit ma place ; mais ce fut pis encore, à peine pouvait-elle soutenir ses bras.

« Mon enfant, me dit-elle, je vois que tu n'es guère en état de montrer ni moi d'apprendre. Je suis un peu fatiguée. Il faut que je me repose. Adieu. Demain, sans plus tarder, je veux savoir tout ce qui s'est passé dans cette chère petite âme-là. Adieu... »

Les autres fois, quand je sortais, elle m'accompagnait jusqu'à la porte ; elle me suivait des yeux tout je long du corridor jusqu'à la mienne ; elle me jetait un baiser avec les mains et ne rentrait chez elle que quand j'étais rentrée chez moi, cette fois-ci à peine se leva-t-elle. Ce fut tout ce qu'elle put faire que de gagner le fauteuil qui était à côté de son lit ; elle s'assit, pencha la tête sur son oreiller ; me jeta le baiser avec les mains ; ses yeux se fermèrent et je m'en allai.

Ma cellule était presque vis-à-vis de la cellule de Sainte-Thérèse. La sienne était ouverte. Elle m'attendait. Elle m'arrêta et me dit :

« Ah ! Sainte-Suzanne, vous venez de chez notre mère ?

— Oui, lui dis-je.

— Vous y êtes demeurée longtemps.

— Autant qu'elle l'a voulu.

— Ce n'est pas là ce que vous m'aviez promis.

— Je ne vous ai rien promis.

— Oseriez-vous me dire ce que vous y avez fait ? »

Quoique ma conscience ne me reprochât rien, je vous avouerai cependant, monsieur le marquis, que sa question me troubla. Elle s'en aperçut, elle insista, et je lui répondis : « Chère sœur, peut-être ne m'en croiriez-vous pas. Mais vous en croirez peut-être notre chère mère ; et je la prierai de vous en instruire.

— Ma chère Sainte-Suzanne, me dit-elle avec vivacité. Gardez-vous-en bien. Vous ne voulez pas me rendre malheureuse. Elle ne me le pardonnerait jamais. Vous ne la connaissez pas. Elle est capable de passer de la plus grande sensibilité, jusqu'à la férocité. Je ne sais pas ce que je deviendrais. Promettez-moi de ne lui rien dire.

— Vous le voulez ?

— Je vous le demande à genoux. Je suis désespérée. Je vois bien qu'il faut me résoudre. Je me résoudrai. Promettez-moi de ne lui rien dire... »

Je la relevai. Je lui donnai ma parole. Elle y compta, elle eut raison ; et nous nous renfermâmes elle dans sa cellule, moi dans la mienne.

Rentrée chez moi, je me trouvai rêveuse ; je voulus prier et je ne le pus pas. Je cherchai à m'occuper ; je commençai un ouvrage que je quittai pour un autre que je quittai pour un autre encore. Mes mains s'arrêtaient d'elles-mêmes, et j'étais comme imbécile. Jamais je n'avais rien éprouvé de pareil. Mes yeux se fermèrent d'eux-mêmes. Je fis un petit sommeil, quoique je ne dorme jamais de jour. Réveillée, je m'interrogeai sur ce qui s'était passé entre la supérieure et moi. Je m'examinai. Je crus entrevoir en m'examinant encore... mais c'étaient des idées si vagues, si folles, si ridicules que je les rejetai loin de moi. Le résultat de mes réflexions, c'est que c'était peut-être une maladie à laquelle elle était sujette. Puis il m'en vint une autre, c'est que peut-être cette maladie se gagnait, que Sainte-Thérèse l'avait prise, et que je la prendrais aussi.

Le lendemain, après l'office du matin, notre supérieure me dit : « Sainte-Suzanne, c'est aujourd'hui que j'espère savoir tout ce qui vous est arrivé ; venez. »

J'allai. Elle me fit asseoir dans son fauteuil à côté de son lit, et elle se mit sur une chaise un peu plus basse ; je la dominais un peu, parce que je suis plus grande et que j'étais plus élevée. Elle était si proche de moi que mes deux genoux étaient entrelacés dans les siens, et elle était accoudée sur son lit. Après un petit moment de silence, je lui dis :

« Quoique je sois bien jeune, j'ai bien eu de la peine ; il y aura bientôt vingt ans que je suis au monde et vingt ans que je souffre. Je ne sais si je pourrai vous dire tout, et si vous aurez le cœur de l'entendre. Peines chez mes parents ; peines au couvent de Sainte-Marie, peines au couvent de Longchamp, peines partout. Chère mère, par où voulez-vous que je commence ?

— Par les premières.

— Mais, lui dis-je, chère mère, cela sera bien long et bien triste, et je ne voudrais pas vous attrister si longtemps.

— Ne crains rien. J'aime à pleurer. C'est un état délicieux pour une âme tendre que celui de verser des larmes. Tu dois aimer à pleurer aussi. Tu essuieras mes larmes ; j'essuierai les tiennes, et peut-être nous serons heureuses au milieu du récit de tes souffrances ; qui sait jusqu'où l'attendrissement peut nous mener ?... » Et en prononçant ces derniers mots elle me regarda de bas en haut avec des yeux déjà humides ; elle me prit les deux mains ; elle s'approcha de moi plus près encore ; en sorte qu'elle me touchait et que je la touchais.

« Raconte, mon enfant, dit-elle. J'attends. Je me sens les dispositions les plus pressantes à m'attendrir. Je ne pense pas avoir eu de ma vie un jour plus compatissant et plus affectueux. »

Je commençai donc mon récit, à peu près comme je viens de vous l'écrire. Je ne saurais vous dire l'effet qu'il produisit sur elle, les soupirs qu'elle poussa, les pleurs qu'elle versa ; les marques d'indignation qu'elle donna contre mes cruels parents, contre les filles affreuses de Sainte-Marie, contre celles de Longchamp ; je serais bien fâchée qu'il leur arrivât la plus petite partie des maux qu'elle leur souhaita. Je ne voudrais pas avoir arraché un cheveu de la tête de mon plus cruel ennemi. De temps en temps elle m'interrompait : elle se levait, elle se promenait ; puis elle se rasseyait à sa place. D'autres fois elle levait les mains et les yeux au ciel, et puis elle se cachait la tête entre mes genoux. Quand je lui parlai de ma scène du cachot, de celle de mon exorcisme, de mon amende honorable, elle poussa presque des cris ; quand je fus à la fin, je me tus ; et elle resta pendant quelque temps le corps penché sur son lit, le visage caché dans sa couverture, et les bras étendus au-dessus de sa tête ; et moi, je lui disais : « Chère mère, je vous demande pardon de la peine que je vous ai causée, je vous en avais prévenue ; mais c'est vous qui l'avez voulu. » Et elle ne me répondait que par ces mots :

« Les méchantes créatures ! les horribles créatures ! Il n'y a que dans les couvents où l'humanité puisse s'éteindre à ce point. Lorsque la haine vient à s'unir à la mauvaise humeur habituelle, on ne sait plus où les choses seront portées. Heureusement je suis douce ; j'aime toutes mes religieuses. Elles ont pris les unes plus, les autres plus ou moins de mon caractère, et elles s'aiment entre elles. Mais comment cette faible santé a-t-elle pu résister à tant de tourments ? Comment tous ces petits membres n'ont-ils pas été brisés ! Comment toute cette machine délicate n'a-t-elle pas été détruite ? Comment l'éclat de ces yeux ne s'est-il pas éteint dans les larmes ? Les cruelles ! serrer ces bras avec des cordes ! » Et elle me prenait les bras, et elle les baisait... « Noyer de larmes ces yeux !... » et elle les baisait... « Arracher la plainte et le gémissement de cette bouche !... » et elle la baisait. « Condamner ce visage charmant et serein à se couvrir sans cesse des nuages de la tristesse !... » et elle le baisait. « Faner les roses de ces joues !... » et elle les flattait de la main et les baisait. « Déparer cette tête ! arracher ces cheveux ! charger ce front de souci !... » et elle baisait ma tête, mon front mes cheveux... « Oser entourer ce cou d'une corde et déchirer ces épaules avec des pointes aiguës !... » et elle écartait mon linge de cou et de tête ; elle entrouvrait le haut de ma robe ; mes cheveux tombaient épars sur mes épaules découvertes ; ma poitrine était à demi nue ; et ses baisers se répandaient sur mon cou, sur mes épaules découvertes et sur ma poitrine à demi nue. Je m'aperçus alors, au tremblement qui la saisissait, au trouble de son discours, à l'égarement de ses yeux et de ses mains, à son genou qui se pressait entre les miens, à l'ardeur dont elle me serrait et à la violence dont ses bras m'enlaçaient, que sa maladie ne tarderait pas à la prendre ; je ne sais ce qui se passait en moi ; mais j'étais saisie d'une frayeur, d'un tremblement, et d'une défaillance qui me vérifiaient le soupçon que j'avais eu que son mal était contagieux.

Je lui dis : « Chère mère ; voyez dans quel désordre vous m'avez mise ; si l'on venait.

— Reste, reste, me disait-elle d'une voix oppressée ; on ne viendra pas... »

Cependant je faisais effort pour me lever et m'arracher d'elle, et je lui disais : « Chère mère, prenez garde ; voilà votre mal qui va vous prendre. Souffrez que je m'éloigne. »

Je voulais m'éloigner. Je le voulais cela est sûr ; mais je ne le pouvais pas. Je ne me sentais aucune force ; mes genoux se dérobaient sous moi. Elle était assise, j'étais debout, elle m'attirait ; je craignis de tomber sur elle et de la blesser ; je m'assis sur le bord de son lit, et je lui dis :

« Chère mère, je ne sais ce que j'ai, je me trouve mal.

— Et moi aussi, me dit-elle. Mais repose-toi un moment. Cela passera. Ce ne sera rien... »

En effet ma supérieure reprit du calme, et moi aussi. Nous étions l'une et l'autre abattues, moi, la tête penchée sur son oreiller ; elle, la tête posée sur un de mes genoux, le front placé sur une de mes mains. Nous restâmes quelques moments dans cet état ; je ne sais ce qu'elle pensait ; pour moi, je ne pensais à rien. Je ne le pouvais. J'étais d'une faiblesse qui m'occupait tout entière. Nous gardions le silence, lorsque la supérieure le rompit la première, elle me dit : « Suzanne, il m'a paru par ce que vous m'avez dit de votre première supérieure qu'elle vous était fort chère.

— Beaucoup.

— Elle ne vous aimait pas mieux que moi, mais elle était mieux aimée de vous... Vous ne me répondez pas ?

— J'étais malheureuse. Elle adoucissait mes peines.

— Mais d'où vient votre répugnance pour la vie religieuse ? Suzanne, vous ne m'avez pas tout dit.

— Pardonnez-moi, madame.

— Quoi ! il n'est pas possible, aimable comme vous l'êtes, car mon enfant vous l'êtes beaucoup, vous ne savez pas combien, que personne ne vous l'ai dit.

— On me l'a dit.

— Et celui qui vous le disait, ne vous déplaisait pas ?

— Non.

— Et vous vous êtes prise de goût pour lui ?

— Point du tout.

— Quoi ! votre cœur n'a jamais rien senti ?

— Rien.

— Quoi ! ce n'est pas une passion, ou secrète ou désapprouvée de vos parents qui vous a donné de l'aversion pour le couvent ? Confiez-moi cela. Je suis indulgente.

— Je n'ai, chère mère, rien à vous confier là-dessus.

— Mais encore une fois, d'où vient votre répugnance pour la vie religieuse ?

— De la vie même. J'en hais les devoirs, les occupations, la retraite, la contrainte. Il me semble que je suis appelée à autre chose.

— Mais à quoi cela vous semble-t-il ?

— A l'ennui qui m'accable. Je m'ennuie.

— Ici même ?

— Oui, chère mère, ici même, malgré toute la bonté que vous avez pour moi.

— Mais est-ce que vous éprouvez en vous-même des mouvements, des désirs ?

— Aucun.

— Je le crois, vous me paraissez d'un caractère tranquille.

— Assez.

— Froid même.

— Je ne sais.

— Vous ne connaissez pas le monde ?

— Je le connais peu.

— Quel attrait peut-il donc avoir pour vous ?

— Cela ne m'est pas bien expliqué. Mais il faut pourtant qu'il en ait.

— Est-ce la liberté que vous regrettez ?

— C'est cela ; et peut-être beaucoup d'autres choses.

— Et ces autres choses, quelles sont-elles ? Mon amie, parlez-moi à cœur ouvert ; voudriez-vous être mariée ?

— Je l'aimerais mieux que d'être ce que je suis ; cela est certain.

— Pourquoi cette préférence ?

— Je l'ignore.

— Vous l'ignorez ? Mais dites-moi, quelle impression fait sur vous la présence d'un homme ?

— Aucune... s'il a de l'esprit et qu'il parle bien, je l'écoute avec plaisir. S'il est d'une belle figure, je le remarque.

— Et votre cœur est tranquille ?

— Jusqu'à présent, il est resté sans émotion.

— Quoi ! lorsqu'ils ont attaché leurs regards animés sur les vôtres, vous n'avez pas ressenti ?...

— Quelquefois de l'embarras. Ils me faisaient baisser les yeux.

— Sans aucun trouble ?

— Aucun.

— Et vos sens ne vous disaient rien ?

— Je ne sais ce que c'est que le langage des sens.

— Ils en ont un cependant.

— Cela se peut.

— Et vous ne le connaissez pas ?

— Point du tout.

— Quoi ! vous... C'est un langage bien doux ; et voudriez-vous le connaître ?

— Non chère mère ; à quoi cela me servirait-il ?

— A dissiper votre ennui.

— A l'augmenter, peut-être. Et puis, que signifie ce langage des sens sans objet ?

— Quand on parle, c'est toujours à quelqu'un... cela vaut mieux sans doute, que de s'entretenir seule, quoique ce ne soit pas tout à fait sans plaisir.

— Je n'entends rien à cela.

— Si tu voulais, chère enfant, je te deviendrais plus claire.

— Non, chère mère, non. Je ne sais rien, et j'aime mieux ne rien savoir que d'acquérir des connaissances qui me rendraient peut-être plus à plaindre que je ne le suis. Je n'ai point de désirs et je n'en veux point chercher que je ne pourrais satisfaire.

— Et pourquoi ne le pourrais-tu pas ?

— Et comment le pourrais-je ?

— Comme moi.

— Comme vous ! Mais il n'y a personne dans cette maison.

— J'y suis, chère amie. Vous y êtes.

— Eh bien ! que vous suis-je ? que m'êtes-vous ?

— Qu'elle est innocente !

— Oh ! il est vrai, chère mère, que je le suis beaucoup, et que j'aimerais mieux mourir que de cesser de l'être. »

Je ne sais ce que ces derniers mots pouvaient avoir de fâcheux pour elle ; mais ils la firent tout à coup changer de visage ; elle devint sérieuse, embarrassée ; sa main qu'elle avait posée sur un de mes genoux, cessa d'abord de le presser, et puis se retira ; elle tenait ses yeux baissés.

Je lui dis : « Ma chère mère. Qu'est-ce qui m'est arrivé ? Est-ce qu'il me serait échappé quelque

chose qui vous aurait offensée ? Pardonnez-moi.
J'use de la liberté que vous m'avez accordée. Je
n'étudie rien de ce que j'ai à vous dire ; et puis
quand je m'étudierais, je ne dirais pas autrement,
peut-être plus mal. Les choses dont nous nous
entretenons me sont si étrangères ! Pardonnez-
moi... »

En disant ces derniers mots, je jetai mes deux
bras autour de son cou, et je posai ma tête sur son
épaule. Elle jeta les deux siens autour de moi et me
serra fort tendrement. Nous demeurâmes ainsi
quelques instants. Ensuite, reprenant sa tendresse
et sa sérénité, elle me dit : « Suzanne, dormez-vous
bien ?

— Fort bien, lui dis-je, surtout depuis quelque
temps.

— Vous endormez-vous tout de suite ?

— Assez communément.

— Mais quand vous ne vous endormez pas tout
de suite, à quoi pensez-vous ?

— A ma vie passée ; à celle qui me reste. Ou je
prie Dieu, ou je pleure. Que sais-je ?

— Et le matin, quand vous vous éveillez de
bonne heure ?

— Je me lève.

— Tout de suite ?

— Tout de suite.

— Vous n'aimez donc pas à rêver ?

— Non.

— A vous reposer sur votre oreiller ?

— Non.

— A jouir de la douce chaleur du lit ?

— Non.

— Jamais... »

Elle s'arrêta à ce mot, et elle eut raison. Ce qu'elle
avait à me demander n'était pas bien, et peut-être
ferai-je beaucoup plus mal de le dire. Mais j'ai

résolu de ne rien celer. « ... Jamais vous n'avez été tentée de regarder avec complaisance combien vous êtes belle ?

— Non, chère mère. Je ne sais pas si je suis si belle que vous dites, et puis quand je le serais, c'est pour les autres qu'on est belle et non pour soi.

— Jamais vous n'avez pensé à promener vos mains sur cette gorge, sur ces cuisses, sur ce ventre, sur ces chairs si fermes, si douces, et si blanches ?

— Oh ! pour cela non, il y a du péché à cela ; et si cela m'était arrivé, je ne sais comment j'aurais fait pour l'avouer à confesse... »

Je ne sais ce que nous dîmes encore, lorsqu'on vint l'avertir qu'on la demandait au parloir. Il me parut que cette visite lui causait du dépit, et qu'elle aurait mieux aimé continuer de causer avec moi, quoique ce que nous disions ne valût guère la peine d'être regretté. Cependant nous nous séparâmes.

Jamais la communauté n'avait été plus heureuse que depuis que j'y étais entrée. La supérieure paraissait avoir perdu l'inégalité de son caractère. On disait que je l'avais fixée. Elle donna même en ma faveur plusieurs jours de récréation, et ce qu'on appelle des fêtes. Ces jours on est un peu mieux servi qu'à l'ordinaire. Les offices sont plus courts, et tout le temps qui les sépare est accordé à la récréation. Mais ce temps heureux devait passer pour les autres et pour moi.

La scène que je viens de peindre fut suivie d'un grand nombre d'autres semblables que je néglige. Voici la suite de la précédente.

L'inquiétude commençait à s'emparer de la supérieure ; elle perdait sa gaieté, son embonpoint, son repos. La nuit suivante, lorsque tout le monde dormait et que la maison était dans le silence, elle se leva ; après avoir erré quelque temps dans les corridors, elle vint à ma cellule ; j'ai le sommeil léger, je crus la reconnaître. Elle s'arrêta. En s'appuyant le front apparemment contre ma porte, elle fit assez de bruit pour me réveiller, si j'avais dormi. Je gardai le silence. Il me sembla que j'entendais une voix qui se plaignait, quelqu'un qui soupirait ; j'eus d'abord un léger frisson ; ensuite je me déterminai à dire *Ave*. Au lieu de me répondre, on s'éloignait à pas léger. On revint quelque temps après. Les plaintes et les soupirs recommencèrent. Je dis encore *Ave*, et l'on s'éloigna pour la seconde fois. Je me rassurai. Je m'endormis. Pendant que je dormais, on entra, on s'assit à côté de mon lit, mes rideaux étaient entrouverts, on tenait une petite bougie dont la lumière m'éclairait le visage, et celle qui la portait me regardait dormir. Ce fut du moins ce que j'en jugeai à son attitude, lorsque j'ouvris les yeux ; et cette personne, c'était la supérieure. Je me levai subitement ; elle vit ma frayeur. Elle me dit : « Suzanne, rassurez-vous. C'est moi. » Je me remis la tête sur mon oreiller, et je lui dis : « Chère mère, que faites-vous ici à l'heure qu'il est ? qu'est-ce qui peut vous avoir amenée ? pourquoi ne dormez-vous pas ?

— Je ne saurais dormir, me répondit-elle. Je ne dormirai de longtemps. Ce sont des songes fâcheux qui me tourmentent. A peine ai-je les yeux fermés, que les peines que vous avez souffertes se retracent à mon imagination. Je vous vois entre les mains de ces inhumaines ; je vois vos cheveux épars sur votre visage, je vous vois les pieds ensanglantés, la torche au poing, la corde au cou. Je crois qu'elles vont disposer de votre vie. Je frissonne, je tremble, une sueur froide se répand sur tout mon corps ; je veux aller à votre secours, je pousse des cris ; je m'éveille, et c'est inutilement que j'attends que le sommeil revienne. Voilà ce qui m'est arrivé cette

165

nuit. J'ai craint que le ciel ne m'annonçât quelque malheur arrivé à mon amie. Je me suis levée. Je me suis approchée de votre porte. J'ai écouté. Il m'a semblé que vous ne dormiez pas ; vous avez parlé, je me suis retirée. Je suis revenue, vous avez encore parlé, et je me suis encore éloignée. Je suis revenue une troisième fois, et lorsque j'ai cru que vous dormiez, je suis entrée. Il y a déjà quelque temps que je suis à côté de vous et que je crains de vous éveiller. J'ai balancé d'abord si je tirerais vos rideaux. Je voulais m'en aller, crainte de troubler votre repos. Mais je n'ai pas pu résister au désir de voir si ma chère Suzanne se portait bien. Je vous ai regardée ; que vous êtes belle à voir, même quand vous dormez !

— Ma chère mère, que vous êtes bonne !

— J'ai pris du froid ; mais je sais que je n'ai rien à craindre de fâcheux pour mon enfant, et je crois que je dormirai. Donnez-moi votre main... »

Je la lui donnai.

« Que son pouls est tranquille ! qu'il est égal ! rien ne l'émeut.

— J'ai le sommeil assez paisible.

— Que vous êtes heureuse !

— Chère mère, vous continuerez de vous refroidir.

— Vous avez raison. Adieu, belle amie ; adieu, je m'en vais. »

Cependant elle ne s'en allait point. Elle continuait à me regarder. Deux larmes coulaient de ses yeux. « Chère mère, lui dis-je, qu'avez-vous ? vous pleurez ; que je suis fâchée de vous avoir entretenue de mes peines !... » A l'instant, elle ferma ma porte. Elle éteignit sa bougie, et elle se précipita sur moi. Elle me tenait embrassée ; elle était couchée sur ma couverture à côté de moi ; son visage était collé sur le mien, ses larmes mouillaient mes joues, elle soupirait, et elle me disait d'une voix plaintive et entrecoupée : « Chère amie, ayez pitié de moi !

— Chère mère, lui dis-je, qu'avez-vous ? Est-ce que vous vous trouvez mal ? Que faut-il que je fasse ?

— Je tremble, me dit-elle ; je frissonne ; un froid mortel s'est répandu sur moi.

— Voulez-vous que je me lève et que je vous cède mon lit ?

— Non, me dit-elle, il ne serait pas nécessaire que vous vous levassiez ; écartez seulement un peu la couverture ; que je m'approche de vous ; que je me réchauffe et que je guérisse.

— Chère mère, lui dis-je, mais cela est défendu. Que dirait-on, si on le savait ? J'ai vu mettre en pénitence des religieuses pour des choses beaucoup moins graves. Il arriva dans le couvent de Sainte-Marie à une religieuse d'aller la nuit dans la cellule d'une autre, c'était sa bonne amie ; et je ne saurais vous dire tout le mal qu'on en pensait. Le directeur m'a demandé quelquefois si l'on ne m'avait jamais proposé de venir dormir à côté de moi ; et il m'a sérieusement recommandé de ne le pas souffrir. Je lui ai même parlé des caresses que vous me faisiez ; je les trouve très innocentes, mais lui, il ne pense point ainsi ; je ne sais comment j'ai oublié ses conseils, je m'étais bien proposé de vous en parler.

— Chère amie, me dit-elle, tout dort autour de nous, personne n'en saura rien. C'est moi qui récompense ou qui punis ; et quoi qu'en dise le directeur, je ne vois pas quel mal il y a à une amie à recevoir à côté d'elle, une amie que l'inquiétude a saisie, qui s'est éveillée, et qui est venue, pendant la nuit, et malgré la rigueur de la saison, voir si sa bien-aimée n'était dans aucun péril. Suzanne, n'avez-vous jamais partagé le même lit chez vos parents, avec une de vos sœurs ?

— Non, jamais.

— Si l'occasion s'en était présentée, ne l'auriez-vous pas fait sans scrupule ? Si votre sœur, alarmée et transie de froid était venue vous demander place à côté de vous, l'auriez-vous refusée ?

— Je crois que non.

— Et ne suis-je pas votre chère mère ?

— Oui, vous l'êtes ; mais cela est défendu.

— Chère amie, c'est moi qui le défends aux autres, et qui vous le permets et vous le demande. Que je me réchauffe un moment et je m'en irai. Donnez-moi votre main. » Je la lui donnai. « Tenez, me dit-elle, tâtez, voyez. Je tremble, je frissonne, je suis comme un marbre » ; et cela était vrai. « Oh ! la chère mère, lui dis-je, elle en sera malade. Mais attendez, je vais m'éloigner jusque sur le bord et vous vous mettrez dans l'endroit chaud. » Je me rangeai de côté ; je levai la couverture, et elle se mit à ma place. Oh ! qu'elle était mal ! Elle avait un tremblement général dans tous les membres. Elle voulait me parler ; elle voulait s'approcher de moi. Elle ne pouvait articuler ; elle ne pouvait se remuer. Elle me disait à voix basse : « Suzanne mon amie, approchez-vous un peu. » Elle étendit ses bras ; je lui tournais le dos ; elle me prit doucement ; elle me tira vers elle ; elle passa son bras droit sous mon corps et l'autre dessus, et elle me dit : « Je suis glacée, j'ai si froid que je crains de vous toucher de peur de vous faire mal.

— Chère mère, ne craignez rien. »

Aussitôt, elle mit une de ses mains sur ma poitrine et l'autre autour de ma ceinture. Ses pieds étaient posés sous les miens, et je les pressais pour les réchauffer... et la chère mère me disait : « Ah ! chère amie, voyez comme mes pieds se sont promptement réchauffés, parce qu'il n'y a rien qui les sépare des vôtres.

— Mais, lui dis-je, qui empêche que vous ne vous réchauffiez partout de la même manière ?

— Rien, si vous voulez. »

Je m'étais retournée ; elle avait écarté son linge et j'allais écarter le mien, lorsque tout à coup on frappa deux coups violents à la porte. Effrayée, je me jette sur-le-champ hors du lit, d'un côté, et la supérieure de l'autre. Nous écoutons, et nous entendons quelqu'un qui regagnait, sur la pointe du pied, la cellule voisine. « Ah ! lui dis-je, c'est ma sœur Sainte-Thérèse. Elle vous aura vue passer dans le corridor, et entrer chez moi ; elle nous aura écoutées, elle aura surpris nos discours. Que dira-t-elle ?... » J'étais plus morte que vive. « Oui, c'est elle, me dit la supérieure d'un ton irrité. C'est elle, je n'en doute pas. Mais j'espère qu'elle se ressouviendra longtemps de sa témérité.

— Ah ! chère mère, lui dis-je, ne lui faites point de mal.

— Suzanne, me dit-elle, adieu, bonsoir. Recouchez-vous. Dormez bien. Je vous dispense de l'oraison. Je vais chez cette étourdie. Donnez-moi votre main... »

Je la lui tendis d'un bord du lit à l'autre ; elle releva la manche qui me couvrait le bras ; elle le baisa en soupirant sur toute la longueur, depuis l'extrémité des doigts jusqu'à l'épaule ; et elle sortit, en protestant que la téméraire qui avait osé la troubler s'en ressouviendrait. Aussitôt je m'avançai promptement à l'autre bord de ma couche, vers la porte, et j'écoutai. Elle entra chez sœur Thérèse. Je fus tentée de me lever et d'aller m'interposer entre la sœur Sainte-Thérèse et la supérieure, s'il arrivait que la scène devînt violente ; mais j'étais si troublée et si mal à mon aise, que j'aimai mieux rester dans mon lit ; mais je n'y dormis pas. Je pensai que j'allais devenir l'entretien de la maison ; que cette

169

aventure qui n'avait rien en soi que de bien simple, serait racontée avec les circonstances les plus défavorables ; qu'il en serait ici pis encore qu'à Longchamp où je fus accusée de je ne sais quoi ; que notre faute parviendrait à la connaissance des supérieurs ; que notre mère serait déposée, et que nous serions l'une et l'autre sévèrement punies. Cependant j'avais l'oreille au guet, j'attendais avec impatience que notre mère sortît de chez sœur Thérèse. Cette affaire fut difficile à accommoder apparemment ; car elle y passa presque toute la nuit. Que je la plaignais ! elle était en chemise, toute nue, et transie de colère et de froid.

Le matin, j'avais bien envie de profiter de la permission qu'elle m'avait donnée, et de demeurer couchée. Cependant il me vint en esprit qu'il n'en fallait rien faire. Je m'habillai bien vite et je me trouvai la première au chœur où la supérieure et Sainte-Thérèse ne parurent point, ce qui me fit grand plaisir ; premièrement parce que j'aurais eu de la peine à soutenir la présence de cette sœur sans embarras ; secondement, c'est que, puisqu'on lui avait permis de s'absenter de l'office, elle avait apparemment obtenu un pardon qu'on ne lui aurait accordé qu'à des conditions qui devaient me tranquilliser. J'avais deviné. A peine l'office fut-il achevé, que la supérieure m'envoya chercher. J'allai la voir. Elle était encore au lit. Elle avait l'air abattu. Elle me dit : « J'ai souffert. Je n'ai point dormi. Sainte-Thérèse est folle. Si cela lui arrive encore, je l'enfermerai.

— Ah ! chère mère, lui dis-je, ne l'enfermez jamais.

— Cela dépendra de sa conduite. Elle m'a promis qu'elle serait meilleure et j'y compte. Et vous, chère Suzanne, comment vous portez-vous ?

— Bien, chère mère.

170

— Avez-vous un peu reposé ?

— Fort peu.

— On m'a dit que vous aviez été au chœur ; pourquoi n'êtes-vous pas restée sur votre traversin ?

— J'y aurais été mal ; et puis j'ai pensé qu'il valait mieux...

— Non, il n'y avait point d'inconvénient. Mais je me sens quelque envie de sommeiller. Je vous conseille d'en aller faire autant chez vous, à moins que vous n'aimiez mieux accepter une place à côté de moi...

— Chère mère, je vous suis infiniment obligée. J'ai l'habitude de coucher seule, et je ne saurais dormir avec une autre.

— Allez donc. Je ne descendrai point au réfectoire à dîner. On me servira ici. Peut-être ne me lèverai-je pas du reste de la journée. Vous viendrez avec quelques autres que j'ai fait avertir.

— Et sœur Sainte-Thérèse en sera-t-elle ? lui demandai-je.

— Non, me répondit-elle.

— Je n'en suis pas fâchée.

— Et pourquoi ?

— Je ne sais ; il me semble que je crains de la rencontrer.

— Rassurez-vous, mon enfant. Je te réponds qu'elle a plus de frayeur de toi que tu n'en dois avoir d'elle. »

Je la quittai. J'allai me reposer. L'après-midi, je me rendis chez la supérieure, où je trouvai une assemblée assez nombreuse des religieuses les plus jeunes et les plus jolies de la maison ; les autres avaient fait leur visite et s'étaient retirées. Vous qui vous connaissez en peinture je vous assure, monsieur le marquis, que c'était un assez agréable tableau à voir. Imaginez un atelier de dix ou douze personnes, dont la plus jeune pouvait avoir quinze ans, et la plus âgée n'en avait pas vingt-trois. Une supérieure qui touchait à la quarantaine, blanche, fraîche, pleine d'embonpoint, à moitié levée sur son lit, avec deux mentons qu'elle portait d'assez bonne grâce, des bras ronds comme s'ils avaient été tournés, des doigts en fuseau et tous parsemés de fossettes, des yeux noirs, grands, vifs et tendres, presque jamais entièrement ouverts, à demi fermés comme si celle qui les possédait eût éprouvé quelque fatigue à les ouvrir, des lèvres vermeilles comme la rose, des dents blanches comme le lait, les plus belles joues, une tête fort agréable enfoncée dans un oreiller profond et mollet ; les bras étendus mollement à ses côtés, avec de petits coussins sous les coudes pour les soutenir. J'étais assise sur le bord de son lit, et je ne faisais rien ; une autre dans un fauteuil, avec un petit métier à broder sur ses genoux ; d'autres vers les fenêtres faisaient de la dentelle ; il y en avait à terre assises sur les coussins qu'on avait ôtés des chaises, qui cousaient, qui brodaient, qui parfilaient ou qui filaient au petit rouet. Les unes étaient blondes, d'autres brunes, aucune ne se ressemblait, quoiqu'elles fussent toutes belles ; leurs caractères étaient aussi variés que leurs physionomies ; celles-ci étaient sereines, celles-là gaies, d'autres sérieuses, mélancoliques ou tristes. Toutes travaillaient excepté moi, comme je vous l'ai dit. Il n'était pas difficile de discerner les amies des indifférentes et des ennemies. Les amies s'étaient placées ou l'une à côté de l'autre ou en face, et tout en faisant leur ouvrage, elles causaient ; elles se conseillaient, elles se regardaient furtivement, elles se pressaient les doigts sous prétexte de se donner une épingle, une aiguille, des ciseaux. La supérieure les parcourait des yeux ; elle reprochait à l'une son application, à l'autre son oisiveté, à celle-ci son indifférence, à celle-là sa tristesse. Elle se faisait apporter l'ouvrage ; elle louait ou blâmait ; elle raccommodait à l'une son ajustement de tête. « Ce voile est trop avancé... Ce linge prend trop du visage, on ne vous voit pas assez les joues... Voilà des plis qui font mal... » Elle distribuait à chacune ou de petits reproches ou de petites caresses.

Tandis qu'on était occupé, j'entendis frapper doucement à la porte. J'y allai. La supérieure me dit : « Sainte-Suzanne, vous reviendrez ?

— Oui, chère mère.

— N'y manquez pas, car j'ai quelque chose d'important à vous communiquer.

— Je vais rentrer... »

C'était cette pauvre Sainte-Thérèse. Elle demeura un petit moment sans parler et moi aussi. Ensuite je lui dis : « Chère sœur, est-ce à moi que vous en voulez ?

— Oui.

— A quoi puis-je vous servir ?

— Je vais vous le dire. J'ai encouru la disgrâce de notre chère mère ; je croyais qu'elle m'avait pardonné, et j'avais quelque raison de le penser. Cependant vous êtes toutes assemblées chez elle, je n'y suis pas, et j'ai ordre de demeurer chez moi.

— Est-ce que vous voudriez entrer ?

— Oui.

— Est-ce que vous souhaiteriez que j'en sollicitasse la permission ?

— Oui.

— Attendez, chère amie, j'y vais.

— Sincèrement, vous lui parlerez pour moi ?

— Sans doute, et pourquoi ne vous le promettrais-je pas ? et pourquoi ne le ferais-je pas après vous l'avoir promis ?

— Ah ! me dit-elle, en me regardant tendrement,

je lui pardonne, je lui pardonne le goût qu'elle a pour vous. C'est que vous possédez tous les charmes, la plus belle âme, et le plus beau corps... »

J'étais enchantée d'avoir ce petit service à lui rendre. Je rentrai. Une autre avait pris ma place en mon absence sur le bord du lit de la supérieure, était penchée vers elle, le coude appuyé entre ses deux cuisses, et lui montrait son ouvrage ; la supérieure, les yeux presque fermés, lui disait oui et non, sans presque la regarder, et j'étais debout à côté d'elle sans qu'elle s'en aperçût. Cependant elle ne tarda pas à revenir de sa légère distraction. Celle qui s'était emparée de ma place me la rendit. Je me rassis. Ensuite me penchant doucement vers la supérieure qui s'était un peu relevée sur ses oreillers je me tus, mais je la regardai comme si j'avais une grâce à lui demander. « Eh bien, me dit-elle, qu'est-ce qu'il y a ? parlez. Que voulez-vous ? est-ce qu'il est en moi de vous refuser quelque chose ?

— La sœur Sainte-Thérèse...

— J'entends. J'en suis très mécontente, mais Sainte-Suzanne intercède pour elle, et je lui pardonne. Allez lui dire qu'elle peut entrer... »

J'y courus. La pauvre petite sœur attendait à la porte. Je lui dis d'avancer. Elle le fit en tremblant ; elle avait les yeux baissés ; elle tenait un long morceau de mousseline attaché sur un patron, qui lui échappa des mains, au premier pas. Je le ramassai. Je la pris par un bras et la conduisis à la supérieure. Elle se jeta à genoux ; elle saisit une de ses mains qu'elle baisa en poussant quelques soupirs et en versant une larme. Puis elle s'empara d'une des miennes qu'elle joignit à celle de la supérieure, et les baisa l'une et l'autre. La supérieure lui fit signe de se lever et de se placer où elle voudrait. Elle obéit. On servit une collation. La supérieure se leva. Elle ne s'assit point avec nous. Mais elle se promenait autour de la table, posant sa main sur la tête de l'une, la renversant doucement en arrière et lui baisant le front ; levant le linge de cou à une autre, plaçant sa main dessus et demeurant appuyée sur le dos de son fauteuil ; passant à une troisième en laissant aller sur elle une de ses mains ou la plaçant sur sa bouche ; goûtant du bout des lèvres aux choses qu'on avait servies, et les distribuant à celle-ci, à celle-là. Après avoir circulé ainsi un moment, elle s'arrêta en face de moi me regardant avec des yeux très affectueux et très tendres ; cependant les autres les avaient baissés, comme si elles eussent craint de la contraindre ou de la distraire, mais surtout la sœur Sainte-Thérèse. La collation faite, je me mis au clavecin, et j'accompagnai deux sœurs qui chantèrent sans méthode, avec du goût, de la justesse et de la voix. Je chantai aussi et je m'accompagnai ; la supérieure était assise au pied du clavecin et paraissait goûter le plus grand plaisir à m'entendre et à me voir ; les autres écoutaient debout sans rien faire, ou s'étaient remises à l'ouvrage. Cette soirée fut délicieuse.

Cela fait, toutes se retirèrent. Je m'en allais avec les autres, mais la supérieure m'arrêta : « Quelle heure est-il ? me dit-elle.

— Tout à l'heure six heures.

— Quelques-unes de nos discrètes vont entrer. J'ai réfléchi sur ce que vous m'avez dit de votre sortie de Longchamp. Je leur ai communiqué mes idées, elles les ont approuvées, et nous avons une proposition à vous faire. Il est impossible que nous ne réussissions pas, et si nous réussissons, cela fera un petit bien à la maison et quelque douceur pour vous. »

A six heures, les discrètes entrèrent ; la discrétion des maisons religieuses est toujours bien décrépite et bien vieille. Je me levai. Elles s'assirent ; et la

supérieure me dit : « Sœur Sainte-Suzanne ne
m'avez-vous pas appris que vous deviez à la bienfaisance de M. Manouri la dot qu'on vous a faite
ici ?

— Oui, chère mère.

— Je ne me suis donc pas trompée, et les sœurs
de Longchamp sont restées en possession de la dot
que vous leur avez payée en entrant chez elles ?

— Oui, chère mère.

— Elles ne vous en ont rien rendu ?

— Non chère mère.

— Elles ne vous en font point de pension ?

— Non chère mère.

— Cela n'est pas juste. C'est ce que j'ai communiqué à nos discrètes, et elles pensent comme moi
que vous êtes en droit de demander contre elles ou
que cette dot vous soit restituée au profit de notre
maison, ou qu'elles vous en fassent la rente. Ce que
vous tenez de l'intérêt que M. Manouri a pris à
votre sort, n'a rien de commun avec ce que les
sœurs de Longchamp vous doivent. Ce n'est point à
leur acquit qu'il a fourni votre dot.

— Je ne le crois pas, mais pour s'en assurer, le
plus court c'est de lui écrire.

— Sans doute. Mais au cas que sa réponse soit
telle que nous la désirons, voici les propositions
que nous avons à vous faire. Nous entreprendrons
le procès en votre nom contre la maison de Longchamp, la nôtre fera les frais qui ne seront pas
considérables, puisqu'il y a bien de l'apparence que
M. Manouri ne refusera pas de se charger de cette
affaire ; et si nous gagnons, la maison partagera
avec vous moitié par moitié le fonds ou la rente.
Qu'en pensez-vous, chère sœur ? vous ne répondez
pas... vous rêvez.

— Je rêve que ces sœurs de Longchamp m'ont
fait beaucoup de mal, et que je serais au désespoir
qu'elles imaginassent que je me venge.

— Il ne s'agit pas de vous venger ; il s'agit de redemander ce qui vous est dû.

— Se donner encore une fois en spectacle...

— C'est le plus petit inconvénient. Il ne sera presque pas question de vous. Et puis notre communauté est pauvre et celle de Longchamp est riche. Vous serez notre bienfaitrice, du moins tant que vous vivrez. Nous n'avons pas besoin de ce motif pour nous intéresser à votre conservation nous vous aimons toutes... » Et toutes les discrètes à la fois : « Et qui est-ce qui ne l'aimerait pas ? Elle est parfaite.

— Je puis cesser d'être d'un moment à l'autre. Une autre supérieure n'aurait pas peut-être pour vous les mêmes sentiments que moi. Oh ! non, sûrement, elle ne les aurait pas. Vous pouvez avoir de petites indispositions, de petits besoins ; il est fort doux de posséder un petit argent dont on puisse disposer pour se soulager soi-même, ou pour obliger les autres.

— Chères mères, leur dis-je, ces considérations ne sont pas à négliger, puisque vous avez la bonté de les faire ; il y en a d'autres qui me touchent davantage ; mais il n'y a point de répugnance que je ne sois prête à vous sacrifier. La seule grâce que j'aie à vous demander, chère mère, c'est de ne rien commencer sans en avoir conféré en ma présence avec M. Manouri.

— Rien n'est plus convenable. Voulez-vous lui écrire vous-même ?

— Ce sera, chère mère, comme il vous plaira.

— Écrivez-lui ; et pour ne pas revenir deux fois là-dessus, car je n'aime pas ces sortes d'affaires, elles m'ennuient à périr, écrivez à l'instant... »

On me donna une plume, de l'encre et du papier, et sur-le-champ, je priai M. Manouri de vouloir bien se transporter à Arpajon, aussitôt que ses occupations le lui permettraient. Que j'avais besoin encore de ses secours et de son conseil dans une affaire de quelque importance, etc. Le concile assemblé lut cette lettre, l'approuva, et elle fut envoyée.

M. Manouri vint quelques jours après. La supérieure lui exposa ce dont il s'agissait. Il ne balança pas un moment à être de son avis. On traita mes scrupules de ridiculités ; il fut conclu que les religieuses de Longchamp seraient assignées dès le lendemain. Elles le furent ; et voilà que, malgré que j'en aie, mon nom reparaît dans des mémoires, des factums, à l'audience, et cela avec des détails, des suppositions, des mensonges et toutes les noirceurs qui peuvent rendre une créature défavorable à ses juges et odieuse aux yeux du public. Mais monsieur le marquis, est-ce qu'il est permis aux avocats de calomnier tant qu'il leur plaît ? Est-ce qu'il n'y a point de justice contre eux ? Si j'avais pu prévoir toutes les amertumes que cette affaire entraînerait, je vous proteste que je n'aurais jamais consenti à ce qu'elle s'entamât. On eut l'attention d'envoyer à plusieurs religieuses de notre maison les pièces qu'on publia contre moi. A tout moment, elles venaient me demander les détails d'événements horribles qui n'avaient pas l'ombre de la vérité. Plus je montrais d'ignorance, plus on me croyait coupable ; parce que je n'expliquais rien, que je n'avouais rien, que je niais tout, on croyait que tout était vrai ; on souriait ; on me disait des mots entortillés, mais très offensants ; on haussait les épaules à mon innocence. Je pleurais. J'étais désolée.

Mais une peine ne vient jamais seule. Le temps d'aller à confesse arriva. Je m'étais déjà accusée des premières caresses que ma supérieure m'avait faites ; le directeur m'avait très expressément défendu de m'y prêter davantage ; mais le moyen de se refuser à des choses qui font grand plaisir à une autre dont on dépend entièrement, et auxquelles on n'entend soi-même aucun mal ?

Ce directeur devant jouer un grand rôle dans le reste de mes mémoires ; je crois qu'il est à propos que vous le connaissiez.

C'est un cordelier ; il s'appelle le P. Lemoine ; il n'a pas plus de quarante-cinq ans. C'est une des plus belles physionomies qu'on puisse voir : elle est douce, sereine, ouverte, riante, agréable, quand il n'y pense pas ; mais quand il y pense, son front se ride, ses sourcils se froncent, ses yeux se baissent, et son maintien devient austère. Je ne connais pas deux hommes plus différents que le P. Lemoine à l'autel et le P. Lemoine au parloir seul, ou en compagnie. Au reste, toutes les personnes religieuses en sont là, et moi-même je me suis surprise plusieurs fois sur le point d'aller à la grille, arrêtée tout court, rajustant mon voile, mon bandeau, composant mon visage, mes yeux, ma bouche, mes mains, mes bras, ma contenance, ma démarche, et me faisant un maintien et une modestie d'emprunt qui duraient plus ou moins, selon les personnes avec lesquelles j'avais à parler. Le P. Lemoine est grand, bien fait, gai, très aimable quand il s'oublie ; il parle à merveille ; il a dans sa maison la réputation d'un grand théologien et dans le monde celle d'un grand prédicateur ; il converse à ravir ; c'est un homme très instruit d'une infinité de connaissances étrangères à son état. Il a la plus belle voix. Il sait la musique, l'histoire et les langues ; il est docteur de Sorbonne. Quoiqu'il soit jeune, il a passé par les dignités principales de son ordre. Je le crois sans intrigue et sans ambition ; il est aimé de ses confrères. Il avait sollicité la supériorité de la maison d'Étampes comme un poste tranquille où il pourrait se livrer sans distraction à quelques études qu'il avait commencées et on la lui avait accordée. C'est une grande affaire pour une maison de religieuses que le choix d'un confesseur : il faut être dirigée par un homme important et de marque. On fit tout pour avoir le P. Lemoine, et on l'eut, du moins par extraordinaire.

On lui envoyait la voiture de la maison la veille des grandes fêtes, et il venait. Il fallait voir le mouvement que son attente produisait dans toute la communauté ; comme on était joyeuse ; comme on se renfermait ; comme on travaillait à son examen ; comme on se préparait à l'occuper le plus longtemps qu'il serait possible.

C'était la veille de la Pentecôte. Il était attendu. J'étais inquiète. La supérieure s'en aperçut ; elle m'en parla. Je ne lui cachai point la raison de mon souci. Elle m'en parut plus alarmée encore que moi, quoiqu'elle fît tout pour me le celer ; elle traita le P. Lemoine d'homme ridicule ; se moqua de mes scrupules ; me demanda si le P. Lemoine en savait plus sur l'innocence de ses sentiments et des miens que notre conscience ; et si la mienne me reprochait quelque chose. Je lui répondis que non. « Eh bien ! me dit-elle, je suis votre supérieure, vous me devez l'obéissance ; et je vous ordonne de ne lui point parler de ces sottises. Il est inutile que vous alliez à confesse, si vous n'avez que des bagatelles à lui dire. »

Cependant le P. Lemoine arriva et je me disposais à la confession tandis que de plus pressées s'en étaient emparées. Mon tour approchait, lorsque la supérieure vint à moi, me tira à l'écart et me dit : « Sainte-Suzanne, j'ai pensé à ce que vous m'avez dit. Retournez-vous-en dans votre cellule. Je ne veux pas que vous alliez à confesse aujourd'hui.

— Et pourquoi, lui répondis-je, chère mère ?

C'est demain un grand jour ; c'est jour de commu- nion générale ; que voulez-vous qu'on pense, si je suis la seule qui n'approche point de la sainte table ?

— N'importe ; on dira tout ce qu'on voudra. Mais vous n'irez point à confesse.

— Chère mère, lui dis-je, s'il est vrai que vous m'aimiez, ne me donnez point cette mortification, je vous le demande en grâce.

— Non, non, cela ne se peut. Vous me feriez quelque tracasserie avec cet homme-là, et je n'en veux point avoir.

— Non chère mère ; je ne vous en ferai point.

— Promettez-moi donc... Cela est inutile. Vous viendrez demain matin dans ma chambre. Vous vous accuserez à moi. Vous n'avez commis aucune faute, dont je ne puisse vous réconcilier et vous absoudre, et vous communierez avec les autres. Allez... »

Je me retirai donc, et j'étais dans ma cellule, triste, inquiète, rêveuse, ne sachant quel parti prendre, si j'irais au P. Lemoine, malgré ma supé- rieure ; si je m'en tiendrais à son absolution le lendemain, et si je ferais mes dévotions avec le reste de la maison, ou si je m'éloignerais des sacre- ments, quoi qu'on en pût dire ; lorsqu'elle rentra. Elle s'était confessée, et le P. Lemoine lui avait demandé pourquoi il ne m'avait point aperçue, si j'étais malade ; je ne sais ce qu'elle lui avait répondu ; mais la fin de cela, c'est qu'il m'attendait au confessionnal. « Allez-y donc, me dit-elle, puisqu'il le faut. Mais assurez-moi que vous vous tairez. » J'hésitais ; elle insistait. « Eh ! folle, me disait-elle, quel mal veux-tu qu'il y ait à taire ce qu'il n'y a point eu de mal à faire ?

— Et quel mal y a-t-il à le dire ? lui répondis-je.

— Aucun, mais il y a de l'inconvénient. Qui sait

l'importance que cet homme peut y mettre ? Assurez-moi donc. » Je balançai encore, mais enfin je m'engageai à ne rien dire, s'il ne me questionnait pas, et j'allai.

Je me confessai. Je me tus ; mais le directeur m'interrogea, et je ne dissimulai rien ; il me fit mille demandes singulières, auxquelles je ne comprends rien encore à présent que je me les rappelle. Il me traita avec indulgence, mais il s'exprima sur la supérieure dans des termes qui me firent frémir ; il l'appela indigne, libertine, mauvaise religieuse, femme pernicieuse, âme corrompue, et m'enjoignit sous peine de péché mortel de ne me trouver jamais seule avec elle, et de ne souffrir aucune de ses caresses.

« Mais mon père, lui dis-je ; c'est ma supérieure ; elle peut entrer chez moi, m'appeler chez elle, quand il lui plaît.

— Je le sais ; je le sais, et j'en suis désolé. Chère enfant, me dit-il, loué soit Dieu qui vous a préservée jusqu'à présent ! Sans oser m'expliquer avec vous plus clairement, dans la crainte de devenir moi-même le complice de votre indigne supérieure, et de faner, par le souffle empoisonné qui sortirait malgré moi de mes lèvres une fleur délicate qu'on ne garde fraîche et sans tache jusqu'à l'âge où vous êtes, que par une protection spéciale de la Providence, je vous ordonne de fuir votre supérieure, de repousser loin de vous ses caresses, de ne jamais entrer seule chez elle, de lui fermer votre porte, surtout la nuit, de sortir de votre lit, si elle entre chez vous malgré vous, d'aller dans le corridor, d'appeler s'il le faut, de descendre toute nue jusqu'au pied des autels, de remplir la maison de vos cris, et de faire tout ce que l'amour de Dieu, la crainte du crime, la sainteté de votre état et l'intérêt de votre salut vous inspireraient, si Satan en personne se présentait à vous et vous poursuivait. Oui ; mon enfant, Satan. C'est sous cet aspect que je suis contraint de vous montrer votre supérieure. Elle est enfoncée dans l'abîme du crime ; elle cherche à vous y plonger, et vous y seriez déjà peut-être avec elle, si votre innocence même ne l'avait remplie de terreur et ne l'avait arrêtée. » Puis levant les yeux au ciel, il s'écria : « Mon Dieu ! continuez de protéger cette enfant... Dites avec moi : *Satana, vade retro, apage, Satana*. Si cette malheureuse vous interroge, dites-lui tout. Répétez-lui mon discours. Dites-lui qu'il vaudrait mieux qu'elle ne fût pas née, ou qu'elle se précipitât seule aux enfers par une mort violente.

— Mais, mon père, lui répliquai-je, vous l'avez entendue elle-même tout à l'heure. »

Il ne me répondit rien ; mais poussant un soupir profond, il porta ses bras contre une des parois du confessionnal et appuya la tête dessus comme un homme pénétré de douleur. Il demeura quelque temps dans cet état. Je ne savais que penser. Les genoux me tremblaient. J'étais dans un trouble, un désordre qui ne se conçoit pas, tel serait un voyageur qui marcherait dans les ténèbres entre des précipices qu'il ne verrait pas, et qui serait frappé de tous côtés par des voix souterraines qui lui crieraient : « C'est fait de toi ! » Me regardant ensuite avec un air tranquille, mais attendri, il me dit : « Avez-vous de la santé ?

— Oui, mon père.

— Ne seriez-vous pas trop incommodée d'une nuit que vous passeriez sans dormir ?

— Non, mon père.

— Eh bien ! me dit-il, vous ne vous coucherez point celle-ci. Aussitôt après votre collation vous irez dans l'église. Vous vous prosternerez au pied des autels ; vous y passerez la nuit en prières. Vous ne savez pas le danger que vous avez couru. Vous remercierez Dieu de vous en avoir garantie ; et demain vous approcherez de la sainte table avec toutes les religieuses. Je ne vous donne pour pénitence que de tenir loin de vous votre supérieure et que de repousser ses caresses empoisonnées. Allez. Je vais de mon côté unir mes prières aux vôtres. Combien vous m'allez causer d'inquiétudes ! Je sens toutes les suites du conseil que je vous donne ; mais je vous le dois et je me le dois à moi-même. Dieu est le maître, et nous n'avons qu'une loi. »

Je ne me rappelle, monsieur, que très imparfaitement tout ce qu'il me dit. A présent que je compare son discours tel que je viens de vous le rapporter avec l'impression terrible qu'il me fit, je n'y trouve pas de comparaison ; mais cela vient de ce qu'il est brisé, décousu, qu'il y manque beaucoup de choses, que je n'ai pas retenues, parce que je n'y attachais aucune idée distincte ; et que je ne voyais et ne vois encore aucune importance à des choses sur lesquelles il se récriait avec le plus de violence. Par exemple, qu'est-ce qu'il trouvait de si étrange dans la scène du clavecin ? N'y a-t-il pas des personnes pour lesquelles la musique fait la plus violente impression ? On m'a dit à moi-même que certains airs, certaines modulations changeaient entièrement ma physionomie. Alors j'étais tout à fait hors de moi, je ne savais presque pas ce que je devenais. Je ne crois pas que j'en fusse moins innocente. Pourquoi n'en eût-il pas été de même de ma supérieure qui était certainement, malgré toutes ses folies et ses inégalités, une des femmes les plus sensibles qu'il y eût au monde ? Elle ne pouvait entendre un récit un peu touchant sans fondre en larmes. Quand je lui racontai mon histoire, je la mis dans un état à faire pitié. Que ne lui faisait-il un crime aussi de sa commisération ? Et la scène de la nuit dont il attendait l'issue avec une frayeur mortelle... Certainement cet homme est trop sévère...

Quoi qu'il en soit, j'exécutai ponctuellement ce qu'il m'avait prescrit et dont il avait sans doute prévu la suite immédiate. Tout au sortir du confessionnal, j'allai me prosterner au pied des autels. J'avais la tête troublée d'effroi. J'y demeurai jusqu'au souper. La supérieure inquiète de ce que j'étais devenue m'avait fait appeler. On lui avait répondu que j'étais en prières. Elle s'était montrée plusieurs fois à la porte du chœur ; mais j'avais fait semblant de ne la point apercevoir. L'heure du souper sonna. Je me rendis au réfectoire. Je soupai à la hâte, et le souper fini, je revins aussitôt à l'église. Je ne parus point à la récréation du soir. A l'heure de se retirer et de se coucher, je ne remontai point. La supérieure n'ignorait pas ce que j'étais devenue. La nuit était fort avancée. Tout était en silence dans la maison ; lorsqu'elle descendit auprès de moi. L'image sous laquelle le directeur me l'avait montrée se retraça à mon imagination, le tremblement me prit, je n'osai la regarder ; je crus que je la verrais avec un visage hideux, et toute enveloppée de flammes, et je disais au-dedans de moi, *Satana, vade retro, apage, Satana*. Mon Dieu, conservez-moi, éloignez de moi ce démon.

Elle se mit à genoux. Et après avoir prié quelque temps, elle me dit : « Sainte-Suzanne, que faites-vous ici ?

— Madame, vous le voyez.

— Savez-vous l'heure qu'il est ?

— Oui madame.

— Pourquoi n'êtes-vous pas rentrée chez vous à l'heure de la retraite ?

— C'est que je me disposais à célébrer demain le grand jour.

— Votre dessein était donc de passer ici la nuit ?

— Oui, madame.

— Et qui est-ce qui vous l'a permis ?

— Le directeur me l'a ordonné.

— Le directeur n'a rien à ordonner contre la règle de la maison et moi je vous ordonne de vous aller coucher.

— Madame, c'est la pénitence qu'il m'a imposée.

— Vous la remplacerez par d'autres œuvres.

— Cela n'est pas à mon choix.

— Allons, me dit-elle, mon enfant. Venez. La fraîcheur de l'église pendant la nuit vous incommodera. Vous prierez dans votre cellule. »

Après cela, elle voulut me prendre par la main ; mais je m'éloignai avec vitesse. « Vous me fuyez, me dit-elle.

— Oui ; madame, je vous fuis... »

Rassurée par la sainteté du lieu, par la présence de la Divinité, par l'innocence de mon cœur, j'osai lever les yeux sur elle. Mais à peine l'eus-je aperçue, que je poussai un grand cri, et que je me mis à courir dans le chœur comme une insensée, en criant : « Loin de moi Satan !... »

Elle ne me suivait point, elle restait à sa place, et elle me disait, en tendant doucement ses deux bras vers moi, et de la voix la plus touchante et la plus douce : « Qu'avez-vous ? D'où vient cet effroi ? Arrêtez... Je ne suis point Satan. Je suis votre supérieure et votre amie. »

Je m'arrêtai ; je retournai encore la tête vers elle, et je vis que j'avais été effrayée par une apparence bizarre que mon imagination avait réalisée ; c'est qu'elle était placée par rapport à la lampe de l'église, de manière qu'il n'y avait que son visage et que l'extrémité de ses mains qui fussent éclairés et que le reste était dans l'ombre, ce qui lui donnait un aspect singulier. Un peu revenue à moi, je me jetai dans une stalle. Elle s'approcha ; elle allait s'asseoir dans la stalle voisine, lorsque je me levai et me plaçai dans la stalle au-dessous. Je voyageai ainsi de stalle en stalle et elle aussi jusqu'à la dernière. Là, je m'arrêtai, et je la conjurai de laisser du moins une place vide entre elle et moi.

« Je le veux bien », me dit-elle.

Nous nous assîmes toutes deux ; une stalle nous séparait. Alors la supérieure prenant la parole me dit : « Pourrait-on savoir de vous, Sainte-Suzanne, d'où vient l'effroi que ma présence vous cause ?

— Chère mère, lui dis-je, pardonnez-moi, ce n'est pas moi. C'est le P. Lemoine. Il m'a représenté la tendresse que vous avez pour moi, les caresses que vous me faites, et auxquelles je vous avoue que je n'entends aucun mal, sous les couleurs les plus affreuses. Il m'a ordonné de vous fuir, de ne plus entrer chez vous seule, de sortir de ma cellule, si vous y veniez, il vous a peinte à mon esprit comme le démon, que sais-je ce qu'il ne m'a pas dit là-dessus.

— Vous lui avez donc parlé ?

— Non chère mère, mais je n'ai pu me dispenser de lui répondre.

— Me voilà donc bien horrible à vos yeux ?

— Non chère mère, je ne saurais m'empêcher de vous aimer, de sentir tout le prix de vos bontés, de vous prier de me les continuer ; mais j'obéirai à mon directeur.

— Vous ne viendrez donc plus me voir ?

— Non chère mère.

— Vous ne me recevrez plus chez vous ?

— Non chère mère.

— Vous repousserez mes caresses ?

— Il m'en coûtera beaucoup, car je suis née caressante et j'aime à être caressée ; mais il le faudra. Je l'ai promis à mon directeur, et j'en ai fait le

187

serment au pied des autels. Si je pouvais vous rendre la manière dont il s'explique : c'est un homme pieux, c'est un homme éclairé ; quel intérêt a-t-il à me montrer du péril où il n'y en a point ? à éloigner le cœur d'une religieuse du cœur de sa supérieure ? mais peut-être reconnaît-il dans des actions très innocentes de votre part et de la mienne un germe de corruption secrète qu'il croit tout développé en vous et qu'il craint que vous ne développiez en moi. Je ne vous cacherai pas qu'en revenant sur les impressions que j'ai quelquefois ressenties... D'où vient chère mère, qu'au sortir d'auprès de vous, en rentrant chez moi, j'étais agitée, rêveuse, d'où vient que je ne pouvais ni prier, ni m'occuper ? D'où vient une espèce d'ennui que je n'avais jamais éprouvé ? pourquoi, moi qui n'ai jamais dormi le jour, me sentais-je aller au sommeil ? Je croyais que c'était en vous une maladie contagieuse, dont l'effet commençait à s'opérer en moi. Le P. Lemoine voit cela bien autrement.

— Et comment voit-il cela ?

— Il y voit toutes les noirceurs du crime, votre perte consommée, la mienne projetée... que sais-je ?

— Allez, me dit-elle, votre P. Lemoine est un visionnaire ; ce n'est pas la première algarade de cette nature qu'il m'ait causée. Il suffit que je m'attache à quelqu'un d'une amitié tendre, pour qu'il s'occupe à lui tourner la cervelle... peu s'en est fallu qu'il n'ait rendu folle cette pauvre Sainte-Thérèse... Cela commence à m'ennuyer, et je me déferai de cet homme-là ; aussi bien, il demeure à dix lieues d'ici... c'est un embarras que de le faire venir... on ne l'a pas quand on veut... mais nous parlerons de cela plus à l'aise... Vous ne voulez donc pas remonter ?

— Non chère mère, je vous demande en grâce de

me permettre de passer ici la nuit. Si je manquais à ce devoir, demain je n'oserais approcher des sacrements avec le reste de la communauté... Mais vous, chère mère, communierez-vous ?

— Sans doute.

— Mais le P. Lemoine ne vous a donc rien dit ?

— Non.

— Mais comment cela s'est-il fait ?

— C'est qu'il n'a point été dans le cas de me parler. On ne va à confesse que pour s'accuser de ses péchés, et je n'en vois point à aimer bien tendrement une enfant aussi aimable que Sainte-Suzanne. S'il y avait quelque faute, ce serait de rassembler sur elle seule un sentiment qui devrait se répandre également sur toutes celles qui composent la communauté... mais cela ne dépend pas de moi... je ne saurais m'empêcher de distinguer le mérite où il est, et de m'y porter d'un goût de préférence. J'en demande pardon à Dieu, et je ne conçois pas comment votre P. Lemoine voit ma damnation scellée dans une partialité si naturelle et dont il est si difficile de se garantir. Je tâche de faire le bonheur de toutes. Mais il y en a que j'estime et que j'aime plus que d'autres, parce qu'elles sont plus aimables et plus estimables. Voilà tout mon crime avec vous. Sainte-Suzanne, le trouvez-vous bien grand ?

— Non, chère mère.

— Allons, chère enfant, faisons encore chacune une petite prière et retirons-nous. »

Je la suppliai derechef de permettre que je passasse la nuit dans l'église. Elle y consentit, à condition que cela n'arriverait plus, et elle se retira.

Je revins sur ce qu'elle m'avait dit. Je demandai à Dieu de m'éclairer ; je réfléchis et je conclus, tout bien considéré, que quoique des personnes fussent d'un même sexe, il pouvait y avoir du moins de l'indécence dans la manière dont elles se témoignaient leur amitié ; que le P. Lemoine homme austère avait peut-être outré les choses, mais que le conseil d'éviter l'extrême familiarité de ma supérieure par beaucoup de réserve était bon à suivre ; et je me le promis.

Le matin lorsque les religieuses vinrent au chœur, elles me trouvèrent à ma place ; elles approchèrent toutes de la sainte table, et la supérieure à leur tête, ce qui acheva de me persuader son innocence, sans me détacher du parti que j'avais pris. Et puis il s'en manquait beaucoup que je sentisse pour elle tout l'attrait qu'elle éprouvait pour moi. Je ne pouvais m'empêcher de la comparer à ma première supérieure : quelle différence ! ce n'était ni la même piété, ni la même gravité, ni la même dignité, ni la même ferveur, ni le même esprit ; ni le même goût de l'ordre.

Il arriva dans l'intervalle de peu de jours deux grands événements ; l'un, c'est ce que je gagnai mon procès contre les religieuses de Longchamp, elles furent condamnées à payer à la maison de Sainte-Eutrope où j'étais une pension proportionnée à ma dot. L'autre, c'est le changement de directeur. Ce fut la supérieure qui m'apprit elle-même ce dernier.

Cependant je n'allais plus chez elle qu'accompagnée ; et elle ne venait plus seule chez moi. Elle me cherchait toujours, mais je l'évitais. Elle s'en apercevait, et m'en faisait des reproches. Je ne sais ce qui se passait dans cette âme ; mais il fallait que ce fût quelque chose d'extraordinaire. Elle se levait la nuit, et elle se promenait dans les corridors, surtout dans le mien. Je l'entendais passer et repasser, s'arrêter à ma porte, se plaindre, soupirer. Je tremblais et je me renfonçais dans mon lit. Le jour, si j'étais à la promenade, dans la salle du travail, ou dans la chambre de récréation, de manière que je ne pusse l'apercevoir, elle passait des heures entières à me considérer. Elle épiait toutes mes démarches. Si je descendais, je la trouvais au bas des degrés ; elle m'attendait au haut, quand je remontais. Un jour, elle m'arrêta, elle se mit à me regarder sans mot dire ; des pleurs coulèrent abondamment de ses yeux ; puis tout à coup se jetant à terre, et me serrant un genou entre ses deux mains, elle me dit : « Sœur cruelle, demande-moi ma vie et je te la donnerai, mais ne m'évite pas. Je ne saurais plus vivre sans toi. » Son état me fit pitié ; ses yeux étaient éteints ; elle avait perdu son embonpoint et ses couleurs. C'était ma supérieure, elle était à mes pieds, la tête appuyée contre mon genou qu'elle tenait embrassé. Je lui tendis les mains ; elle les prit avec ardeur ; elle les baisait, et puis elle me regardait, et puis elle les baisait encore et me regardait encore ; je la relevai. Elle chancelait. Elle avait peine à marcher. Je la reconduisis à sa cellule. Quand sa porte fut ouverte, elle me prit par la main, et me tira doucement pour me faire entrer, mais sans me parler et sans me regarder.

« Non, lui dis-je, chère mère, non. Je me le suis promis. C'est le mieux pour vous et pour moi ; j'occupe trop de place dans votre âme, c'est autant de perdu pour Dieu à qui vous la devez tout entière.

— Est-ce à vous à me le reprocher !... »

Je tâchais, en lui parlant, à dégager ma main de la sienne...

« Vous ne voulez donc pas entrer ? me dit-elle.

— Non, chère mère. Non.

— Vous ne le voulez pas, Sainte-Suzanne, vous ne savez pas ce qui peut en arriver. Non, vous ne le savez pas. Vous me ferez mourir... »

Ces derniers mots m'inspirèrent un sentiment

tout contraire à celui qu'elle se proposait. Je retirai ma main avec vivacité et je m'enfuis. Elle se retourna, me regarda aller quelques pas, puis rentrant dans sa cellule dont la porte demeura ouverte, elle se mit à pousser les plaintes les plus aiguës. Je les entendis. Elles me pénétrèrent. Je fus un moment incertaine si je continuerais de m'éloigner ou si je retournerais. Cependant, je ne sais par quel mouvement d'aversion je m'éloignai ; mais ce ne fut pas sans souffrir de l'état où je la laissais. Je suis naturellement compatissante. Je me renfermai chez moi. Je m'y trouvai mal à mon aise ; je ne savais à quoi m'occuper. Je fis quelques tours en long et en large, distraite et troublée. Je sortis. Je rentrai. Enfin j'allai frapper à la porte de Sainte-Thérèse, ma voisine. Elle était en conversation intime avec une autre jeune religieuse de ses amies. Je lui dis : « Chère sœur, je suis fâchée de vous interrompre mais je vous prie de m'écouter un moment. J'aurais un mot à vous dire. » Elle me suivit chez moi ; et je lui dis : « Je ne sais ce qu'a notre mère supérieure. Elle est désolée. Si vous alliez la trouver, peut-être la consoleriez-vous. » Elle ne me répondit pas. Elle laissa son amie chez elle, ferma sa porte et courut chez notre supérieure.

Cependant le mal de cette femme empira de jour en jour. Elle devint mélancolique et sérieuse. La gaieté, qui depuis mon arrivée dans la maison n'avait point cessé, disparut tout à coup. Tout rentra dans l'ordre le plus austère ; les offices se firent avec la dignité convenable ; les étrangers furent presque entièrement exclus du parloir ; défense aux religieuses de fréquenter les unes chez les autres ; les exercices reprirent avec l'exactitude la plus scrupuleuse ; plus d'assemblée chez la supérieure ; plus de collation ; les fautes les plus légères furent sévèrement punies ; on s'adressait encore à moi quelquefois pour obtenir grâce, mais je refusais absolument de la demander. La cause de cette révolution ne fut ignorée de personne. Les anciennes n'en étaient pas fâchées ; les jeunes s'en désespéraient ; elles me regardaient de mauvais œil. Pour moi, tranquille sur ma conduite, je négligeais leur humeur et leurs reproches.

Cette supérieure que je ne pouvais ni soulager ni m'empêcher de plaindre, passa successivement de la mélancolie, à la piété, et de la piété au délire. Je ne la suivrai point dans le cours de ces différents progrès, cela me jetterait dans un détail qui n'aurait point de fin. Je vous dirai seulement que dans son premier état tantôt elle me cherchait, tantôt elle m'évitait ; elle nous traitait quelquefois, les autres et moi avec sa douceur accoutumée, quelquefois aussi elle passait subitement à la rigueur la plus outrée ; elle nous appelait et nous renvoyait ; donnait récréation et révoquait ses ordres un moment après ; nous faisait appeler au chœur, et lorsque tout était en mouvement pour lui obéir, un second coup de cloche renfermait la communauté. Il est difficile d'imaginer le trouble de la vie que l'on menait. La journée se passait à sortir de chez soi et à y rentrer, à prendre son bréviaire et à le quitter, à monter et à descendre, à baisser son voile et à le relever ; la nuit était presque aussi interrompue que le jour.

Quelques religieuses s'adressèrent à moi, et tâchèrent de me faire entendre qu'avec un peu plus de complaisance et d'égards pour la supérieure, tout reviendrait à l'ordre, elles auraient dû dire au désordre accoutumé : je leur répondais tristement : « Je vous plains, mais dites-moi clairement ce qu'il faut que je fasse. » Les unes s'en retournaient en baissant la tête et sans me répondre ; d'autres me donnaient des conseils qu'il m'était impossible d'arranger avec ceux de notre directeur. Je parle de celui qu'on avait révoqué, car pour son successeur, nous ne l'avions pas encore vu.

La supérieure ne sortait plus de nuit. Elle passait des semaines entières sans se montrer ni à l'office, ni au chœur, ni au réfectoire, ni à la récréation. Elle demeurait renfermée dans sa chambre. Elle errait dans les corridors, ou elle descendait à l'église. Elle allait frapper aux portes de ses religieuses, et elle leur disait d'une voix plaintive : « Sœur une telle, priez pour moi ; sœur une telle, priez pour moi. » Le bruit se répandit qu'elle se disposait à une confession générale.

Un jour que je descendis la première à l'église, je vis un papier attaché au voile de la grille ; je m'en approchai et je lus : « Chères sœurs, vous êtes invitées à prier pour une religieuse qui s'est égarée de ses devoirs et qui veut retourner à Dieu. » Je fus tentée de l'arracher, cependant je le laissai. Quelques jours après, c'en était un autre sur lequel on avait écrit : « Chères sœurs, vous êtes invitées à implorer la miséricorde de Dieu sur une religieuse qui a reconnu ses égarements. Ils sont grands. » Un autre jour, c'était une autre invitation qui disait : « Chères sœurs, vous êtes priées de demander à Dieu d'éloigner le désespoir d'une religieuse qui a perdu toute confiance dans la miséricorde divine. » Toutes ces invitations où se peignaient les cruelles vicissitudes de cette âme en peine, m'attristaient profondément. Il m'arriva une fois de demeurer comme un terme vis-à-vis d'un de ces placards. Je m'étais demandé à moi-même, qu'est-ce que c'était que ces égarements qu'elle se reprochait ; d'où venaient les transes de cette femme ? quels crimes elle pouvait avoir à se reprocher ? je revenais sur les exclamations du directeur ; je me rappelais ses expressions ; j'y cherchais un sens ; je n'y en trouvais point, et je demeurais comme absorbée. Quelques religieuses qui me regardaient, causaient entre elles ; et si je ne me suis pas trompée, elles me regardaient comme incessamment menacée des mêmes terreurs.

Cette pauvre supérieure ne se montrait que son voile baissé. Elle ne se mêlait plus des affaires de la maison. Elle ne parlait à personne. Elle avait de fréquentes conférences avec le nouveau directeur qu'on nous avait donné. C'était un jeune bénédictin. Je ne sais s'il lui avait imposé toutes les mortifications qu'elle pratiquait. Elle jeûnait trois jours de la semaine ; elle se macérait ; elle entendait l'office dans les stalles inférieures. Il fallait passer devant sa porte pour aller à l'église ; là, nous la trouvions prosternée, le visage contre terre, et elle ne se relevait que quand il n'y avait plus personne. Les nuits, elle descendait en chemise et nu-pieds. Si Sainte-Thérèse ou moi nous la rencontrions par hasard, elle se retournait et se collait le visage contre le mur. Un jour que je sortais de ma cellule, je la trouvai prosternée, les bras étendus et la face contre terre ; je m'arrêtai et elle me dit : « Avancez, marchez, foulez-moi aux pieds, je ne mérite pas un autre traitement. »

Pendant des mois entiers que cette maladie dura, le reste de la communauté eut le temps de pâtir et de me prendre en aversion. Je ne reviendrai pas sur les désagréments d'une religieuse qu'on hait dans sa maison ; vous en devez être instruit à présent. Je sentis peu à peu renaître le dégoût de mon état. Je portai ce dégoût et mes peines dans le sein du nouveau directeur. Il s'appelle dom Morel. C'est un homme d'un caractère ardent ; il touche à la quarantaine. Il parut m'écouter avec attention et avec intérêt. Il désira connaître les événements de ma vie. Il me fit entrer dans les détails les plus minutieux sur ma famille, sur mes penchants, mon caractère, les maisons où j'avais été, celle où j'étais, sur ce qui s'était passé entre ma supérieure et moi. Je ne lui cachai rien. Il ne me parut pas mettre à la conduite de la supérieure avec moi la même importance que le P. Lemoine. A peine daigna-t-il me jeter là-dessus quelques mots. Il regarda cette affaire comme finie. La chose qui le touchait le plus, c'étaient mes dispositions secrètes sur la vie religieuse. A mesure que je m'ouvrais, sa confiance faisait les mêmes progrès ; si je me confessais à lui, il se confiait à moi ; ce qu'il me disait de ses peines avait la plus parfaite conformité avec les miennes : il était entré en religion malgré lui ; il supportait son état avec mon dégoût, et il n'était guère moins à plaindre que moi.

« Mais, chère sœur, ajoutait-il, que faire à cela ? Il n'y a plus qu'une ressource, c'est de rendre notre condition la moins fâcheuse qu'il sera possible. » Et puis il me donnait les mêmes conseils qu'il suivait ; ils étaient sages. « Avec cela, ajoutait-il, on n'évite pas les chagrins ; on se résout seulement à les supporter. Les personnes religieuses ne sont heureuses qu'autant qu'elles se font un mérite devant Dieu de leurs croix. Alors elles s'en réjouissent ; elles vont au-devant des mortifications ; plus elles sont amères et fréquentes, plus elles s'en félicitent. C'est un échange qu'elles ont fait de leur bonheur présent contre un bonheur à venir ; elles s'assurent celui-ci Par le sacrifice volontaire de celui-là. Quand elles ont bien souffert, elles disent à Dieu : *Amplius, Domine ;* Seigneur, encore davantage... et c'est une prière que Dieu ne manque guère d'exaucer ; mais si leurs peines sont faites pour vous et pour moi comme pour elles, nous ne pouvons pas nous en promettre la même récompense. Nous n'avons pas la seule chose qui leur donnerait de la valeur, la résignation. Cela est triste. Hélas ! comment vous inspirerai-je la vertu qui vous manque et que je n'ai pas ? Cependant sans cela nous nous exposons à être perdus dans l'autre vie, après avoir été bien malheureux dans celle-ci. Au sein des pénitences nous nous damnons presque aussi sûrement que les gens du monde au milieu des plaisirs ; nous nous privons, ils jouissent ; et après cette vie, les mêmes supplices nous attendent. Que la condition d'un religieux, d'une religieuse qui n'est point appelée, est fâcheuse ! c'est la nôtre pourtant ; et nous ne pouvons la changer. On nous a chargés de chaînes pesantes que nous sommes condamnés à secouer sans cesse, sans aucun espoir de les rompre. Tâchons, chère sœur, de les traîner. Allez. Je reviendrai vous voir. »

Il revint quelques jours après. Je le vis au parloir. Je l'examinai de plus près. Il acheva de me confier de sa vie, moi de la mienne une infinité de circonstances qui formaient entre lui et moi, autant de points de contact et de ressemblance ; il avait presque subi les mêmes persécutions domestiques et religieuses. Je ne m'apercevais pas que la peinture de ses dégoûts était peu propre à dissiper les miens, cependant cet effet se produisait en moi ; et je crois que la peinture de mes dégoûts produisait le même effet en lui. C'est ainsi que la ressemblance des caractères se joignant à celle des événements, plus nous nous revoyions, plus nous nous plaisions l'un à l'autre. L'histoire de ses moments c'était l'histoire des miens. L'histoire de ses sentiments, c'était l'histoire des miens. L'histoire de son âme, c'était l'histoire de la mienne.

Lorsque nous nous étions bien entretenus de

nous, nous parlions aussi des autres, et surtout de la supérieure. Sa qualité de directeur le rendait très réservé ; cependant j'aperçus à travers ses discours, que la disposition actuelle de cette femme ne durerait pas ; qu'elle luttait contre elle-même, mais en vain ; et qu'il arriverait de deux choses l'une, ou qu'elle reviendrait incessamment à ses premiers penchants, ou qu'elle perdrait la tête. J'avais la plus forte curiosité d'en savoir davantage. Il aurait bien pu m'éclairer sur des questions que je m'étais faites et auxquelles je n'avais jamais pu me répondre, mais je n'osais l'interroger. Je me hasardai seulement à lui demander s'il connaissait le P. Lemoine.

« Oui, me dit-il, je le connais ; c'est un homme de mérite, il en a beaucoup.

— Nous avons cessé de l'avoir d'un moment à l'autre.

— Il est vrai.

— Ne pourriez-vous point me dire comment cela s'est fait ?

— Je serais fâché que cela transpirât.

— Vous pouvez compter sur ma discrétion.

On a, je crois, écrit contre lui à l'archevêché.

— Et qu'a-t-on pu dire ?

— Qu'il demeurait trop loin de la maison ; qu'on ne l'avait pas quand on voulait. Qu'il était d'une morale trop austère ; qu'on avait quelque raison de le soupçonner des sentiments des novateurs ; qu'il semait la division dans la maison, et qu'il éloignait l'esprit des religieuses de leur supérieure.

— Et d'où savez-vous cela ?

— De lui-même.

— Vous le voyez donc ?

— Oui, je le vois. Il m'a parlé de vous quelquefois.

— Qu'est-ce qu'il vous en a dit ?

— Que vous étiez bien à plaindre ; qu'il ne

concevait pas comment vous aviez pu résister à toutes les peines que vous aviez souffertes ; que, quoiqu'il n'ait eu l'occasion de vous entretenir qu'une fois ou deux, il ne croyait pas que vous puissiez jamais vous accommoder de la vie religieuse. Qu'il avait dans l'esprit... »

Là, il s'arrêta tout court et moi j'ajoutai : « Qu'avait-il dans l'esprit ? »

Dom Morel me répondit : « Ceci est une affaire de confiance trop particulière pour qu'il me soit libre d'achever... »

Je n'insistai pas... j'ajoutai seulement : « Il est vrai que c'est le P. Lemoine qui m'a inspiré de l'éloignement pour ma supérieure.

— Il a bien fait.

— Et pourquoi ?

— Ma sœur, me répondit-il en prenant un air grave, tenez-vous-en à ses conseils, et tâchez d'en ignorer la raison tant que vous vivrez.

— Mais il me semble que si je connaissais le péril, je serais d'autant plus attentive à l'éviter.

— Peut-être aussi serait-ce le contraire.

— Il faut que vous ayez bien mauvaise opinion de moi.

— J'ai de vos mœurs et de votre innocence l'opinion que j'en dois avoir ; mais croyez qu'il y a des lumières funestes que vous ne pourriez acquérir sans y perdre. C'est votre innocence même qui en a imposé à votre supérieure ; plus instruite, elle vous aurait moins respectée.

— Je ne vous entends pas.

— Tant mieux.

— Mais que la familiarité et les caresses d'une femme peuvent-elles avoir de dangereux pour une autre femme ? »

Point de réponse de la part de dom Morel.

« Ne suis-je pas la même que j'étais en entrant ici ? »

Point de réponse de la part de dom Morel.

« N'aurais-je pas continué d'être la même ? Où est donc le mal de s'aimer, de se le dire, de se le témoigner ? cela est si doux !

— Il est vrai, dit dom Morel en levant ses yeux sur moi, qu'il avait toujours tenus baissés, tandis que je parlais.

— Et cela est-il donc si commun dans les maisons religieuses ? Ma pauvre supérieure ! dans quel état elle est tombée !

— Il est fâcheux et je crains bien qu'il n'empire. Elle n'était pas faite pour son état ; et voilà ce qui en arrive tôt ou tard. Quand on s'oppose au penchant général de la nature, cette contrainte la détourne à des affections déréglées, qui sont d'autant plus violentes qu'elles sont mal fondées ; c'est une espèce de folie.

— Elle est folle !

— Oui, elle l'est ; et elle le deviendra davantage.

— Et vous croyez que c'est là le sort qui attend ceux qui sont engagés dans un état auquel ils n'étaient point appelés ?

— Non, pas tous. Il y en a qui meurent auparavant ; il y en a dont le caractère flexible se prête à la longue ; il y en a que des espérances vagues soutiennent quelque temps.

— Et quelles espérances pour une religieuse ?

— Quelles ? D'abord celle de faire résilier ses vœux.

— Et quand on n'a plus celle-là ?

— Celle qu'on trouvera les portes ouvertes un jour ; que les hommes reviendront de l'extravagance d'enfermer dans des sépulcres de jeunes créatures toutes vivantes, et que les couvents seront abolis ; que le feu prendra à la maison ; que les murs de la clôture tomberont ; que quelqu'un les secourra. Toutes ces suppositions roulent par la tête ; on s'en entretient ; on regarde en se promenant dans le jardin sans y penser, si les murs en sont bien hauts ; si l'on est dans sa cellule, on saisit les barreaux de sa grille, et on les ébranle doucement de distraction ; si l'on a la rue sous ses fenêtres, on y regarde ; si l'on entend passer quelqu'un, le cœur palpite, on soupire sourdement après un libérateur. S'il s'élève quelque tumulte dont le bruit pénètre jusque dans la maison, on espère ; on compte sur une maladie qui nous approchera d'un homme, ou qui nous enverra aux eaux.

— Il est vrai, il est vrai, m'écriai-je, vous lisez au fond de mon cœur. Je me suis fait, je me fais sans cesse encore ces illusions.

— Et lorsqu'on vient à les perdre en y réfléchissant ; car ces vapeurs salutaires, que le cœur envoie vers la raison, en sont par intervalles dissipées ; alors on voit toute la profondeur de sa misère ; on se déteste soi-même ; on déteste les autres ; on pleure, on gémit, on crie, on sent les approches du désespoir ; alors les unes courent se jeter aux genoux de leur supérieure et vont y chercher de la consolation ; d'autres se prosternent ou dans leur cellule ou au pied des autels et appellent le Ciel à leur secours ; d'autres déchirent leurs vêtements et s'arrachent leurs cheveux ; d'autres cherchent un puits profond, des fenêtres bien hautes, un lacet, et le trouvent quelquefois ; d'autres après s'être tourmentées longtemps tombent dans une espèce d'abrutissement et restent imbéciles ; d'autres, qui ont des organes faibles et délicats se consument de langueur ; il y en a en qui l'organisation se dérange, l'imagination se trouble et qui deviennent furieuses. Les plus heureuses sont celles en qui les mêmes illusions consolantes renaissent, et les bercent presque jusqu'au tombeau ; leur vie se passe dans les alternatives de l'erreur et du désespoir.

— Et les plus malheureuses, ajoutai-je, apparemment, en poussant un profond soupir, sont celles qui éprouvent successivement tous ces états ?... Ah ! mon père, que je suis fâchée de vous avoir entendu !

— Et pourquoi ?

— Je ne me connaissais pas. Je me connais. Mes illusions dureront moins. Dans les moments... »

J'allais continuer, lorsqu'une autre religieuse entra, et puis une autre, et puis une troisième, et puis quatre, cinq, six, je ne sais combien. La conversation devint générale. Les unes regardaient le directeur ; d'autres l'écoutaient en silence et les yeux baissés ; plusieurs l'interrogeaient à la fois ; toutes se récriaient sur la sagesse de ses réponses. Cependant je m'étais retirée dans un angle où je m'abandonnais à une rêverie profonde. Au milieu de ces entretiens où chacune cherchait à se faire valoir et à fixer la préférence de l'homme saint par son côté avantageux, on entendit arriver quelqu'un à pas lents, s'arrêter par intervalles et pousser des soupirs ; on écouta ; l'on dit à voix basse : « C'est elle ; c'est notre supérieure. » Ensuite l'on se tut, et puis l'on s'assit en rond. Ce l'était en effet. Elle entra. Son voile lui tombait jusqu'à la ceinture ; ses bras étaient croisés sur sa poitrine et sa tête penchée. Je fus la première qu'elle aperçut. A l'instant elle dégagea de dessous son voile une de ses mains dont elle se couvrit les yeux, et se détournant un peu de côté, de l'autre main elle nous fit signe à toutes de sortir. Nous sortîmes en silence et elle demeura seule avec dom Morel.

Je prévois, monsieur le marquis, que vous allez prendre mauvaise opinion de moi, mais puisque je n'ai point eu honte de ce que j'ai fait, pourquoi rougirais-je de l'avouer ? Et puis comment supprimer dans ce récit un événement qui n'a pas laissé que d'avoir des suites ? Disons donc que j'ai un tour d'esprit bien singulier ; lorsque les choses peuvent exciter votre estime ou accroître votre commisération, j'écris bien ou mal, mais avec une vitesse et une facilité incroyables ; mon âme est gaie ; l'expression me vient sans peine ; mes larmes coulent avec douceur ; il me semble que vous êtes présent, que je vous vois et que vous m'écoutez. Si je suis forcée au contraire de me montrer à vos yeux sous un aspect défavorable, je pense avec difficulté, l'expression se refuse, la plume va mal, le caractère même de mon écriture s'en ressent, et je ne continue que parce que je me flatte secrètement que vous ne lirez pas ces endroits. En voici un.

Lorsque toutes nos sœurs furent retirées... — « Eh bien ! que fîtes-vous ? » — Vous ne devinez pas ?.. Non, vous êtes trop honnête pour cela. Je descendis sur la pointe du pied et je vins me placer doucement à la porte du parloir et écouter ce qui se disait là. Cela est fort mal, direz-vous... Oh ! pour cela oui, cela est fort mal. Je me le dis à moi-même ; et mon trouble, les précautions que je pris pour n'être pas aperçue, les fois que je m'arrêtai ; la voix de ma conscience qui me pressait à chaque pas de m'en retourner, ne permettaient pas d'en douter. Cependant la curiosité fut la plus forte, et j'allai. Mais s'il est mal d'avoir été surprendre les discours de deux personnes qui se croyaient seules, n'est-il pas plus mal encore de vous les rendre ? Voilà encore un de ces endroits que j'écris, parce que je me flatte que vous ne me lirez pas. Cependant cela n'est pas vrai, mais il faut que je me le persuade.

Le premier mot que j'entendis après un assez long silence me fit frémir. Ce fut :

« Mon père, je suis damnée... »

Je me rassurai. J'écoutais ; le voile qui jusqu'alors m'avait dérobé le péril que j'avais couru se déchirait lorsqu'on m'appela. Il fallut aller. J'allai donc. Mais, hélas ! je n'en avais que trop entendu. Quelle femme, monsieur le marquis ! quelle abominable femme !...

Ici les Mémoires de la sœur Suzanne sont interrompus. Ce qui suit ne sont plus que les réclames de ce qu'elle se promettait apparemment d'employer dans le reste de son récit. Il paraît que sa supérieure devint folle, et que c'est à son état malheureux qu'il faut rapporter les fragments que je vais transcrire.

Après cette confession, nous eûmes quelques jours de sérénité. La joie rentre dans la communauté, et l'on m'en fait des compliments, que je rejette avec indignation.

Elle ne me fuyait plus ; elle me regardait ; mais ma présence ne me paraissait plus la troubler.

Je m'occupais à lui dérober l'horreur qu'elle m'inspirait, depuis que par une heureuse ou fatale curiosité j'avais appris à la mieux connaître.

Bientôt elle devient silencieuse ; elle ne dit plus que oui, ou non ; elle se promène seule.

Elle se refuse les aliments ; son sang s'allume ; la fièvre la prend, et le délire succède à la fièvre.

Seule, dans son lit, elle me voit ; elle me parle, elle m'invite à m'approcher ; elle m'adresse les propos les plus tendres.

Si elle entend marcher autour de sa chambre, elle s'écrie : « C'est elle qui passe : c'est son pas, je le reconnais. Qu'on l'appelle... Non, non. Qu'on la laisse. »

Une chose singulière, c'est qu'il ne lui arrivait

jamais de se tromper et de prendre une autre pour moi.

Elle riait aux éclats ; le moment d'après, elle fondait en larmes. Nos sœurs l'entouraient en silence, et quelques-unes pleuraient avec elle.

Elle disait tout à coup : « Je n'ai point été à l'église ; je n'ai point prié Dieu. Je veux sortir de ce lit, je veux m'habiller, qu'on m'habille. »

Si l'on s'y opposait elle ajoutait : « Donnez-moi du moins mon bréviaire... » on le lui donnait ; elle l'ouvrait ; elle en tournait les feuillets avec le doigt, et elle continuait de les tourner, lors même qu'il n'y en avait plus. Cependant elle avait les yeux égarés.

Une nuit, elle descendit seule à l'église. Quelques-unes de nos sœurs la suivirent. Elle se prosterna sur les marches de l'autel ; elle se mit à gémir, à soupirer, à prier tout haut ; elle sortit ; elle rentra ; elle dit. « Qu'on l'aille chercher, c'est une âme si pure ! c'est une créature si innocente ! si elle joignait ses prières aux miennes... » puis s'adressant à toute la communauté et se tournant vers des stalles qui étaient vides, elle criait : « Sortez, sortez toutes ; qu'elle reste seule avec moi. Vous n'êtes pas dignes d'en approcher ; si vos voix se mêlaient à la sienne, votre encens profane corromprait devant Dieu la douceur du sien. Qu'on s'éloigne. Qu'on s'éloigne. » Puis elle m'exhortait à demander au Ciel assistance et pardon ; elle voyait Dieu ; le ciel lui paraissait se sillonner d'éclairs, s'entrouvrir et gronder sur sa tête ; des anges en descendaient en courroux ; les regards de la Divinité la faisaient trembler. Elle courait de tous côtés ; elle se renfonçait dans les angles obscurs de l'église ; elle demandait miséricorde ; elle se collait la face contre terre ; elle s'y assoupissait. La fraîcheur humide du lieu l'avait saisie ; on la transportait dans sa cellule comme morte.

Cette terrible scène de la nuit, elle l'ignorait le lendemain. Elle disait : « Où sont nos sœurs ? je ne vois plus personne. Je suis restée seule dans cette maison. Elles m'ont toutes abandonnée, et Sainte-Thérèse aussi. Elles ont bien fait... Puisque Sainte-Suzanne n'y est plus ; je puis sortir ; je ne la rencontrerai pas... Ah, si je la rencontrais ! mais elle n'y est plus, n'est-ce pas ? n'est-ce pas qu'elle n'y est plus ?... Heureuse la maison qui la possède !... Elle dira tout à sa nouvelle supérieure ; que pensera-t-elle de moi ?... Est-ce que Sainte-Thérèse est morte ? j'ai entendu sonner en mort toute la nuit... La pauvre fille ! elle est perdue à jamais ; et c'est moi ; c'est moi... Un jour, je lui serai confrontée ; que lui dirai-je ? que lui répondrai-je ? Malheur à elle ! Malheur à moi ! »

Dans un autre moment, elle disait : « Nos sœurs sont-elles revenues ? Dites-leur que je suis bien malade... soulevez mon oreiller... délacez-moi... Je sens là quelque chose qui m'oppresse... La tête me brûle. Ôtez-moi mes coiffes... Je veux me laver... Apportez-moi de l'eau. Versez. Versez encore... Elles sont blanches ; mais la souillure de l'âme est restée... Je voudrais être morte. Je voudrais n'être point née. Je ne l'aurais point vue. »

Un matin, on la trouva pieds nus, en chemise échevelée, hurlant, écumant et courant autour de sa cellule, les mains posées sur ses oreilles, les yeux fermés et le corps pressé contre la muraille... « Éloignez-vous de ce gouffre ; entendez-vous ces cris ? ce sont les enfers ; il s'élève de cet abîme profond des feux que je vois. Du milieu des feux j'entends des voix confuses qui m'appellent... Mon Dieu, ayez pitié de moi... Allez vite, sonnez ; assemblez la communauté ; dites qu'on prie pour moi, je prierai aussi. Mais à peine fait-il jour, nos sœurs dorment... Je n'ai pas fermé l'œil de la nuit. Je voudrais dormir, et je ne saurais. »

Une de nos sœurs lui disait : « Madame, vous avez quelque peine ; confiez-la-moi, cela vous soulagera peut-être.

— Sœur Agathe, écoutez. Approchez-vous de moi... plus près... plus près encore. Il ne faut pas qu'on nous entende. Je vais tout révéler, tout ; mais gardez-moi le secret. Vous l'avez vue ?

— Qui, madame ?

— N'est-il pas vrai que personne n'a la même douceur ? Comme elle marche ! quelle décence ! quelle noblesse ! quelle modestie !... Allez à elle ; dites-lui... Eh ! non, ne dites rien ; n'allez pas. Vous n'en pourriez approcher. Les anges du Ciel la gardent, ils veillent autour d'elle ; je les ai vus. Vous les verriez ; vous en seriez effrayée comme moi. Restez... si vous alliez, que lui diriez-vous ? Inventez quelque chose dont elle ne rougisse pas...

— Mais, madame, si vous consultiez notre directeur.

— Oui, mais oui... Non non ; je sais ce qu'il me dira ; je l'ai tant entendu... De quoi l'entretiendrais-je ? Si je pouvais perdre la mémoire ? Si je pouvais rentrer dans le néant, ou renaître !... N'appelez point le directeur ; j'aimerais mieux qu'on me lût la passion de Notre-Seigneur Jésus-Christ. Lisez... Je commence à respirer... Il ne faut qu'une goutte de ce sang pour me purifier... Voyez, il s'élance en bouillonnant de son côté... Inclinez cette plaie sacrée sur ma tête... Son sang coule sur moi et ne s'y attache pas... Je suis perdue !... Éloignez ce christ... Rapportez-le-moi... » On le lui rapportait ; elle le serrait entre ses bras ; elle le baisait partout ; et puis elle ajoutait : « Ce sont ses yeux ; c'est sa bouche ; quand la reverrai-je ?... Sœur Agathe, dites-lui que je l'aime ; peignez-lui bien mon état ; dites-lui que je meurs. »

Elle fut saignée ; on lui donna les bains ; mais

son mal semblait s'accroître par les remèdes. Je n'ose vous décrire toutes les actions indécentes qu'elle fit, vous répéter tous les discours malhonnêtes qui lui échappèrent dans son délire. A tout moment elle portait sa main à son front, comme pour en écarter des idées importunes, des images, que sais-je quelles images ! elle se renfonçait la tête dans son lit ; elle se couvrait le visage de ses draps. « C'est le Tentateur, disait-elle, c'est lui. Quelle forme bizarre il a prise ! Prenez de l'eau bénite. Jetez de l'eau bénite sur moi... Cessez, cessez, il n'y est plus. »

On ne tarda pas à la séquestrer. Mais sa prison ne fut pas si bien gardée qu'elle ne réussît un jour à s'en échapper. Elle avait déchiré ses vêtements ; elle parcourait les corridors toute nue ; seulement deux bouts de corde rompue descendaient de ses deux bras ; elle criait : « Je suis votre supérieure ; vous en avez toutes fait le serment ; qu'on m'obéisse. Vous m'avez emprisonnée ; malheureuses, voilà donc la récompense de mes bontés ! vous m'offensez, parce que je suis trop bonne. Je ne le serai plus... au feu !... au meurtre !... au voleur !... à mon secours !... à moi sœur Thérèse... à moi sœur Suzanne... »

Cependant on l'avait saisie ; et on la reconduisait dans sa prison ; et elle disait : « Vous avez raison ; vous avez raison. Hélas ! je suis devenue folle. Je le sens. »

Quelquefois elle paraissait obsédée du spectacle de différents supplices. Elle voyait des femmes la corde au cou ; ou les mains liées sur le dos ; elle en voyait avec des torches à la main ; elle se joignait à celles qui faisaient amende honorable. Elle se croyait conduite à la mort. Elle disait au bourreau : « J'ai mérité mon sort, je l'ai mérité. Encore si ce tourment était le dernier ; mais c'est une éternité ! une éternité de feux ! »

Je ne dis rien ici qui ne soit vrai ; et tout ce que j'aurais encore à dire de vrai ne me revient pas ou je rougirais d'en souiller ces papiers.

Après avoir vécu plusieurs mois dans cet état déplorable, elle mourut. Quelle mort, monsieur le marquis ! je l'ai vue, je l'ai vue la terrible image du désespoir et du crime, à sa dernière heure. Elle se croyait entourée d'esprits infernaux. Ils attendaient son âme pour s'en saisir. Elle disait d'une voix étouffée : « Les voilà ! les voilà... » et leur opposant de droite et de gauche un christ qu'elle tenait à la main, elle hurlait ; elle criait... « Mon Dieu... mon Dieu... » La sœur Thérèse la suivit de près ; et nous eûmes une autre supérieure âgée et pleine d'humeur et de superstition.

On m'accuse d'avoir ensorcelé sa devancière ; elle le croit, et mes chagrins se renouvellent.

Le nouveau directeur est également persécuté de ses supérieurs, et me persuade de me sauver de la maison.

Ma fuite est projetée. Je me rends dans le jardin entre onze heures et minuit. On me jette des cordes, je les attache autour de moi ; elles se cassent, et je tombe ; j'ai les jambes dépouillées, et une violente contusion aux reins. Une seconde, une troisième tentative m'élèvent au haut du mur. Je descends. Quelle est ma surprise ! au lieu d'une chaise de poste dans laquelle j'espérais d'être reçue, je trouve un mauvais carrosse public. Me voilà sur le chemin de Paris, avec un jeune bénédictin. Je ne tardai pas à m'apercevoir, au ton indécent qu'il prenait et aux libertés qu'il se permettait, qu'on ne tenait avec moi aucune des conditions qu'on avait stipulées. Alors je regrettai ma cellule, et je sentis toute l'horreur de ma situation.

C'est ici que je peindrai ma scène dans le fiacre. Quelle scène ! Quel homme !

Je crie. Le cocher vient à mon secours. Rixe violente entre le fiacre et le moine.

J'arrive à Paris. La voiture arrête dans une petite rue, à une porte étroite qui s'ouvrait dans une allée obscure et malpropre. La maîtresse du logis vient au-devant de moi, et m'installe à l'étage le plus élevé dans une petite chambre où je trouve à peu près les meubles nécessaires. Je reçois des visites de la femme qui occupait le premier. « Vous êtes jeune ; vous devez vous ennuyer. Mademoiselle, descendez chez moi ; vous y trouverez bonne compagnie en hommes et en femmes pas toutes aussi aimables mais presque aussi jeunes que vous. On cause, on joue, on chante, on danse ; nous réunissons toutes les sortes d'amusements. Si vous tournez la tête à tous nos cavaliers, je vous jure que nos dames n'en seront ni jalouses ni fâchées. Venez, mademoiselle... » Celle qui me parlait ainsi était d'un certain âge. Elle avait le regard tendre, la voix douce, et le propos très insinuant.

Je passe une quinzaine dans cette maison, exposée à toutes les instances de mon perfide ravisseur, et à toutes les scènes tumultueuses d'un lieu suspect, épiant à chaque instant l'occasion de m'échapper.

Un jour enfin je la trouvai ; la nuit était avancée. Si j'eusse été voisine de mon couvent, j'y retournais. Je cours sans savoir où je vais. Je suis arrêtée par des hommes ; la frayeur me saisit ; je tombe évanouie de fatigue sur le seuil de la boutique d'un chandelier. On me secourt. En revenant à moi, je me trouve étendue sur un grabat, environnée de plusieurs personnes. On me demanda qui j'étais ; je ne sais ce que je répondis. On me donna la servante de la maison pour me conduire. Je prends son bras. Nous marchons. Nous avions déjà fait beaucoup de chemin, lorsque cette fille me dit : « Mademoiselle, vous savez apparemment où nous allons ?

— Non, mon enfant ; à l'hôpital, je crois.

— A l'hôpital ? est-ce que vous seriez hors de maison ?

— Hélas ! oui.

— Qu'avez-vous donc fait pour avoir été chassée à l'heure qu'il est ? Mais nous voilà à la porte Sainte-Catherine ; voyons si nous pourrions nous faire ouvrir ; en tout cas, ne craignez rien, vous ne resterez pas dans la rue ; vous coucherez avec moi. »

Je reviens chez le chandelier. Effroi de la servante, lorsqu'elle voit mes jambes dépouillées de leur peau par la chute que j'avais faite en sortant du couvent. J'y passe la nuit. Le lendemain au soir, je retourne à Sainte-Catherine. J'y demeure trois jours au bout desquels on m'annonce qu'il faut, ou me rendre à l'hôpital général, ou prendre la première condition qui s'offrira.

Danger que je courus à Sainte-Catherine de la part des hommes et des femmes ; car c'est là, à que qu'on m'a dit depuis, que les libertins et les matrones de la ville vont se pourvoir. L'attente de la misère ne donna aucune force aux séductions grossières auxquelles j'y fus exposée. Je vends mes hardes, et j'en choisis de plus conformes à mon état.

J'entre au service d'une blanchisseuse, chez laquelle je suis actuellement. Je reçois le linge et je le repasse. Ma journée est pénible, je suis mal nourrie, mal logée, mal couchée, mais en revanche traitée avec humanité. Le mari est cocher de place ; sa femme est un peu brusque ; mais bonne du reste. Je serais assez contente de mon sort, si je pouvais espérer d'en jouir paisiblement.

J'ai appris que la police s'était saisie de mon ravisseur et l'avait remis entre les mains de ses supérieurs. Le pauvre homme ! il est plus à plaindre que moi. Son attentat a fait du bruit, et vous ne savez pas la cruauté avec laquelle les religieux punissent les fautes d'éclat. Un cachot sera sa demeure pour le reste de sa vie ; et c'est le sort qui m'attend si je suis reprise ; mais il y vivra plus longtemps que moi.

La douleur de ma chute se fait sentir. Mes jambes sont enflées, et je ne saurais faire un pas. Je travaille assise, car j'aurais peine à me tenir debout. Cependant j'appréhende le moment de ma guérison, alors quel prétexte aurai-je pour ne point sortir, et à quel péril ne m'exposerai-je pas, en me montrant ? Mais heureusement, j'ai encore du temps devant moi.

Mes parents qui ne peuvent douter que je ne sois à Paris, font sûrement toutes les perquisitions imaginables. J'avais résolu d'appeler M. Manouri dans mon grenier, de prendre et de suivre ses conseils ; mais il n'était plus.

Je vis dans des alarmes continuelles. Au moindre bruit que j'entends dans la maison, sur l'escalier, dans la rue, la frayeur me saisit, je tremble comme la feuille, mes genoux me refusent le soutien, et l'ouvrage me tombe des mains.

Je passe presque toutes les nuits sans fermer l'œil ; si je dors, c'est d'un sommeil interrompu ; je parle ; j'appelle ; je crie ; je ne conçois pas comment ceux qui m'entourent ne m'ont pas encore devinée.

Il paraît que mon évasion est publique. Je m'y attendais. Une de mes camarades m'en parlait hier, y ajoutant des circonstances odieuses, et les réflexions les plus propres à désoler ; par bonheur elle étendait sur des cordes le linge mouillé, le dos tourné à la lampe ; et mon trouble n'en pouvait être aperçu. Cependant ma maîtresse ayant remarqué que je pleurais m'a dit : « Marie, qu'avez-vous ? — Rien, lui ai-je répondu. — Quoi donc, a-t-elle ajouté, est-ce que vous seriez assez bête pour vous apitoyer sur une mauvaise religieuse sans mœurs, sans religion, et qui s'amourache d'un vilain moine avec lequel elle se sauve de son couvent ? Il faudrait que vous eussiez bien de la compassion de reste. Elle n'avait qu'à boire, manger, prier Dieu et dormir ; elle était bien où elle était, que ne s'y tenait-elle ? Si elle avait été seulement trois ou quatre fois à la rivière par le temps qu'il fait, cela l'aurait raccommodée avec son état... » A cela j'ai répondu qu'on ne connaissait bien que ses peines. J'aurais mieux fait de me taire. Car elle n'aurait pas ajouté : « Allez, c'est une coquine que Dieu punira... » A ce propos, je me suis penchée sur ma table, et j'y suis restée jusqu'à ce que ma maîtresse m'ait dit : « Mais, Marie, à quoi rêvez-vous donc ? Tandis que vous dormez là, l'ouvrage n'avance pas. »

Je n'ai jamais eu l'esprit du cloître, et il y paraît assez à ma démarche. Mais je me suis accoutumée en religion à certaines pratiques que je répète machinalement ; par exemple une cloche vient-elle à sonner ? ou je fais le signe de la croix, ou je m'agenouille. Frappe-t-on à la porte ? je dis *Ave*. M'interroge-t-on ? c'est toujours une réponse qui finit par oui ou non, chère mère, ou ma sœur. S'il survient un étranger, mes bras vont se croiser sur ma poitrine, et au lieu de faire la révérence, je m'incline. Mes compagnes se mettent à rire, et croient que je m'amuse à contrefaire la religieuse ; mais il est impossible que leur erreur dure ; mes étourderies me décèleront, et je serai perdue. Monsieur, hâtez-vous de me secourir. Vous me direz sans doute : Enseignez-moi ce que je puis faire pour vous. Le voici ; mon ambition n'est pas grande. Il me faudrait une place de femme de chambre ou de femme de charge, ou même de simple domestique, pourvu que je vécusse ignorée dans une campagne, au fond d'une province, chez d'honnêtes gens qui ne reçussent pas un grand monde. Les gages n'y feront rien. De la sécurité, du repos, du pain et de l'eau. Soyez très assuré qu'on sera satisfait de mon service. J'ai appris dans la maison de mon père à travailler, et au couvent, à obéir. Je suis jeune. J'ai le caractère très doux. Quand mes jambes seront guéries, j'aurai plus de force qu'il n'en faut pour suffire à l'occupation. Je sais coudre, filer, broder et blanchir. Quand j'étais dans le monde, je raccommodais moi-même mes dentelles, et j'y serai bientôt remise. Je ne suis maladroite à rien, et je saurai m'abaisser à tout. J'ai de la voix ; je sais la musique, et je touche assez bien du clavecin pour amuser quelque mère qui en aurait le goût ; et j'en pourrais même donner leçon à ses enfants ; mais je craindrais d'être trahie par ces marques d'une éducation recherchée. S'il fallait apprendre à coiffer, j'ai du goût, je prendrais un maître, et je ne tarderais pas à me procurer ce petit talent. Monsieur, une condition supportable, s'il se peut, ou une condition telle quelle, c'est tout ce qu'il me faut et je ne souhaite rien au-delà. Vous pouvez répondre de mes mœurs ; malgré les apparences, j'en ai. J'ai même de la piété. Ah ! monsieur, tous mes maux seraient finis ; et je n'aurais plus rien à craindre des hommes, si Dieu ne m'avait arrêtée. Ce puits profond situé au bout du jardin de la maison, combien je l'ai visité de fois ! si je ne m'y suis pas précipitée, c'est qu'on m'en laissait l'entière liberté. J'ignore quel est le destin qui m'est réservé. Mais s'il faut que je rentre un jour dans un couvent, quel qu'il soit, je ne réponds de rien. Il y a des puits partout. Monsieur, ayez pitié de moi, et ne vous préparez pas à vous-même de longs regrets.

Post. Scpt. Je suis accablée de fatigues, la terreur m'environne, et le repos me fuit. Ces mémoires, que j'écrivais à la hâte, je viens de les relire à tête reposée, et je me suis aperçue que sans en avoir eu le moindre projet, je m'étais montrée à chaque ligne aussi malheureuse à la vérité que je l'étais, mais beaucoup plus aimable que je ne le suis. Serait-ce que nous croyons les hommes moins sensibles à la peinture de nos peines qu'à l'image de nos charmes, et nous promettrions-nous encore plus de facilité à les séduire qu'à les toucher ? Je les connais trop peu et je ne suis pas assez étudiée pour savoir cela. Cependant si le marquis, à qui l'on accorde le tact le plus délicat, venait à se persuader que ce n'est pas à sa bienfaisance mais à son vice que je m'adresse, que penserait-il de moi ? Cette réflexion m'inquiète. En vérité, il aurait bien tort de m'imputer personnellement un instinct propre à tout mon sexe. Je suis une femme, peut-être un peu coquette, que sais-je ? mais c'est naturellement et sans artifice.

PRÉFACE
DU PRÉCÉDENT OUVRAGE

TIRÉE DE LA CORRESPONDANCE LITTÉRAIRE
DE M. GRIMM*

[La Religieuse de M. de la Harpe a réveillé ma conscience endormie depuis dix ans, en me rappelant un horrible complot dont j'avais été l'âme, de concert avec M. Diderot, et deux ou trois autres bandits de cette trempe de nos amis intimes. Ce n'est pas trop tôt de s'en confesser, et de tâcher, en ce saint temps de carême, d'en obtenir la rémission avec mes autres péchés, et de noyer le tout dans le puits perdu des miséricordes divines.

L'année 1760 est marquée dans les fastes des badauds en Parisis par la réputation soudaine et éclatante de Ramponeau, et par la comédie des *Philosophes*, jouée en vertu d'ordres supérieurs sur le théâtre de la Comédie-Française. Il ne reste aujourd'hui de toute cette entreprise qu'un souvenir plein de mépris pour l'auteur de cette belle rhapsodie, appelé *Palissot*, qu'aucun de ses protecteurs ne s'est soucié de partager ; les plus grands personnages, en favorisant en secret son entreprise, se croyaient obligés de s'en défendre en public, comme d'une tache de déshonneur. Tandis que ce scandale occupait tout Paris, M. Diderot, que ce polisson d'Aristophane français avait choisi pour son Socrate, fut le seul qui ne s'en occupait pas.

---

* Le manuscrit porte : année 1760. La présentation de Grimm, reproduite ici entre crochets, et les lettres-préface ont paru dans la livraison du 15 mars 1770.

Mais quelle était notre occupation ! Plût à Dieu qu'elle eût été innocente ! L'amitié la plus tendre nous attachait depuis longtemps à M. le marquis de Croismare, ancien officier du régiment du Roi, retiré du service, et un des plus aimables hommes de ce pays-ci. Il était à peu près de l'âge de M. de Voltaire ; et il conserve comme cet homme immortel la jeunesse de l'esprit avec une grâce, une légèreté et des agréments dont le piquant ne s'est jamais émoussé pour moi. On peut dire qu'il est un de ces hommes aimables dont la tournure et le moule ne se trouvent qu'en France, quoique l'amabilité ainsi que la maussaderie soient de tous les pays de la terre. Il ne s'agit pas ici des qualités du cœur, de l'élévation des sentiments, de la probité la plus stricte et la plus délicate, qui rendent M. de Croismare aussi respectable pour ses amis qu'il leur est cher ; il n'est question que de son esprit. Une imagination vive et riante, un tour de tête original, des opinions qui ne sont arrêtées qu'à un certain point, et qu'il adopte ou qu'il proscrit alternativement, de la verve toujours modérée par la grâce, une activité d'âme incroyable, qui, combinée avec une vie oisive et avec la multiplicité des ressources de Paris, le porte aux occupations les plus diverses et les plus disparates, lui fait créer des besoins que personne n'a jamais imaginés avant lui, et des moyens tout aussi étrangers pour les satisfaire, et par conséquent une infinité de jouissances qui se succèdent les unes aux autres : voilà une partie des éléments qui constituent l'être de M. de Croismare, appelé par ses amis le charmant marquis par excellence, comme l'abbé Galiani était pour eux le charmant abbé. M. Diderot, comparant sa bonhomie au tour piquant du marquis de Croismare, lui dit quelquefois : *Votre plaisanterie est comme la flamme de l'esprit-de-vin, douce et légère,*

*qui se promène partout sur ma toison, mais sans
jamais la brûler.*]

Ce charmant marquis nous avait quittés au
commencement de l'année 1759 pour aller dans ses
terres en Normandie, près de Caen. Il nous avait
promis de ne s'y arrêter que le temps nécessaire
pour mettre ses affaires en ordre ; mais son séjour
s'y prolongea insensiblement, il y avait réuni ses
enfants ; il aimait beaucoup son curé ; il s'était livré
à la passion du jardinage ; et comme il fallait à une
imagination aussi vive que la sienne des objets
d'attachement réels ou imaginaires, il s'était tout à
coup jeté dans la plus grande dévotion. Malgré
cela, il nous aimait toujours tendrement, mais vrai-
semblablement nous ne l'aurions jamais revu à
Paris, s'il n'avait pas successivement perdu ses
deux fils. Cet événement nous l'a rendu depuis
environ quatre ans, après une absence de plus de
huit ; sa dévotion s'est évaporée comme tout s'éva-
pore à Paris, et il est aujourd'hui plus aimable que
jamais.

Comme sa perte nous était infiniment sensible,
nous délibérâmes en 1760, après l'avoir supportée
pendant plus de quinze mois, sur les moyens de
l'engager à revenir à Paris. L'auteur des mémoires
qui précèdent se rappela que quelque temps avant
son départ on avait parlé dans le monde avec beaucoup d'intérêt d'une jeune religieuse de Longchamp qui réclamait juridiquement contre ses
vœux, auxquels elle avait été forcée par ses parents.
Cette pauvre recluse intéressa tellement notre marquis que, sans l'avoir vue, sans savoir son nom,
sans même s'assurer de la vérité des faits, il alla
solliciter en sa faveur tous les conseillers de grand-
chambre du parlement de Paris. Malgré cette inter-
cession généreuse, je ne sais par quel malheur, la

sœur Suzanne Simonin perdit son procès, et ses vœux furent jugés valables.

M. Diderot résolut de faire revivre cette aventure à notre profit. Il supposa que la religieuse en question avait eu le bonheur de se sauver de son couvent, et en conséquence écrivit en son nom à M. de Croismare pour lui demander secours et protection. Nous ne désespérions pas de le voir arriver en toute diligence au secours de sa religieuse, ou s'il devinait la scélératesse au premier coup d'œil et que notre projet manquât, nous étions sûrs qu'il nous en resterait du moins une ample matière à plaisanterie. Cette insigne fourberie prit une tout autre tournure, comme vous allez voir par la correspondance que je vais mettre sous vos yeux, entre M. Diderot ou la prétendue religieuse et le loyal et charmant marquis de Croismare, qui ne se douta pas un instant de notre perfidie ; c'est cette perfidie que nous avons eue longtemps sur notre conscience. Nous passions alors nos soupers à lire, au milieu des éclats de rire, des lettres qui devaient faire pleurer notre bon marquis, et nous y lisions avec ces mêmes éclats de rire les réponses honnêtes que ce digne et généreux ami y faisait. Cependant dès que nous nous aperçûmes que le sort de notre infortunée commençait à trop intéresser son tendre bienfaiteur, M. Diderot prit le parti de la faire mourir, préférant de causer quelque chagrin au marquis au danger évident de le tourmenter plus cruellement peut-être en la laissant vivre plus longtemps. Depuis son retour à Paris, nous lui avons avoué ce complot d'iniquité, il en a ri comme vous pouvez penser, et le malheur de la pauvre religieuse n'a fait que resserrer les liens d'amitié entre ceux qui lui ont survécu ; cependant il n'en a jamais parlé à M. Diderot. Une circonstance qui n'est pas la moins singulière, c'est que, tandis que cette mystification échauffait la tête de notre ami en Normandie, celle de M. Diderot s'échauffait de son côté. Celui-ci, persuadé que le marquis ne donnerait pas un asile dans sa maison à une jeune personne sans la connaître, se mit à écrire en détail l'histoire dé notre religieuse. Un jour qu'il était tout entier à ce travail, M. d'Alainville, un de nos amis communs, lui rendit visite, et le trouva plongé dans la douleur et le visage inondé de larmes. « Qu'avez-vous donc ? lui dit M. d'Alainville. Comme vous voilà ! — Ce que j'ai, lui répondit M. Diderot ; je me désole d'un conte que je me fais... » Il est certain que s'il eût achevé cette histoire elle serait devenue un des romans les plus vrais, les plus intéressants et les plus pathétiques que nous ayons. On n'en pouvait pas lire une page sans verser des pleurs ; et cependant il n'y avait point d'amour ; ouvragé de génie, qui présentait partout la plus forte empreinte de l'imagination de l'auteur ; ouvrage d'une utilité publique et générale, car c'était la plus cruelle satire qu'on eût jamais faite des cloîtres ; elle était d'autant plus dangereuse que la première partie n'en renfermait que des éloges ; sa jeune religieuse était d'une dévotion angélique, et conservait dans son cœur simple et tendre le respect le plus sincère pour tout ce qu'on lui avait appris à respecter. Mais ce roman n'a jamais existé que par lambeaux, et en est resté là ; il est perdu, ainsi qu'une infinité d'autres productions d'un homme rare qui se serait immortalisé par vingt chefs-d'œuvre, si meilleur économe de son temps il ne l'eût pas abandonné à mille indiscrets, que je cite tous au jugement dernier, où ils répondront devant Dieu et devant les hommes du délit dont ils sont coupables.

(Et j'ajouterai, moi qui connais un peu M. Diderot, que ce roman, il l'a achevé et que ce sont les mémoires mêmes qu'on vient de lire, où l'on a dû remarquer combien il importait de se méfier des éloges de l'amitié).

Cette correspondance et notre repentir sont donc tout ce qui nous reste de notre pauvre religieuse. Vous voudrez bien vous souvenir que les lettres signées Madin, ou Suzanne Simonin ont été fabriquées par cet enfant de Bélial, et que toutes les lettres du généreux protecteur de la recluse sont véritables et ont été écrites de bonne foi, ce qu'on eut toutes les peines du monde à persuader à M. Diderot, qui se croyait persiflé par le marquis et par ses amis.

BILLET
DE LA RELIGIEUSE À M. LE COMTE DE CROISMARE, GOUVERNEUR DE L'ÉCOLE ROYALE MILITAIRE

Une femme malheureuse, à laquelle M. le marquis de Croismare s'est intéressé il y a trois ans, lorsqu'il demeurait à côté de l'Académie de musique, apprend qu'il demeure à présent à l'École militaire. Elle envoie savoir si elle pourrait encore compter sur ses bontés maintenant qu'elle est plus à plaindre que jamais.

Un mot de réponse s'il lui plaît. Sa situation est pressante, et il est de conséquence que la personne qui lui remettra ce billet n'en soupçonne rien.

ON A RÉPONDU :

Qu'on se trompait et que le M. de Croismare en question était actuellement à Caen.

Ce billet était écrit de la main d'une jeune personne dont nous nous servîmes pendant tout le

222

cours de cette correspondance. Un page du coin le porta à l'École militaire, et nous rapporta la réponse verbale. M. Diderot jugea cette première démarche nécessaire par plusieurs bonnes raisons. La religieuse avait l'air de confondre les deux cousins ensemble et d'ignorer la véritable orthographe de leur nom : elle apprenait par ce moyen bien naturellement que son protecteur était à Caen. Il se pouvait que le gouverneur de l'École militaire plaisantât son cousin à l'occasion de ce billet et le lui envoyât, ce qui donnait un grand air de vérité à notre vertueuse aventurière. Ce gouverneur, très aimable ainsi que tout ce qui porte son nom, était aussi ennuyé de l'absence de son cousin que nous, et nous espérions le ranger au nombre des conspirateurs. Après sa réponse, la religieuse écrivit à Caen.

LETTRE

Monsieur, je ne sais à qui j'écris, mais dans la détresse où je me trouve, qui que vous soyez, c'est à vous que je m'adresse. Si l'on ne m'a point trompée à l'Ecole militaire et que vous soyez le marquis généreux que je cherche, je bénirai Dieu ; si vous ne l'êtes pas, je ne sais ce que je ferai. Mais je me rassure sur le nom que vous portez ; j'espère que vous secourrez une infortunée, que vous, monsieur, ou un autre M. de Croismare qui n'est pas celui de l'École militaire, avez appuyée de votre sollicitation dans une tentative inutile qu'elle fit, il y a deux ans, pour se tirer d'une prison perpétuelle à laquelle la dureté de ses parents l'avait condamnée. Le désespoir vient de me porter à une seconde démarche dont vous aurez sans doute entendu parler ; je me suis sauvée de mon couvent. Je ne pouvais plus supporter mes peines, et il n'y avait que cette voie, ou un plus grand forfait encore, pour me procurer une liberté que j'avais espérée de l'équité des lois.

Monsieur, si vous avez été autrefois mon protecteur, que ma situation présente vous touche et qu'elle réveille dans votre cœur quelque sentiment de pitié ! Peut-être trouverez-vous de l'indiscrétion à avoir recours à un inconnu dans une circonstance pareille à la mienne. Hélas ! monsieur, si vous saviez l'abandon où je suis réduite, si vous aviez quelque idée de l'inhumanité dont on punit les fautes d'éclat dans les maisons religieuses, vous m'excuseriez ; mais vous avez l'âme sensible, et vous craindrez de vous rappeler un jour une créature innocente jetée, pour le reste de sa vie, dans le fond d'un cachot. Secourez-moi, monsieur, secourez-moi ; c'est une bonne œuvre dont vous vous souviendrez avec satisfaction tant que vous vivrez, et que Dieu récompensera dans ce monde ou dans l'autre. Surtout, monsieur, songez que je vis dans une alarme perpétuelle et que je vais compter les moments. Mes parents ne peuvent douter que je ne sois à Paris, ils font sûrement toutes sortes de perquisitions pour me découvrir ; ne leur laissez pas le temps de me trouver. Jusqu'à présent j'ai subsisté de mon travail et des secours d'une digne femme que j'avais pour amie et à laquelle vous pouvez adresser votre réponse. Elle s'appelle Mme Madin, elle demeure à Versailles. Cette bonne amie me fournira tout ce qu'il me faudra pour mon voyage, et quand je serai placée, je n'aurai plus besoin de rien, et ne lui serai plus à charge. Monsieur, ma conduite justifiera la protection que vous m'aurez accordée : quelle que soit la réponse que vous me ferez, je ne me plaindrai que de mon sort.

Voici l'adresse de Mme Madin : *A madame Madin, au pavillon de Bourgogne, rue d'Anjou, à Versailles.*

Vous aurez la bonté de mettre deux enveloppes, avec son adresse sur la première, et une croix sur la seconde.

Mon Dieu, que je désire d'avoir votre réponse ! Je suis dans des transes continuelles.

Votre très humble et très obéissante servante,

Signé : SUZANNE SIMONIN.

Cette lettre se trouve plus étendue à la fin du roman où M. Diderot l'inséra, lorsqu'après un oubli de vingt et un ans, cette ébauche informe lui étant tombée entre les mains, il se détermina à la retoucher.

Nous avions besoin d'une adresse pour recevoir les réponses, et nous choisîmes une certaine Mme Madin, femme d'un ancien officier d'infanterie, qui vivait réellement à Versailles. Elle ne savait rien de notre coquinerie, ni des lettres que nous lui fîmes écrire à elle-même par la suite, et pour lesquelles nous nous servîmes de l'écriture d'une autre jeune personne. Mme Madin était seulement prévenue qu'il fallait recevoir et me remettre toutes les lettres timbrées *Caen*. Le hasard voulut que M. de Croismare, après son retour à Paris, et environ huit ans après notre péché, trouvât Mme Madin un matin chez une femme de nos amies qui avait été du complot ; ce fut un vrai coup de théâtre ; M. de Croismare se proposait de prendre mille informations sur une infortunée qui l'avait tant intéressé et dont Mme Madin ignorait jusqu'à l'existence. Ce fut aussi le moment de notre confession générale et celui de notre absolution.

RÉPONSE

DE M. LE MARQUIS DE CROISMARE

Mademoiselle, votre lettre est parvenue à la personne même que vous réclamiez. Vous ne vous êtes point trompée sur ses sentiments, et vous pouvez partir aussitôt pour Caen, si une place à côté d'une jeune demoiselle vous convient.

Que la dame votre amie me mande qu'elle m'envoie une femme de chambre telle que je la puis désirer, avec tel éloge qu'il lui plaira de vos qualités, sans entrer dans aucun autre détail d'état. Qu'elle me marque aussi le nom que vous aurez choisi, la voiture par laquelle vous arriverez et le jour, s'il se peut, de votre départ. Si vous preniez la voiture du carrosse de Caen, vous vous y rendriez le lundi de grand matin, pour arriver ici le vendredi ; il loge à Paris, rue Saint-Denis, au *Grand-Cerf*. S'il ne se trouvait personne pour vous recevoir à votre arrivée à Caen, vous vous adresseriez de ma part, en attendant, chez M. Gassion, vis-à-vis la place Royale. Comme l'incognito est d'une extrême nécessité de part et d'autre, que la dame votre amie me renvoie cette lettre, à laquelle, quoique non signée, vous pouvez ajouter foi entière. Gardez-en seulement le cachet qui servira à vous faire connaître à Caen à la personne à qui vous vous adresserez.

Suivez, mademoiselle, exactement et diligemment ce que cette lettre vous prescrit ; et pour agir avec prudence, ne vous chargez ni de papiers ni de lettres ou d'autre chose qui puisse donner occasion de vous reconnaître : il sera facile de faire venir tout cela dans un autre temps. Comptez avec une confiance parfaite sur les bonnes intentions de votre serviteur.

> A..., *proche Caen, ce mercredi*
> *6 février 1760.*

Cette lettre était adressée à Mme Madin. Il y avait sur l'autre enveloppe une croix, suivant la convention. Le cachet représentait un Amour tenant d'une main un flambeau et de l'autre deux cœurs, avec une devise qu'on n'a pu lire, parce que le cachet avait souffert à l'ouverture de la lettre. Il était naturel qu'une jeune religieuse à qui l'amour était étranger en prît l'image pour celle de son ange gardien.

RÉPONSE
DE LA RELIGIEUSE À M. LE MARQUIS DE CROISMARE

Monsieur, j'ai reçu votre lettre. Je crois que j'ai été fort mal, fort mal. Je suis bien faible. Si Dieu me retire à lui, je prierai sans cesse pour votre salut ; si j'en reviens, je ferai tout ce que vous m'ordonnerez. Mon cher monsieur ! digne homme ! je n'oublierai jamais votre bonté.

Ma digne amie doit arriver de Versailles, elle vous dira tout.

Ce saint jour de dimanche en février.

Je garderai le cachet avec soin. C'est un saint ange que j'y trouve imprimé, c'est vous, c'est mon ange gardien.

M. Diderot n'ayant pu se rendre à l'assemblée des bandits, cette réponse fut envoyée sans son attache. Il ne la trouva pas de son gré, il prétendit qu'elle découvrirait notre trahison ; il se trompa, et il eut tort, je crois, de ne pas trouver cette réponse bonne. Cependant, pour le satisfaire, on coucha sur les registres du commun conseil de la fourberie la réponse qui suit, et qui ne fut point envoyée. Au reste, cette maladie nous était indispensable pour différer le départ pour Caen.

EXTRAIT DES REGISTRES

Voilà la lettre qui a été envoyée, et voici celle que sœur Suzanne aurait dû écrire :

Monsieur, je vous remercie de vos bontés. Il ne faut plus penser à rien, tout va finir pour moi. Je serai dans un moment devant le Dieu de miséricorde, c'est là que je me souviendrai de vous. Ils délibèrent s'ils me saigneront une troisième fois ; ils ordonneront tout ce qu'il leur plaira. Adieu, mon cher monsieur. J'espère que le séjour où je vais sera plus heureux ; nous nous y verrons.

LETTRE
DE MADAME MADIN À M. LE MARQUIS DE CROISMARE

Je suis à côté de son lit, et elle me presse de vous écrire. Elle a été à toute extrémité, et mon état, qui m'attache à Versailles, ne m'a point permis de venir plus tôt à son secours. Je savais qu'elle était fort mal et abandonnée de tout le monde, et je ne pouvais quitter. Vous pensez bien, monsieur, qu'elle avait beaucoup souffert. Elle avait fait une chute qu'elle cachait. Elle a été attaquée tout d'un coup d'une fièvre ardente qu'on n'a pu abattre qu'à force de saignées. Je la crois hors de danger. Ce qui m'inquiète à présent est la crainte que sa convalescence ne soit longue et qu'elle ne puisse partir avant un mois ou six semaines ; elle était déjà si faible, et le sera bien davantage. Tâchez donc monsieur, de gagner du temps, et travaillons de concert à sauver la créature la plus malheureuse et la plus intéressante qu'il y ait au monde. Je ne saurais vous dire tout l'effet de votre billet sur elle ; elle a beaucoup pleuré, elle a écrit l'adresse de M. Gassion derrière une *Sainte Suzanne* de son diurnal, et puis elle a voulu vous répondre malgré sa faiblesse. Elle sortait d'une crise, je ne sais ce qu'elle vous aura dit, car sa pauvre tête n'y était guère. Pardon, monsieur, je vous écris ceci à la hâte. Elle me fait pitié, je voudrais ne la point quitter, mais il m'est impossible de rester ici plusieurs jours de suite. Voilà la lettre que vous lui avez écrite ; j'en fais partir une autre, telle à peu près que vous la demandez, je n'y parle point des talents agréables ; ils ne sont pas de l'état qu'elle va prendre, et il faut, ce me semble, qu'elle y renonce absolument si elle veut être ignorée. De reste, tout ce que je vous dis d'elle est vrai ; non, monsieur, il n'y a point de mère qui ne fût comblée de l'avoir pour enfant. Mon premier soin, comme vous pouvez penser, a été de la mettre à couvert, et c'est une affaire faite. Je ne me résoudrai à la laisser aller que quand sa santé sera tout à fait rétablie, mais ce ne peut être avant un mois ou six semaines, comme j'ai eu l'honneur de vous le dire ; encore faut-il qu'il ne survienne point d'accident. Elle garde le cachet de votre lettre, il est dans ses Heures et sous son chevet. Je n'ai osé lui dire que ce n'était pas le vôtre ; je l'avais brisé en ouvrant votre réponse et je l'avais remplacé par le mien : dans l'état fâcheux où elle était, je ne devais pas risquer de lui remettre votre lettre sans l'avoir lue. J'ose vous demander pour elle un mot qui la soutienne dans ses espérances ; ce sont les seules qu'elle ait, et je ne répondrais pas de sa vie, si elles venaient à lui manquer. Si vous aviez la bonté de me faire à part un petit détail de la maison où elle entrera, je m'en servirais pour la tranquilliser. Ne craignez rien pour vos lettres, elles vous seront toutes renvoyées aussi exactement que la première et reposez-vous sur l'intérêt que j'ai moi-même à ne rien faire d'inconsidéré. Nous nous conformerons à tout, à moins que vous ne changiez vos dispositions. Adieu, monsieur. La chère infortunée prie Dieu pour vous à tous les instants où sa tête le lui permet.

J'attends, monsieur, votre réponse, toujours au pavillon de Bourgogne, rue d'Anjou, à Versailles.

Ce 16 février 1760.

LETTRE
OSTENSIBLE DE MADAME MADIN, TELLE QUE M. LE MARQUIS DE CROISMARE L'AVAIT DEMANDÉE

Monsieur, la personne que je vous propose s'appellera Suzanne Simonin. Je l'aime comme si c'était mon enfant : cependant vous pouvez prendre à la lettre ce que je vais vous dire, parce qu'il n'est pas dans mon caractère d'exagérer. Elle est orpheline de père et de mère ; elle est bien née, et son éducation n'a pas été négligée. Elle s'entend à tous les petits ouvrages qu'on apprend quand on est adroite et qu'on aime à s'occuper ; elle parle peu, mais assez bien, elle écrit naturellement. Si la personne à qui vous la destinez voulait se faire lire, elle lit à merveille. Elle n'est ni grande ni petite ; sa taille est fort bien ; pour sa physionomie, je n'en ai guère vu de plus intéressante. On la trouvera peut-être un peu jeune, car je lui crois à peine dix-sept ans accomplis ; mais si l'expérience de l'âge lui manque, elle est remplacée de reste par celle du malheur. Elle a beaucoup de retenue et un jugement peu commun. Je réponds de l'innocence de ses mœurs. Elle est pieuse, mais point bigote. Elle a l'esprit naïf, une gaieté douce, jamais d'humeur. J'ai deux filles ; si des circonstances particulières n'empêchaient pas Mlle Simonin de se fixer à Paris, je ne leur chercherais pas d'autre gouvernante ; je n'espère pas rencontrer aussi bien. Je la connais depuis son enfance, et elle a toujours vécu sous mes yeux. Elle partira d'ici bien nippée. Je me chargerai des petits frais de son voyage, et même de ceux de son retour, s'il arrive qu'on me la renvoie : c'est la moindre chose que je puisse faire pour elle. Elle n'est jamais sortie de Paris, elle ne sait où elle va, elle se croit perdue, j'ai toute la peine du monde à la rassurer. Un mot de vous, monsieur, sur la personne à laquelle elle doit appartenir, la maison qu'elle habitera et les devoirs qu'elle aura à remplir, fera plus sur son esprit que tous mes discours. Ne serait-ce point trop exiger de votre complaisance que de vous le demander ? Toute sa crainte est de ne pas réussir : la pauvre enfant ne se connaît guère.

J'ai l'honneur d'être, avec tous les sentiments que vous méritez, monsieur, votre très humble et obéissante servante,

Signé : MOREAU-MADIN.
A Paris, ce 16 février 1760.

LETTRE
DE M. LE MARQUIS DE CROISMARE À MADAME MADIN.

Madame, j'ai reçu, il y a deux jours deux mots de lettre qui m'apprennent l'indisposition de Mlle Simonin. Son malheureux sort me fait gémir, sa santé m'inquiète. Puis-je vous demander la consolation d'être instruit de son état, du parti qu'elle compte prendre, en un mot la réponse à la lettre que je lui ai écrite ? J'ose espérer le tout de votre complaisance et de l'intérêt que vous y prenez.

Votre très humble et très obéissant serviteur.

A Caen, ce 17 février 1760.

AUTRE LETTRE
DE M. LE MARQUIS DE CROISMARE À MADAME MADIN.

J'étais, madame, dans l'impatience, et heureusement votre lettre a suspendu mon inquiétude sur l'état de Mlle Simonin, que vous m'assurez hors de danger, et à couvert des recherches. Je lui écris ; et vous pouvez encore la rassurer sur la continuation de mes sentiments. Sa lettre m'avait frappé ; et dans l'embarras où je l'ai vue, j'ai cru ne pouvoir mieux faire que de me l'attacher en la mettant auprès de ma fille, qui malheureusement n'a plus de mère. Voilà, madame, la maison que je lui destine. Je suis sûr de moi-même, et de pouvoir lui adoucir ses peines sans manquer au secret, ce qui serait peut-être plus difficile en d'autres mains. Je ne pourrai m'empêcher de gémir et sur son état et sur ce que ma fortune ne me permettra pas d'en agir comme je le désirerais ; mais que faire quand on est soumis aux lois de la nécessité ? Je demeure à deux lieues de la ville, dans une campagne assez agréable, où je vis fort retiré avec ma fille et mon fils aîné qui est un garçon plein de sentiments et de religion, à qui cependant je laisserai ignorer ce qui peut la regarder. Pour les domestiques, ce sont toutes personnes attachées à moi depuis longtemps ; de sorte que tout est dans un état fort tranquille et fort uni. J'ajouterai encore que ce parti que je lui propose ne sera que son pis-aller : si elle trouvait quelque chose de mieux, je n'entends pas la contraindre par un engagement ; mais qu'elle soit certaine qu'elle trouvera toujours en moi une ressource assurée. Ainsi qu'elle rétablisse sa santé sans inquiétude ; je l'attendrai et serai bien aise cependant d'avoir souvent de ses nouvelles.

J'ai l'honneur d'être, madame, votre très humble et très obéissant serviteur.

A Caen, ce 21 février 1760.

LETTRE
DE M. LE MARQUIS DE CROISMARE À SŒUR SUZANNE.
(SUR L'ENVELOPPE ÉTAIT UNE CROIX.)

Personne n'est, mademoiselle, plus sensible que je le suis à l'état où vous vous trouvez. Je ne puis que m'intéresser de plus en plus à vous procurer quelque consolation dans le sort malheureux qui vous poursuit. Tranquillisez-vous, reprenez vos forces, et comptez toujours avec une entière confiance sur mes sentiments. Rien ne doit plus vous occuper que le rétablissement de votre santé et le soin de demeurer ignorée. S'il m'était possible de rendre votre sort plus doux, je le ferais ; mais votre situation me contraint, et je ne pourrai que gémir sur la dure nécessité. La personne à laquelle je vous destine m'est des plus chères, et c'est à moi principalement que vous aurez à répondre ; ainsi, autant qu'il me sera possible, j'aurai soin d'adoucir les petites peines inséparables de l'état que vous prenez. Vous me devez votre confiance, je me reposerai entièrement sur vos soins ; cette assurance doit vous tranquilliser et vous prouver ma manière de penser et l'attachement sincère avec lequel je suis, mademoiselle, votre très humble et très obéissant serviteur.

A Caen, ce 21 février 1760.

J'écris à Mme Madin, qui pourra vous en dire davantage.

LETTRE
DE MADAME MADIN À M. LE MARQUIS DE CROISMARE.

Monsieur, la guérison de notre chère malade est assurée ; plus de fièvre, plus de mal de tête ; tout annonce la convalescence la plus prompte et la meilleure santé. Les lèvres sont encore un peu pâles, mais les yeux reprennent de l'éclat ; la couleur commence à reparaître sur les joues, les chairs ont de la fraîcheur et ne tarderont pas à reprendre leur fermeté ; tout va bien depuis qu'elle a l'esprit tranquille. C'est à présent, monsieur, qu'elle sent le prix de votre bienveillance, et rien n'est plus touchant que la manière dont elle s'en exprime. Je voudrais bien pouvoir vous peindre ce qui se passa entre elle et moi lorsque je lui portai vos dernières lettres. Elle les prit ; les mains lui tremblaient, elle respirait avec peine en les lisant, à chaque ligne elle s'arrêtait ; et, après avoir fini, elle me dit, en se jetant à mon cou, et en pleurant à chaudes larmes : « Eh bien ! maman Madin, Dieu ne m'a donc pas abandonnée, il veut donc enfin que je sois heureuse ! Oui, c'est Dieu qui m'a inspiré de m'adresser à ce cher monsieur : quel autre au monde eût pris pitié de moi ? Remercions le Ciel de ces premières grâces, afin qu'il nous en accorde d'autres. » Et puis elle s'assit sur son lit, et elle se mit à prier ; ensuite revenant sur quelques endroits de vos lettres, elle dit : « C'est sa fille qu'il me confie ! Ah ! maman, elle lui ressemblera, elle sera douce, bienfaisante et sensible comme lui... » Après s'être arrêtée, elle dit avec un peu de souci : « Elle n'a plus de mère ! Je regrette de n'avoir pas l'expérience qu'il me faudrait. Je ne sais rien, mais je ferai de mon mieux ; je me rappellerai le soir et le matin ce que je dois à son père ; il faut que la reconnaissance supplée à bien des choses. Serai-je encore longtemps malade ? Quand est-ce qu'on me permettra de manger ? Je ne me sens plus de ma chute, plus du tout... » Je vous fais ce petit détail, monsieur, parce que j'espère qu'il vous plaira. Il y avait dans son discours et son action tant d'innocence et de zèle que j'en étais hors de moi. Je ne sais ce que je n'aurais pas donné pour que vous l'eussiez vue et entendue. Non, monsieur, ou je ne me connais à rien, ou vous aurez une créature unique, et qui fera la bénédiction de votre maison. Ce que vous avez eu la bonté de m'apprendre de vous, de mademoiselle votre fille, de monsieur votre fils, de votre situation, s'arrange parfaitement avec ses vœux. Elle persiste dans les premières propositions qu'elle vous a faites : elle ne demande que la nourriture et le vêtement, et vous pouvez la prendre au mot si cela vous convient ; quoique je ne sois pas riche, le reste sera mon affaire. J'aime cette enfant, je l'ai adoptée dans mon cœur, et le peu que j'aurai fait pour elle de mon vivant lui sera continué après ma mort. Je ne vous dissimule pas que ces mots d'*être son pis-aller et de la laisser libre d'accepter mieux si l'occasion s'en présente,* lui ont fait de la peine ; je n'ai pas été fâchée de lui trouver cette délicatesse. Je ne négligerai pas de vous instruire des progrès de sa convalescence ; mais j'ai un grand projet dans lequel je ne désespérerai pas de réussir pendant qu'elle se rétablira, si vous pouviez m'adresser à un de vos amis, vous devez en avoir beaucoup ici. Il me faudrait un homme sage, discret, adroit, pas trop considérable, qui approchât par lui ou par ses amis, de quelques Grands que je lui nommerais, et qui eût accès à la Cour sans en être. De la manière dont la chose est arrangée dans mon esprit, il ne serait point mis dans la confidence, il nous servirait sans savoir en quoi : quand ma tentative serait infructueuse, nous en tirerions au moins l'avantage de persuader qu'elle est en pays étranger. Si vous pouvez m'adresser à quelqu'un, je vous prie de me le nommer, et de me dire sa demeure, et ensuite de lui écrire que Mme Madin, que vous connaissez depuis longtemps, doit venir lui demander un service, et que vous le priez de s'intéresser à elle, si la chose est faisable. Si vous n'avez personne, il faut s'en consoler ; mais voyez, monsieur. Au reste, je vous prie de compter sur l'intérêt que je prends à notre infortunée et sur quelque prudence que je tiens de l'expérience. La joie que votre dernière lettre lui a causée lui a donné un petit mouvement dans le pouls, mais ce ne sera rien.

J'ai l'honneur d'être, avec les sentiments les plus respectueux, monsieur, votre très humble et très obéissante servante,

Signé : Moreau-Madin.
A Paris, ce 3 mars 1760.

L'idée de Mme Madin de se faire adresser à un des amis du généreux protecteur était une suggestion de Satan, au moyen de laquelle ses suppôts espéraient inspirer adroitement à leur ami de Normandie de s'adresser à moi et de me mettre dans la confidence de toute cette affaire ; ce qui réussit parfaitement, comme vous verrez par la suite de cette correspondance.

LETTRE
DE SŒUR SUZANNE À M. LE MARQUIS DE CROISMARE.

Monsieur, maman Madin m'a remis les deux réponses dont vous m'avez honorée, et m'a fait part aussi de la lettre que vous lui avez écrite. J'accepte, j'accepte. C'est cent fois mieux que je ne mérite, oui, cent fois, mille fois mieux. J'ai si peu de monde, si peu d'expérience, et je sens si bien tout ce qu'il me faudrait pour répondre dignement à votre confiance ; mais j'espère tout de votre indulgence, de mon zèle et de ma reconnaissance. Ma place me fera, et maman Madin dit que cela vaut mieux que si j'étais faite à ma place. Mon Dieu, que je suis pressée d'être guérie, d'aller me jeter aux pieds de mon bienfaiteur, et de le servir auprès de sa chère fille en tout ce qui dépendra de moi ! On me dit que ce ne sera guère avant un mois ; un mois ! c'est bien du temps. Mon cher monsieur, conservez-moi votre bienveillance. Je ne me sens pas de joie ; mais ils ne veulent pas que j'écrive, ils m'empêchent de lire, ils me tiennent au lit, ils me noient de tisane, ils me font mourir de faim, et tout cela pour mon bien. Dieu soit loué ! C'est pourtant bien malgré moi que je leur obéis.

Je suis avec un cœur reconnaissant, monsieur, votre très humble et soumise servante,

Signé : Suzanne Simonin.
A Paris, ce 3 mars 1760.

LETTRE
DE M. LE MARQUIS DE CROISMARE À MADAME MADIN.

Quelques incommodités que je ressens depuis quelques jours m'ont empêché, madame, de vous faire réponse plus tôt, et de vous marquer le plaisir que j'ai d'apprendre la convalescence de Mlle Simonin. J'ose espérer qu'incessamment vous aurez la bonté de m'instruire de son parfait rétablissement, que je souhaite avec ardeur. Mais je suis mortifié de ne pouvoir contribuer à l'exécution du projet que vous méditez en sa faveur ; sans le connaître, je ne puis le trouver que très bon par la prudence dont vous êtes capable et par l'intérêt que vous y prenez. Je n'ai été que très peu répandu à Paris, et parmi un petit nombre de personnes aussi peu répandues que moi et les connaissances telles que vous les désireriez ne sont pas faciles à trouver. Continuez, je vous supplie, à me donner des nouvelles de Mlle Simonin, dont les intérêts me seront toujours chers.

J'ai l'honneur d'être, madame, votre très humble et très obéissant serviteur.

Ce 13 mars 1760.

RÉPONSE

Monsieur, j'ai fait une faute, peut-être, de ne me pas expliquer sur le projet que j'avais, mais j'étais si pressée d'aller en avant ! Voici donc ce qui m'avait passé par la tête. D'abord il faut que vous sachiez que le cardinal de T*** protégeait la famille. Ils perdirent tous beaucoup à sa mort, surtout ma Suzanne, qui lui avait été présentée dans sa première jeunesse. Le vieux cardinal aimait les jolis enfants : les grâces de celle-ci l'avaient frappé, et il s'était chargé de son sort ; mais quand il ne fut plus, on disposa d'elle comme vous savez, et les protecteurs crurent s'acquitter envers la cadette en mariant les aînées. J'avais donc pensé que si l'on avait eu quelque accès auprès de Mme la marquise de T*** qu'on dit sinon compatissante, du moins fort active (mais qu'importe par qui le bien se fasse), qui s'est mise en quatre dans le procès de mon enfant, et qu'on lui eût peint la triste situation d'une jeune personne exposée à toutes les suites de la misère, dans un pays étranger et lointain, nous eussions pu arracher par ce moyen une petite pension aux deux beaux-frères qui ont emporté tout le bien de la maison, et qui ne songent guère à nous secourir. En vérité, monsieur, cela vaut bien la peine que nous revenions tous les deux là-dessus ; voyez, avec cette petite pension, ce que je viens de lui assurer, et ce qu'elle tiendrait de vos bontés, elle serait bien pour le présent, point mal pour l'avenir, et je la verrais partir avec moins de regret. Mais je ne connais ni Mme la marquise de T***, ni le secrétaire du défunt cardinal qu'on dit homme de lettres, ni personne qui les approche, et ce fut l'enfant qui me suggéra de m'adresser à vous. Au reste, je ne saurais vous dire que sa convalescence aille comme je le désirerais. Elle s'était blessée au-dedans des reins, comme je crois vous l'avoir dit ; la douleur de cette chute, qui s'était dissipée s'est fait ressentir ; c'est un point qui revient et qui passe. Il est accompagné d'un léger frisson en dedans, mais au pouls il n'y a pas la moindre fièvre : le médecin hoche de la tête, et n'a pas un air qui me plaise. Elle ira dimanche prochain à la messe, elle le veut, et je viens de lui envoyer une grande capote qui l'enveloppera jusqu'au bout du nez, et sous laquelle elle pourra, je crois, passer une demi-heure sans péril dans une petite église borgne du quartier. Elle soupire après le moment de son départ, et je suis sûre qu'elle ne demandera rien à Dieu avec plus de ferveur que d'achever sa guérison et de lui conserver les bontés de son bienfaiteur. Si elle se trouvait en état de partir entre Pâques et Quasimodo, je ne manquerais pas de vous en prévenir. Au reste, monsieur, son absence ne m'empêcherait pas d'agir, si je découvrais parmi mes connaissances quelqu'un qui pût quelque chose auprès de madame de T*** et du médecin A*** qui a beaucoup d'autorité sur son esprit.

Je suis, avec une reconnaissance sans bornes pour elle et pour moi, monsieur, votre très humble et très obéissante servante,

Signé : MOREAU-MADIN.
A Versailles, ce 25 mars 1760.

P.-S. — Je lui ai défendu de vous écrire, de crainte de vous importuner ; il n'y a que cette considération qui puisse la retenir.

RÉPONSE

Madame, votre projet pour Mlle Simonin me paraît très louable, et me plaît d'autant plus, que je souhaiterais ardemment de la voir, dans son infortune, assurée d'un état un peu passable. Je ne désespère pas de trouver quelque ami qui puisse agir auprès de Mme de T*** ou du médecin A*** ou du secrétaire du feu cardinal, mais cela demande du temps et des précautions, tant pour éviter d'éventer le secret, que pour m'assurer la discrétion des personnes auxquelles je pense que je pourrais m'adresser. Je ne perdrai point cela de vue. En attendant, si Mlle Simonin persiste dans ses mêmes sentiments, et si sa santé est assez rétablie, rien ne doit l'empêcher de partir ; elle me trouvera toujours dans les mêmes dispositions que je lui ai marquées et dans le même zèle à lui adoucir, s'il se peut, l'amertume de son sort. La situation de mes affaires et les malheurs du temps m'obligent de me tenir fort retiré à la campagne avec mes enfants, pour raison d'économie ; ainsi nous y vivons avec beaucoup de simplicité. C'est pourquoi Mlle Simonin pourra se dispenser de faire de la dépense en habillements ni si propres ni si chers ; le commun peut suffire en ce pays. C'est dans cette campagne et dans cet état uni et simple qu'elle me trouvera, et où je souhaite qu'elle puisse goûter quelque douceur et quelque agrément, malgré les précautions gênantes que je serai obligé d'observer à son égard. Vous aurez la bonté, madame, de m'instruire de son départ, et de peur qu'elle n'eût égaré l'adresse que je lui avais envoyée, c'est chez M. Gassion, vis-à-vis la place Royale, à Caen. Cependant si je suis instruit à temps du jour de son arrivée, elle trouvera quelqu'un pour la conduire ici sans s'arrêter.

J'ai l'honneur d'être, madame, votre très humble et très obéissant serviteur.

Ce 31 mars 1760.

LETTRE

DE MADAME MADIN À M. LE MARQUIS DE CROISMARE.

Si elle persiste dans ses sentiments, monsieur ! En pouvez-vous douter ? Qu'a-t-elle de mieux à faire que d'aller passer des jours heureux et tranquilles auprès d'un homme de bien, et dans une famille honnête ? N'est-elle pas trop heureuse que vous vous soyez ressouvenu d'elle ? Et où donnerait-elle de la tête, si l'asile que vous avez eu la générosité de lui offrir venait à lui manquer ? C'est elle-même, monsieur, qui parle ainsi, et je ne fais que vous répéter ses discours. Elle voulut encore aller à la messe le jour de Pâques ; c'était bien contre mon avis, et cela lui réussit fort mal ; elle en revint avec de la fièvre, et depuis ce malheureux jour elle ne s'est pas bien portée. Monsieur, je ne vous l'enverrai point qu'elle ne soit en bonne santé. Elle sent à présent de la chaleur au-dessus des reins, à l'endroit où elle s'est blessée dans sa chute ; je viens d'y regarder, et je n'y vois rien du tout. Mais son médecin me dit avant-hier, comme nous en descendions ensemble, qu'il craignait qu'il n'y eût un commencement de pulsation, qu'il fallait attendre ce que cela deviendrait. Cependant elle ne manque point d'appétit, elle dort, l'embonpoint se soutient ; je lui trouve seulement, par intervalle, un peu plus de couleur aux joues et plus de vivacité dans les yeux qu'elle n'en a naturellement. Et puis ce sont des impatiences qui me désespèrent. Elle se lève, elle essaie de marcher ; mais pour peu qu'elle penche du côté malade, c'est un cri aigu à percer le cœur. Malgré cela, j'espère, et j'ai profité du temps pour arranger son petit trousseau.

C'est une robe de callemande d'Angleterre, qu'elle pourra porter simple jusqu'à la fin des chaleurs, et qu'elle doublera pour son hiver, avec une autre de coton bleu qu'elle porte actuellement.

Quinze chemises garnies de maris, les uns en batiste, les autres en mousseline. Vers la mi-juin, je lui enverrai de quoi en faire six autres d'une pièce de toile qu'on me blanchit à Senlis.

Plusieurs jupons blancs, dont deux de moi, de basin, garnis en mousseline.

Deux justes pareils, que j'avais fait faire pour la plus jeune de mes filles, et qui se sont trouvés lui aller à merveille. Cela lui fera des habillements de toilette pour l'été.

Quelques corsets, tabliers et mouchoirs de cou.

Deux douzaines de mouchoirs de poche.

Plusieurs cornettes de nuit.

Six dormeuses de jour festonnées, avec huit paires de manchettes à un rang, et trois à deux rangs.

Six paires de bas de coton fin.

C'est tout ce que j'ai pu faire de mieux. Je lui portai cela le lendemain des fêtes, et je ne saurais vous dire avec quelle sensibilité elle le reçut. Elle regardait une chose, en essayait une autre, me prenait les mains et me les baisait. Mais elle ne put jamais retenir ses larmes, quand elle vit les justes de ma fille. « Hé ! lui dis-je, de quoi pleurez-vous ? Est-ce que vous ne l'avez pas toujours été ? — Il est vrai », me répondit-elle... puis elle ajouta : « A présent que j'espère être heureuse, il me semble que j'aurais de la peine à mourir. Maman, est-ce que cette chaleur de côté ne se dissipera point ? Si l'on y mettait quelque chose ?... » Je suis charmée, monsieur, que vous ne désapprouviez pas mon projet, et que vous voyiez jour à le faire réussir. J'abandonne tout à votre prudence ; mais je crois devoir vous avertir que Mme la marquise de T*** part pour la campagne, que M. A*** est inaccessible et revêche, que le secrétaire, tout fier du titre d'académicien qu'il a obtenu après vingt ans de sollicitations, s'en retourne en Bretagne, et que dans trois ou quatre mois d'ici nous serons oubliés. Tout passe si vite d'intérêt dans ce pays ! on ne parle déjà plus guère de nous, bientôt on n'en parlera plus du tout. Me craignez pas qu'elle égare l'adresse que vous lui avez envoyée. Elle n'ouvre pas une fois ses Heures sans la regarder ; elle oublierait plutôt son nom de Simonin que celui de M. Gassion. Je lui demandai si elle ne voulait pas vous écrire, elle me répondit qu'elle vous avait commencé une longue lettre qui contiendrait tout ce qu'elle ne pourrait guère se dispenser de vous dire, si Dieu lui faisait la grâce de guérir et de vous voir, mais qu'elle avait le pressentiment qu'elle ne vous verrait jamais. « Cela dure trop, maman, ajouta-t-elle, je ne profiterai ni de vos bontés ni des siennes : ou M. le marquis changera de sentiment, ou je n'en reviendrai pas. — Quelle folie ! lui dis-je. Savez-vous bien que si vous vous entretenez dans ces idées tristes, ce que vous craignez vous arrivera ? » Elle dit : « Que la volonté de Dieu soit faite... » Je la priai de me montrer ce qu'elle vous avait écrit ; j'en fus effrayée : c'est un volume, c'est un gros volume. « Voilà, lui dis-je, en colère, ce qui vous tue. » Elle me répondit : « Que voulez-vous que je fasse ? Ou je m'afflige, ou je m'ennuie. — Et quand avez-vous pu griffonner tout cela ? — Un peu dans un temps un peu dans un autre. Que je vive ou que je meure, je veux qu'on sache tout ce que j'ai souffert... » Je lui ai défendu de continuer ; son médecin en a fait autant. Je vous prie, monsieur, de joindre votre autorité à mes prières ; elle vous regarde comme son cher maître, et il est sûr qu'elle vous obéira. Cependant comme je conçois que les heures sont bien longues pour elle et qu'il faut qu'elle s'occupe, ne fût-ce que pour l'empêcher d'écrire davantage, de rêver et de se chagriner, je lui ai fait porter un tambour, et je lui ai proposé de commencer une veste pour vous. Cela lui a plu extrêmement, et elle s'est mise tout de suite à l'ouvrage. Dieu veuille qu'elle n'ait pas le temps de l'achever ici ! Un mot, s'il vous plaît, qui lui défende d'écrire et de trop travailler. J'avais résolu de retourner ce soir à Versailles ; mais j'ai de l'inquiétude : ce commencement de pulsation me chiffonne, et je veux être demain auprès d'elle, lorsque son médecin reviendra. J'ai malheureusement quelque foi aux pressentiments des malades ; ils se sentent. Quand je perdis M. Madin, tous les médecins m'assuraient qu'il en reviendrait ; il disait, lui, qu'il n'en reviendrait pas, et le pauvre homme ne disait que trop vrai. Je resterai, et j'aurai l'honneur de vous écrire. S'il fallait que je la perdisse, je crois que je ne m'en consolerais jamais. Vous seriez trop heureux, vous, monsieur, de ne l'avoir point vue. C'est à présent que les misérables qui l'ont déterminée à s'enfuir sentent la perte qu'elles ont faite, mais il est trop tard.

J'ai l'honneur d'être avec des sentiments de respect et de reconnaissance pour elle et pour moi monsieur, votre très humble et très obéissante servante,

Signé : MOREAU-MADIN.
A Paris, ce 13 avril 1760.

RÉPONSE

Je partage, madame, avec une vraie sensibilité, votre inquiétude sur la maladie de Mlle Simonin. Son état infortuné m'avait toujours infiniment touché ; mais le détail que vous avez eu la bonté de me faire de ses qualités et de ses sentiments me prévient tellement en sa faveur qu'il me serait impossible de n'y pas prendre le plus vif intérêt. Ainsi, loin que je puisse changer de sentiments à son égard, chargez-vous, je vous prie, de lui répéter ceux que je vous ai marqués par mes lettres et qui ne souffriront aucune altération. J'ai cru qu'il était prudent de ne lui point écrire, afin de lui ôter toute occasion de faire une réponse. Il n'est pas douteux que tout genre d'occupation lui est préjudiciable dans son état d'infirmité, et si j'avais quelque pouvoir sur elle, je m'en servirais pour le lui interdire. Je ne puis mieux m'adresser qu'à vous-même, madame, pour lui faire connaître ce que je pense à cet égard. Ce n'est pas que je ne fusse charmé de recevoir de ses nouvelles par elle-même, mais je ne pourrais approuver en elle une action de pure bienséance qui pût contribuer au retardement de sa guérison. L'intérêt que vous y prenez, madame, me dispense de vous prier encore une fois de la modérer sur ce point. Soyez toujours persuadée de ma sincère affection pour elle, et de l'estime particulière, et de la considération véritable avec laquelle j'ai l'honneur d'être, madame, votre très humble et très obéissant serviteur.

Ce 25 avril 1760.

P.S. — Incessamment j'écrirai à un de mes amis, à qui vous pourrez vous adresser pour Mme de T***. Il se nomme M. Grimm, secrétaire des commandements de M. le duc d'Orléans et demeure rue Neuve-de-Luxembourg, près de la rue Saint-Honoré, à Paris. Je lui donnerai avis que vous prendrez la peine de passer chez lui, et lui marquerai que je vous ai d'extrêmes obligations, et que je ne désire rien tant que de vous en marquer ma reconnaissance. Il ne dîne pas ordinairement chez lui.

LETTRE
DE MADAME MADIN À M. LE MARQUIS DE CROISMARE.

Monsieur, combien j'ai souffert depuis que je n'ai eu l'honneur de vous écrire ! Je n'ai jamais pu prendre sur moi de vous faire part de ma peine, et j'espère que vous me saurez gré de n'avoir pas mis votre âme sensible à une épreuve aussi cruelle. Vous savez combien elle m'était chère. Imaginez-vous, monsieur, que je l'aurai vue près de quinze jours de suite pencher vers sa fin, au milieu des douleurs les plus aiguës. Enfin, Dieu a pris, je crois, pitié d'elle et de moi. La pauvre malheureuse est encore, mais ce ne peut être pour longtemps. Ses forces sont épuisées, à la vérité, ses douleurs sont tombées, mais le médecin dit que c'est tant pis ; elle ne parle presque plus, ses yeux ont peine à s'ouvrir. Il ne lui reste que sa patience qui ne l'a point abandonnée. Si celle-là n'est pas sauvée, que deviendrons-nous ? L'espoir que j'avais de sa guérison a disparu tout à coup. Il s'était formé un abcès au côté, qui faisait un progrès sourd depuis sa chute ; elle n'a pas voulu souffrir qu'on l'ouvrît à temps, et quand elle a pu s'y résoudre, il était trop tard. Elle sent arriver son dernier moment, elle m'éloigne, et je vous avoue que je ne suis pas en état de soutenir ce spectacle. Elle fut administrée hier entre dix et onze heures du soir ; ce fut elle qui le demanda. Après cette triste cérémonie, je restai seule à côté de son lit. Elle m'entendit soupirer, elle chercha ma main, je la lui donnai, elle la prit, la porta contre ses lèvres et m'attirant vers elle, elle me dit si bas que j'avais peine à l'entendre : « Maman, encore une grâce.

— Laquelle, mon enfant ?

— Me bénir, et vous en aller... »

Elle ajouta : « Monsieur le marquis... ne manquez pas de le remercier... »

Ces paroles auront été ses dernières. J'ai donné des ordres et je me suis retirée chez une amie où j'attends de moment en moment. Il est une heure après minuit. Peut-être avons-nous à présent une amie au Ciel.

Je suis avec respect, monsieur, votre très humble et très obéissante servante,

Signé : MOREAU-MADIN.

La lettre précédente est du 7 mai, mais elle n'était point datée.

LETTRE
DE MADAME MADIN À M. LE MARQUIS DE CROISMARE

La chère enfant n'est plus, ses peines sont finies, et les nôtres ont peut-être encore longtemps à durer. Elle a passé de ce monde dans celui où nous sommes tous attendus, mercredi dernier, entre trois et quatre heures du matin. Comme sa vie avait été innocente, ses derniers instants ont été tranquilles, malgré tout ce qu'on a fait pour les troubler. Permettez que je vous remercie du tendre intérêt que vous avez pris à son sort ; c'est le seul devoir qui me reste à lui rendre. Voilà toutes les lettres dont vous nous avez honorées. J'avais gardé les unes, et j'ai trouvé les autres parmi des papiers qu'elle m'a remis quelques jours avant sa mort : c'est, à ce qu'elle m'a dit, l'histoire de sa vie chez ses parents et dans les trois maisons religieuses où elle a demeuré, et ce qui s'est passé après sa sortie. Il n'y a pas d'apparence que je les lise sitôt ; je ne saurais rien voir de ce qui lui appartenait, rien même de ce que mon amitié lui avait destiné, sans ressentir une douleur profonde.

Si je suis assez heureuse, monsieur, pour vous être utile, je serai très flattée de votre souvenir.

Je suis, avec les sentiments de respect et de reconnaissance qu'on doit aux hommes miséricordieux et bienfaisants, monsieur, votre très humble et très obéissante servante,

Signé : MOREAU-MADIN.
Ce 10 mai 1760.

LETTRE
DE M. LE MARQUIS DE CROISMARE À MADAME MADIN.

Je sais, madame, ce qu'il en coûte à un cœur sensible et bienfaisant de perdre l'objet de son attachement, et l'heureuse occasion de lui dispenser des faveurs si dignement acquises et par l'infortune, et par les aimables qualités, telles qu'ont été celles de la chère demoiselle qui cause aujourd'hui vos regrets. Je les partage, madame, avec la plus tendre sensibilité. Vous l'avez connue, et c'est ce qui vous rend sa séparation si difficile à supporter. Sans avoir eu cet avantage, ses malheurs m'avaient vivement touché, et je goûtais par avance le plaisir de pouvoir contribuer à la tranquillité de ses jours ; si le Ciel en a ordonné autrement, et a voulu me priver de cette satisfaction tant désirée, je dois l'en bénir, mais je ne puis y être insensible. Vous avez du moins la consolation d'en avoir agi à son égard avec les sentiments les plus nobles et la conduite la plus généreuse ; je les ai admirés, et mon ambition eût été de vous imiter. Il ne me reste plus que le désir ardent d'avoir l'honneur de vous connaître et de vous exprimer de vive voix combien j'ai été enchanté de votre grandeur d'âme, et avec quelle considération respectueuse j'ai l'honneur d'être, madame, votre très humble et très obéissant serviteur.

Ce 18 mai 1760.

P.S. — Tout ce qui a rapport à la mémoire de notre infortunée m'est devenu extrêmement cher. Ne serait-ce point exiger de vous un trop grand sacrifice, que celui de me communiquer les mémoires et les notes qu'elle a faits de ses différents malheurs ? Je vous demande cette grâce, madame, avec d'autant plus de confiance, que vous m'aviez annoncé que je pouvais y avoir quelque droit. Je serai fidèle à vous les renvoyer, ainsi que toutes vos lettres, par la première occasion, si vous le jugez à propos. Vous auriez la bonté de me les adresser par le carrosse de voiture de Caen qui loge au *Grand-Cerf*, rue Saint-Denis, à Paris, et part tous les lundis.

Ainsi finit l'histoire de l'infortunée sœur Suzanne Saulier, dite Simonin dans son histoire et dans cette correspondance. Il est bien triste que les mémoires de sa vie n'aient pas été mis au net ; ils auraient formé une lecture intéressante. Après tout M. le marquis de Croismare doit savoir gré à la perfidie de ses amis de lui avoir fourni l'occasion de secourir l'infortune avec une noblesse, un intérêt, une simplicité vraiment dignes de lui : le rôle qu'il joue dans cette correspondance n'est pas le moins touchant du roman.

On nous blâmera, peut-être, d'avoir inhumainement hâté la fin de sœur Suzanne ; mais ce parti était devenu nécessaire à cause des avis que nous reçûmes du château de Lasson qu'on y meublait un appartement pour recevoir Mlle de Croismare, que son père voulait faire sortir du couvent, où elle était depuis la mort de sa mère. Ces avis ajoutaient qu'on attendait de Paris une femme de chambre qui devait en même temps jouer le rôle de gouvernante auprès de la jeune personne, et que M. de Croismare s'occupait d'ailleurs à pourvoir la bonne qui avait été jusqu'alors auprès de sa fille. Ces avis ne nous laissèrent pas le choix sur le parti qui nous restait à prendre ; et ni la jeunesse, ni la beauté, ni l'innocence de sœur Suzanne, ni son âme douce sensible et tendre, capable de toucher les cœurs les moins enclins à la compassion, ne purent la sauver d'une mort inévitable. Mais comme nous avions tous pris les sentiments de Mme Madin pour cette intéressante créature, les regrets que nous causa sa mort ne furent guère moins vifs que ceux de son respectable protecteur.

S'il se trouve quelques contradictions légères

entre le récit et les mémoires, c'est que la plupart des lettres sont postérieures au roman ; et l'on conviendra que s'il y eut jamais une préface utile, c'est celle qu'on vient de lire, et que c'est peut-être la seule dont il fallait renvoyer la lecture à la fin de l'ouvrage.

QUESTION AUX GENS DE LETTRES.

M. Diderot, après avoir passé des matinées à composer des lettres bien écrites, bien pensées, bien pathétiques, bien romanesques, employait des journées à les gâter en supprimant, sur les conseils de sa femme et de ses associés en scélératesse, tout ce qu'elles avaient de saillant, d'exagéré, de contraire à l'extrême simplicité et à la dernière vraisemblance ; en sorte que si l'on eût ramassé dans la rue les premières, on eût dit : « Cela est beau, fort beau... », et que si l'on eût ramassé les dernières, on eût dit : « Cela est bien vrai... » Quelles sont les bonnes ? Sont-ce celles qui auraient peut-être obtenu l'admiration ? Ou celles qui devaient certainement produire l'illusion ?

DISTRIBUTION

ALLEMAGNE

SWAN BUCH-VERTRIEB GMBH
Goldscheuerstrasse 16
D-77694 Kehl/Rhein

BELGIQUE

UITGEVERIJ EN BOEKHANDEL
VAN GENNEP BV
Spuistraat 283
1012 VR Amsterdam
Pays-Bas

CANADA

EDILIVRE INC.
DIFFUSION SOUSSAN
5518 Ferrier
Mont-Royal, QC H4P 1M2

ESPAGNE

RIBERA LIBRERIA
Dr Areilza 19
48011 Bilbao

ÉTATS-UNIS

POWELL'S BOOKSTORE
1501 East 57th Street
Chicago, Illinois 60637

TEXAS BOOKMAN
8650 Denton Drive
75235 Dallas, Texas

FRANCE

BOOKKING INTERNATIONAL
16 rue des Grands Augustins
75006 Paris

GRANDE-BRETAGNE

SANDPIPER BOOKS LTD
22 a Langroyd Road
London SW17 7PL

ITALIE

MAGIS BOOKS s.r.l.
Vicolo Trivelli 6
42100 Reggio Emilia

LIBAN

LA PHENICIE
BP 50291
Furn EL Chebback
Beyrouth

SORED
BP 166210
Rue Mar Maroun
Beyrouth

MAROC

LIBRAIRIE DES ÉCOLES
12 av. Hassan II
Casablanca

PAYS-BAS

UITGEVERIJ EN BOEKHANDEL
VAN GENNEP BV
Spuistraat 283
1012 VR Amsterdam

RÉPUBLIQUE ARABE UNIE

DAR EL NASHR
HATIER
10 rue Abi Emama
BP 1969 Dokki
Le Caire

SUÈDE

LONGUS BOOK IMPORTS
Box 30161
S - 10425 Stockholm

SUISSE

MEDEA DIFFUSION
Z.I. 3 Corminboeuf
Case Postale 559
1701 Fribourg

TAIWAN

POINT FRANCE LIVRE
Diffusion de l'édition française
Han Yang Bd 7 F
374 Pa Teh Rd.
Section 2 - Taipei

IMPRIMÉ EN FRANCE PAR BRODARD ET TAUPIN
1008 J-5 Usine de La Flèche (Sarthe), le 05-04-1994
B/014-94 – Dépôt légal, Avril 1994
ISBN : 287714-189-6